Tal como era

Tal como era

Amber Smith

Traducción de Rosa Sanz

Rocaeditorial

Título original en inglés: *The Way I Used to Be*

Primera edición: septiembre de 2023

Av. Marquès de l'Argentera 17, pral.
08003 Barcelona
actualidad@rocaeditorial.com
www.rocalibros.com

Imprime LIBERDÚPLEX, S. L. U.
Printed in Spain – Impreso en España

ISBN: 978-84-19743-67-1
Depósito legal: B. 14952-2023

A ti. A todos los que alguna vez habéis conocido
la sensación de necesitar nuevas formas de ser.

PARTE I

Primer año

Hay muchas cosas que no sé. No sé por qué no oí el sonido de la puerta al cerrarse. O por qué no me di cuenta de que algo iba mal (tan despiadadamente mal) cuando sentí que el colchón se movía bajo su peso. Por qué no grité cuando abrí los ojos y lo vi arrastrándose entre mis sábanas. O por qué no intenté luchar contra él cuando aún tenía una oportunidad.

No sé cuánto tiempo estuve allí tumbada después, diciéndome a mí misma: aprieta los párpados, inténtalo, intenta olvidar. Trata de ignorar todas las cosas que te hicieron sentir mal, todas las cosas que sabes que siempre te harán sentir mal. Ignora el sabor de tu boca, la humedad pegajosa de las sábanas, el fuego que irradia a través de tus muslos, el dolor nauseabundo, esa cosa como una bala que de alguna manera te atravesó y se alojó en tus entrañas. No, no puedo llorar. Porque no hay nada por lo que llorar. Porque solo fue un sueño, un mal sueño, una pesadilla. No fue real. No fue real. No fue real. Eso es lo que sigo pensando: «No-fue-real-no-fue-real-no-fue-real». Lo repito una y otra vez. Como un mantra. Como una oración.

No sé si estas imágenes que pasan por mi mente (una película de otra persona, en otro lugar) desaparecerán en algún momento, si dejarán de reproducirse, si dejarán de atormentarme. Vuelvo a cerrar los ojos, pero es lo único que puedo ver, que puedo sentir, que puedo oír: su piel, sus brazos, sus piernas, sus manos demasiado fuertes, su aliento sobre mí, los músculos estirándose, los huesos crujiendo, el cuerpo rompiéndose, yo debilitándome, desvaneciéndome. Estas cosas… son lo único que hay.

No sé cuántas horas pasan antes de que me despierte con el ruido habitual de los domingos por la mañana: las ollas y sartenes golpeando contra los fogones. Los olores del desayuno filtrándose bajo mi puerta: beicon, tortitas, el café de mamá. Los sonidos de la televisión: frentes fríos y sistemas tormentosos que se desplazan por la zona a mediodía, el canal del tiempo de papá. Los sonidos del lavavajillas. El perrito ladrador del otro lado de la calle, probablemente ladrando a la nada, como siempre. Y luego está el ritmo casi imperceptible de una pelota de baloncesto rebotando contra el asfalto cubierto de rocío y el chirriante arrastrar de zapatillas en el camino de entrada. Nuestra estúpida y somnolienta urbanización, como cualquier otra somnolienta y estúpida urbanización, se despierta grogui, indiferente a su propia inconsecuencia, deseando colectivamente la llegada de un sábado más y temiendo las tareas domésticas, ir a la iglesia, las listas de cosas pendientes y el lunes por la mañana. La vida pasa sin más, continúa como siempre. Lo normal. Y no puedo evitar pensar que la vida seguirá sucediendo, tanto si me despierto como si no. Obscenamente normal.

No sé, mientras abro los ojos de mala gana, que las mentiras ya se han puesto en marcha. Intento tragar saliva. Pero tengo la garganta irritada. Parece un resfriado, me digo. Estaré enferma, eso es todo. Debo de tener fiebre. Estoy delirando. No pienso con claridad. Me toco los labios. Me pican. Y la lengua me sabe a sangre. Pero no, no puede ser. «No fue real». Así pues, mientras miro fijamente al techo, pienso: «Tengo que estar fatal para soñar cosas así. Cosas horribles como esas. Sobre Kevin. Kevin. Porque Kevin es el mejor amigo de mi hermano, es casi un hermano para mí. Mis padres lo quieren, como todo el mundo, incluso yo, y Kevin no… Nunca haría eso. Imposible». Pero entonces intento mover las piernas para levantarme. Me duelen mucho… No, las tengo rotas. Y me duele la mandíbula como si tuviera la boca llena de caries.

Vuelvo a cerrar los ojos. Respiro hondo. Alargo la mano y me toco el cuerpo. No llevo ropa interior. Me incorporo demasiado rápido y mis huesos gimen como si fuera una anciana. Me da miedo mirar. Pero ahí están: mis braguitas del día de la semana, hechas una bola en el suelo. Eran las del martes, aunque fuera sábado, porque, bueno, ¿quién iba a saberlo? Eso es lo que pensé cuando me las puse ayer. Y ahora sé con certeza que sucedió. Sucedió realmente. Y este dolor en el centro de mi cuerpo, en lo más profundo de mis entrañas, reinicia su tortura como si nada. Me aparto las sábanas. Moratones en forma de rótula se alinean en mis brazos, mis caderas, mis muslos. Y hay sangre en las sábanas, en el edredón, en mis piernas.

Pero se suponía que era un domingo normal.

Tenía que levantarme, vestirme y sentarme a desayunar con mi familia. Después de desayunar, iría a mi habitación y terminaría los deberes que no había acabado el viernes por la noche, prestando especial atención a la geometría. Practicaría esa nueva canción que aprendimos en la orquesta, llamaría a mi mejor amiga, Mara, tal vez iría a su casa más tarde, y haría montones de otras tareas tontas e insignificantes. Pero no es eso lo que va a pasar hoy, lo sé, sentada en mi cama, mirándome la piel amoratada con incredulidad, tapándome la boca con una mano temblorosa.

Dos golpes en la puerta de mi habitación. Doy un respingo.

—Edy, ¿estás levantada? —grita la voz de mi madre. Abro la boca, pero siento como si alguien me hubiera echado ácido por la garganta y no pudiera volver a hablar nunca. Toc, toc, toc—: ¡Eden, el desayuno! —Me bajo el camisón a toda prisa, pero también está manchado de sangre.

—¿Mamá? —respondo al fin, con la voz rasposa y horrible.

Abre un poco la puerta. Al asomarse, sus ojos se fijan en la sangre de inmediato.

—Dios de mi vida —murmura, entra y cierra la puerta rápidamente.

—Mamá, me... —Pero ¿cómo voy a decir esas palabras, las peores palabras, las que sé que tengo que decir?

—Ay, Edy. —Suspira y me mira con una sonrisa triste—. No pasa nada.

—¿Qué...? —empiezo a decir. ¿Cómo que no pasa nada, en qué mundo puede estar bien esto?

—Son cosas que pasan cuando menos te lo esperas. —Revolotea por mi habitación, ordenando, sin apenas mirarme mientras me explica lo de la regla, el calendario y contar los días—. Le pasa a todo el mundo. Por eso te dije que tenías que llevar la cuenta. Así no tendrás que enfrentarte a estas... sorpresas. Puedes estar... preparada.

Eso es lo que ella se cree.

He visto suficientes películas para saber que hay que contarlo. Se supone que tienes que contarlo, joder.

—Pero...

—¿Por qué no te metes en la ducha, cariño? —me interrumpe—. Yo me ocuparé de este..., eh... —gesticula con el brazo formando un amplio círculo sobre mi cama, en busca de la palabra—, este lío.

Este lío. Ay, Dios, es ahora o nunca. Ahora o nunca. Tiene que ser ahora.

—Mamá... —vuelvo a intentarlo.

—No te avergüences —dice riendo—. No pasa nada, de verdad, te lo prometo. —Se pone a mi lado, más alta que nunca, y me da la bata, sin fijarse en mis braguitas de los martes arrugadas a sus pies.

—Mamá, Kevin... —empiezo, pero su nombre en mi boca me da ganas de vomitar.

—No te preocupes, Edy. Está fuera con tu hermano. Están jugando al baloncesto. Y tu padre está pegado a la tele, como siempre. Nadie te verá. Vamos. Ponte esto.

Al mirarla, me siento tan pequeña. Y la voz de Kevin pasa como un tornado por mi mente, susurrando, echándome el aliento en la cara: «Nadie te creerá nunca. Ya lo sabes. Nadie. Nunca».

Entonces mi madre sacude la bata, ofreciéndome una mentira que ni siquiera he tenido que inventar. Empieza a poner esa cara de impaciencia, de «estamos de vacaciones y no tengo tiempo para esto». Sin duda, era hora de que me fuera para que ella pudiera ocuparse de este lío. Y estaba claro que nadie iba a escucharme. Nadie iba a fijarse en mí, él lo sabía. Llevaba el tiempo suficiente por aquí para saber cómo funcionan las cosas.

Intento ponerme de pie sin que parezca que estoy rota del todo. Meto las braguitas de los martes debajo de la cama para que ella no las encuentre y se extrañe. Cojo mi bata. Acepto la mentira. Y mientras miro a mi madre, viéndola recoger las sábanas sucias en sus brazos (la prueba), de algún modo sé que, si no es ahora, no podrá ser nunca. Porque él tenía razón, nadie me iba a creer. Claro que no. Nunca.

En el baño, me quito con cuidado el camisón, lo mantengo a la altura del brazo mientras lo hago una bola y lo meto en el cubo de la basura que hay debajo del lavabo. Me ajusto las gafas y me examino más de cerca. En la garganta tengo algunas marcas con la forma de sus dedos. Pero son pequeñas en comparación con las que tengo en el cuerpo. No tengo moratones en la cara. Solo la cicatriz de cinco centímetros sobre mi ojo izquierdo, de mi accidente de bicicleta de hace dos veranos. Mi pelo está un poco más encrespado que de costumbre, pero en esencia tengo el mismo aspecto: pasable.

Cuando salgo de la ducha (todavía sucia, después de frotarme el cuerpo hasta dejarme en carne viva, pensando que tal vez podría borrarme los moratones), ahí está él. Sentado a la mesa de mi comedor, con mi hermano, mi padre, mi madre, bebiéndose el zumo de naranja de mi vaso, con su boca en un vaso que algún día tendré que usar yo. Usando un tenedor que pronto será igual a todos los demás tenedores. Sus huellas no están solo en cada centímetro de mí, sino en todo: esta casa, mi vida, el mundo entero infectado de él.

Caelin levanta la cabeza y entorna los ojos cuando me acerco cautelosamente al comedor. Se da cuenta. Sabía que lo notaría enseguida. Si alguien iba a darse cuenta, si podía contar con alguien, sería mi hermano mayor.

—Vale, ahora mismo te veo muy rara —anuncia. Lo sabe porque siempre me ha conocido incluso mejor que yo misma.

Así que me quedo de pie y espero a que haga algo al respecto, a que deje el tenedor, se levante y me lleve fuera, me coja del brazo y me pregunte qué me pasa, qué ha pasado. Entonces yo le contaría lo que me ha hecho Kevin y él me diría una de sus frases de hermano mayor, como: «No te preocupes, Edy, yo me encargo». Como hacía siempre que alguien se metía conmigo. Y luego volvería corriendo a casa y apuñalaría a Kevin con su propio cuchillo.

Pero no es eso lo que pasa. Lo que pasa es que se queda ahí sentado. Observándome. Luego, lentamente, esboza una de sus sonrisas (nuestra sonrisa de broma privada) esperando que se la devuelva, que le haga una señal o que empiece a reírme como si estuviera intentando burlarme en secreto de nuestros padres. Está esperando a entenderlo. Pero no lo entiende. Así que se encoge de hombros, vuelve a mirar su plato y corta un buen trozo de tortita. La bala se me clava un poco más en el estómago y me quedo petrificada en el pasillo.

—En serio, ¿qué estás mirando? —murmura con la boca llena de tortitas, en ese tono fraternal y familiar de «eres lo más tonto que hay sobre la faz de la tierra» que ha ido perfeccionando con los años. Mientras tanto, Kevin apenas levanta la vista. Ninguna mirada amenazadora. Ningún gesto de advertencia, nada. Como si nada hubiera pasado. La misma fría indiferencia que siempre empleaba conmigo. Como si siguiera siendo la hermanita tonta de Caelin, con el pelo feo y las pecas, esa que no es nadie, que va detrás de ellos con la funda del clarinete a cuestas. Pero ya no soy ella. Ni siquiera quiero seguir siéndolo. Esa niña que era tan ingenua y estúpida, la clase de niña que podía dejar que le pasara algo así.

—Vamos, Minnie —me dice papá, usando mi apodo cariñoso. Minnie como la ratoncita, por lo tímida. Señala la comida que hay en la mesa—. Siéntate. Se está enfriando todo.

Mientras estoy de pie frente a ellos (su ratoncita), con mis gafas torcidas deslizándose por el puente de mi nariz, desnuda ante ocho ojos que me miran esperando a que haga mi papel, por fin me doy cuenta de qué iba todo esto. Los catorce años anteriores no habían sido más que un ensayo general, una preparación para saber callarme como es debido en este momento. Y Kevin me lo dijo, susurró las palabras con sus labios casi rozando los míos: «Vas a cerrar la boca». Anoche era una orden, un mandato, pero hoy no es más que la verdad.

Me subo las gafas. Y con un retortijón en las tripas (algo parecido al pánico escénico) me muevo despacio, con cuidado. Intento actuar como si cada parte de mi cuerpo, por dentro y por fuera, no estuviera palpitando. Me siento junto a Kevin, como había hecho en innumerables comidas familiares. Porque lo considerábamos parte de nuestra familia, mamá lo decía siempre, una y otra vez. Siempre era bienvenido. Siempre.

Hay un silencio total en la casa después del desayuno. Caelin se ha ido con Kevin a jugar al baloncesto con algunos de sus antiguos compañeros del instituto. Papá necesitaba una llave especial de la ferretería para instalar la nueva alcachofa de ducha que le regaló a mamá por Navidad. Y mamá estaba en su habitación, ocupada con las tarjetas de Año Nuevo.

Me siento en el salón, mirando por la ventana.

Una guirnalda de luces multicolores bordea el garaje parpadeando espasmódicamente bajo la luz gris de la mañana. Las nubes se amontonan unas sobre otras, el cielo se cierne sobre nosotros. En la puerta de al lado, un Papá Noel gigante y deshinchado se mece de un lado a otro en el centro del césped blanco de nuestros vecinos, con un movimiento lento, enfermizo, de zombi. Es como esa escena de *El mago de Oz* en la que todo pasa del blanco y negro al color. Excepto que es más bien al revés. Siempre pensé que las cosas eran en color, pero en realidad son en blanco y negro. Ahora me doy cuenta.

—¿Te encuentras bien, Edy? —Mamá aparece de repente con un montón de sobres en las manos.

Me encojo de hombros, pero no creo que se fije. Un coche se salta la señal de *stop* de la esquina y el conductor apenas levanta la vista para ver si hay alguien. Pienso en que, según dicen, la mayoría de los accidentes de tráfico se producen a menos de un kilómetro y medio del domicilio. Tal vez sea porque todo es tan familiar que dejas de prestar atención. No te das cuenta de lo único que es diferente, extraño o peligroso. Y pienso que tal vez es eso lo que me acaba de ocurrir.

—¿Sabes lo que creo? —me pregunta en ese tono que usa conmigo desde que Caelin se fue a la universidad el verano pasado—. Creo que estás enfadada con tu hermano porque no ha pasado mucho tiempo contigo estas Navidades. —No espera a que le diga que está equivocada, que en realidad es ella la que está enfadada por eso—. Sé que te gustaría que estuvierais los dos solos, como antes. Pero se está haciendo mayor... Los dos os estáis haciendo mayores... Ahora está en la universidad, Edy.

—Ya sé que... —empiezo a decir, pero ella me interrumpe.

—Está bien que quiera ver a sus amigos mientras está en casa, ¿sabes?

La verdad es que ninguno de nosotros sabe cómo comportarse cuando no está Caelin. Es como si nos hubiéramos convertido en extraños de repente. Caelin era el pegamento. Nos dio un propósito, una razón, una manera de estar juntos. Porque ¿qué se supone que vamos a hacer los demás si ya no le animamos en sus partidos de baloncesto? ¿Cómo sonarían nuestras conversaciones en la cocina sin él contándonos sus actividades diarias? Yo no puedo sustituirlo, lo sabe todo el mundo. ¿Qué narices tengo yo que pueda compararse con la emoción incesante de Caelin McCrorey? Al principio pensé que nos estábamos adaptando. Pero es que somos así. Papá está perdido sin otro chico alrededor. Mamá no sabe qué hacer sin que Caelin ocupe todo su tiempo y atención. Y yo solo necesito recuperar a mi mejor amigo. Es sencillo, pero muy complicado.

—Tampoco te vendría mal diversificarte un poco —continúa, revolviendo la pila de sobres en sus manos—. Échate un par de amigas nuevas. Ya es oficialmente un año nuevo. —Sonríe. Yo no sonrío—. Edy, sabes que creo que Mara es estupenda, y ha sido una gran amiga para ti, pero una persona puede tener más de una amistad en la vida, es lo único que digo.

Me levanto y paso de largo para ir a la cocina. Me sirvo un vaso de agua para tener algo, lo que sea, en lo que concentrarme aparte de mi madre, la inutilidad de esta conversación y el sinfín de pensamientos que se agolpan en mi cabeza.

De repente está a mi lado junto a la encimera de la cocina. Noto que está mirándome la cara. Tengo ganas de salirme de mi piel. Alarga la mano para colocarme el flequillo detrás de la oreja, como hace siempre. Pero yo retrocedo. No es a propósito. O quizá sí. No lo sé. Sé que he herido sus sentimientos. Abro la boca para decirle que lo siento, pero lo que sale en su lugar es:

—Aquí hace demasiado calor. Me voy fuera.

—Vale —responde despacio, confusa.

Mis pies se alejan de ella a toda prisa. Cojo el abrigo del gancho que hay junto a la puerta de atrás, me calzo las botas y salgo al jardín. Quito la nieve de uno de los asientos de madera del columpio. Siento que los moratones de mi cuerpo se hinchan contra la madera fría y las cadenas de metal. Solo quiero quedarme quieta un momento, respirar e intentar averiguar cómo han podido llegar las cosas a este punto. Averiguar qué se supone que debo hacer ahora.

Cierro los ojos con fuerza, entrelazo los dedos y, aunque sé que no lo hago tanto como debería, rezo, rezo con más devoción que nunca en mi vida. Deseo despertarme y que vuelva a ser esta mañana, solo que esta vez no haya sucedido nada la noche anterior.

Recuerdo sentarme a la mesa con él. Jugamos al *Monopoly*. Pero no pasó nada. Nada parecía ir mal. En realidad, estuvo amable conmigo. Actuó como… como si le gustara. Como si yo fuera algo más que la hermana pequeña de Caelin. Como si fuera una persona de verdad. Una chica, no solo una niña. Me fui a la cama feliz. Me acosté pensando en él. Pero lo siguiente que recuerdo es despertarme con él subido encima de mí, poniéndome la mano en la boca y susurrándome «cállate, cállate, cállate». Y todo ocurrió tan rápido. Si fuera un sueño, un sueño del que pudiera despertarme, entonces seguiría estando segura en mi cama. Eso sería mucho más lógico. Y nada estaría mal. Nada sería diferente. Simplemente estaría en mi cama, y allí no tendría que pasarme nada malo.

—Despierta —creo que susurro en voz alta. Dios, despierta. ¡Despierta, Edy!

—¡Eden! —me llama una voz.

Abro los ojos de golpe. Mi corazón da un vuelco mientras miro a mi alrededor. Porque no estoy en mi cama. Estoy en el jardín, sentada en el columpio, con los dedos entumecidos y apretados contra las cadenas de metal.

—¿Qué haces ahí, dividir átomos? —grita mi hermano desde la puerta trasera—. Te he llamado cien veces.

Camina hacia mí, sus pasos son largos, rápidos y seguros, la nieve fresca se aplasta fácilmente bajo sus pies. Me incorporo un poco, pongo las manos en el regazo e intento no revelar nada que le haga saber lo mal que me siento en este momento.

—Bueno, Edy —empieza Caelin, sentándose en el columpio junto al mío—. Me ha dicho un pajarito que estás enfadada conmigo.

Intento sonreír y ofrecer mi mejor imitación de mí misma.

—Déjame adivinar quién ha sido.

—Se supone que es porque no paso suficiente tiempo contigo. —Su media sonrisa me dice que la cree a medias.

—No, no es por eso.

—Oye, estás muy rara. —Me da un codazo en el brazo y añade con una sonrisa—: Incluso para ser tú.

Quizá sea mi oportunidad. ¿De verdad me mataría Kevin si lo contara? ¿De verdad podría matarme? Podría. Se aseguró de que supiera que podría hacerlo si quisiera. Pero ahora no está aquí. El que está es Caelin. Para protegerme, para estar de mi lado.

—Caelin, por favor, no te vayas mañana —le suelto, sintiendo que una urgencia repentina se apodera de mí—. No vuelvas a la universidad. No me dejes sola, ¿vale? Por favor —le ruego, con las lágrimas a punto de derramarse.

—¿Qué? —pregunta casi riendo—. ¿A qué viene esto? Tengo que volver, Edy. No tengo elección. Ya lo sabes.

—Sí, sí tienes elección. Podrías ir a la universidad de aquí... Te dieron una beca para estudiar aquí, ¿recuerdas?

—Pero no la acepté. —Hace una pausa y me mira, inseguro—. Mira, no sé qué quieres que te diga. ¿Hablas en serio?

—Es que no quiero que te vayas.

—De acuerdo, solo por la gracia, digamos que me quedo. ¿Vale? Pero piénsalo, ¿qué se supone que iba a hacer con las clases? Estoy a mitad de curso. Todas mis cosas están allí. Mi novia está allí. Ahora tengo mi vida allí, Edy. No puedo dejarlo todo y volver a casa para que podamos estar juntos o lo que sea.

—No me refiero a eso. No me hables como si fuera una cría —le digo en voz baja.

—Siento decírtelo, pero eres una cría, Edy. —Sonríe, dándome una palmada en el hombro—. Además, ¿qué se supone que iba a hacer Kevin? Somos compañeros de piso. Compartimos coche. Compartimos las facturas, todo. Ahora mismo dependemos el uno del otro, Edy. Son cosas de adultos. ¿Entiendes?

—Yo también dependo de ti, te necesito.

—¿Desde cuándo? —dice riendo.

—No tiene gracia. Eres mi hermano, no el de Kevin. —Estoy a punto de gritar, tengo la voz temblorosa.

—Vale, vale. —Pone los ojos en blanco—. Parece que has renunciado a tener sentido del humor como propósito de Año

Nuevo —dice, levantándose como si la conversación hubiera terminado solo porque ha dicho lo que quería decir—. Venga, vamos dentro. —Me tiende la mano. Siento que mis pies se plantan firmemente en la nieve. Mis piernas empiezan a seguirle por instinto, como siempre. Alzo mi mano hacia la suya. Pero justo cuando mis dedos están a punto de tocar su palma, algo se rompe dentro de mí. Se rompe físicamente. Si mi cuerpo fuera una máquina, es como si los engranajes de mi interior se detuvieran, mis músculos se cortocircuitaran y me prohibieran moverme.

—No —digo con firmeza, con la voz de otra persona.

Él se queda mirándome. Confundido porque nunca le había dicho que no en toda mi vida. Desplaza el peso de un pie a otro y gira la cabeza ligeramente, como un perro. Exhala una bocanada de aire a través de sus labios sonrientes y abre la boca. Pero no puedo permitir que pronuncie el comentario sabelotodo que se le está ocurriendo.

—¡No lo entiendes! —Habría gritado esas palabras si no tuviera los dientes apretados.

—¿Qué es lo que no entiendo? —pregunta, con la voz una octava demasiado alta, mirando a nuestro alrededor como si hubiera alguien más que debiera informarle.

—Eres mi hermano. —Siento que las palabras salen por mi garganta como una avalancha—. ¡No el de Kevin!

—¿Qué es lo que te pasa? ¡Ya sé que soy tu hermano!

Me pongo de pie, no puedo dejar que intente escapar antes de que sepa la verdad. Antes de contarle lo que pasó.

—Si lo sabes, ¿por qué está aquí siempre? ¿Por qué sigues trayéndolo contigo? Tiene su propia familia. —Mi voz vacila, y no puedo evitar que se me salten las lágrimas.

—Nunca te había molestado su presencia. De hecho, más bien parecía al contrario. —La frase queda suspendida en el aire como un eco. Levanto la vista hacia él. Incluso borrosa por las lágrimas, me doy cuenta de que está enfadado.

—¿Qué quieres decir —me estremezco— con eso de al contrario?

—Quiero decir que a lo mejor es hora de que dejes ese rollo de colegiala enamorada. Fue bonito durante un tiempo, Edy, incluso divertido, pero ya cansa, ¿no crees? Está claro que te está haciendo ser, no sé, borde, o algo así. No pareces tú. —Y luego añade, más para sí mismo—: ¿Sabes? Supongo que debería haberlo visto venir. Tiene gracia, porque Kevin y yo estábamos hablando justo de eso.

—¿Qué? —murmuro, apenas capaz de dar volumen a la palabra. No me lo puedo creer. No puedo creer que lo haya hecho de verdad. Ha conseguido poner a mi hermano, mi verdadero mejor amigo, mi aliado, en mi contra.

—Déjalo, da igual —me suelta, levantando las manos mientras se aleja de mí. Y yo solo puedo ver cómo se empequeñece, cómo pasa del color al blanco y negro, como todo lo demás. Me quedo allí un rato, intentando averiguar cómo seguir, cómo moverme, cómo existir en un mundo en el que Caelin ya no está de mi lado.

Esa noche cierro suavemente la puerta de mi habitación. Giro la cerradura noventa grados a la derecha y tiro del pomo con todas mis fuerzas, para asegurarme. Luego me doy la vuelta y miro mi cama, las sábanas y el edredón limpios y perfectamente arreglados. No sé cómo puedo pasar ni un minuto más sin contarle a alguien lo sucedido. Saco el teléfono del bolsillo y empiezo a llamar a Mara. Pero me detengo.

Enciendo la luz del techo y la lámpara del escritorio y agarro el saco de dormir del estante superior del armario. Lo desenrollo en el suelo e intento pensar en cualquier cosa menos en la razón por la que no puedo dormir en mi cama. Me tumbo, medio cayéndome, medio desplomándome, en el suelo de mi habitación. Me cubro la cabeza con la almohada y lloro con tanta fuerza que no sé cómo voy a parar. Lloro con la sensación de que han transcurrido días enteros. Lloro hasta que ya no me quedan lágrimas, como si las hubiera gastado todas, como si me hubiera roto los malditos conductos lagrimales. Entonces solo emito sonidos: sollozos y jadeos. Siento que podría quedarme dormida y no despertarme; de hecho, casi espero hacerlo.

Si hay un infierno, debe de parecerse mucho al comedor de un instituto. Es el primer día de vuelta tras las vacaciones de Navidad. Y estoy intentando con todas mis fuerzas volver a mi vida. Como solía ser. Tal como era.

Salgo de la fila del almuerzo y busco a Mara. Por fin la veo, agitando el brazo desde el otro lado del comedor abarrotado de gente. Ha conseguido un sitio para nosotras en la esquina con corrientes de aire cerca de las ventanas. Cada paso que doy es interceptado por alguien que camina delante de mí, alguien que grita, que intenta hacerse oír por encima del ruido pero que solo consigue aumentar el caos circundante.

—¡Hola! —me dice Mara cuando me acerco—. Stephen ha llegado pronto y nos ha guardado esta mesa. —Sonríe mucho, como lleva haciendo desde que le quitaron los aparatos la semana pasada.

—Guay —me las apaño para decir. Sabía que conseguir esta mesa era como ganar el premio gordo. Pasaríamos desapercibidos, no seríamos un objetivo como de costumbre. Pero solo puedo dedicarle a Stephen una pequeña sonrisa.

Stephen Reinheiser, alias el Gordo, es un chico simpático y tranquilo al que conocemos del anuario y que de vez en cuando se sienta con nosotras a comer. No es un amigo de verdad; más bien un conocido. Es un pringado de otra especie distinta a la nuestra. Mara y yo somos pringadas del club extraescolar, de la orquesta de música. Él simplemente no encaja en ningún sitio. Pero no importa, porque hay un entendimiento tácito entre nosotros. Lo conocemos desde secundaria. Sabemos que su madre murió cuando estábamos en séptimo. Sabemos que su experiencia ha sido tan trágica como la nuestra, si no más. Así que nos cuidamos mutuamente. Es decir, que, si uno de nosotros consigue una mesa decente para comer, nos pertenece a todos y no hace falta mencionar lo importante que es.

—¿Edy? —dice Stephen con su vacilación habitual—. Hum, quería preguntarte si te gustaría que hiciéramos juntos el trabajo de Historia para la clase de Simmons.

—¿Qué trabajo?

—Del que habló esta mañana. Ya sabes, cuando repartió la lista de ideas para los temas —me recuerda. Pero yo no me acuerdo de nada. Tiene que notarse porque Stephen abre su carpeta, sonríe, saca una hoja y la desliza por la mesa—. Había pensado algo en plan: «Cristóbal Colón: ¿héroe o villano?».

Miro el papel por primera vez.

—Ah. Vale. Sí. Suena bien. Colón.

Mara saca su espejo de bolsillo y examina sus dientes nuevos por millonésima vez, pasando la lengua obsesivamente por sus superficies lisas.

—Jolín, ¿son así los dientes de todo el mundo? —pregunta con aire ausente.

Pero antes de que ninguno de los dos pueda responder, una flota entera de semillas de maíz cae disparada sobre nuestra mesa. Mara grita: «¡Ay, jolín!». Cuando se sacude el pelo, las bolitas amarillas caen al suelo una a una. Sigo la trayectoria de la munición, que conduce a una mesa llena de chicos de segundo, todos con sus ridículas chaquetas deportivas, desplomados sobre sus asientos partiéndose de risa, mientras que Mara se peina frenéticamente su largo cabello con los dedos. Oigo su voz, casi como un eco en mi cerebro: «¿Me lo he quitado todo?». La miro, pero parece que todo ocurre a distancia, a cámara lenta. Stephen deja su bocadillo de mortadela encima de su bolsita de plástico y se aclara la garganta como si fuera a hacer algo. Pero luego baja la vista, como si estuviera tan concentrado en el maldito bocadillo que no pudiera pensar en otra cosa.

—¡Bomba va! —oigo gritar a alguien.

Levanto la cabeza justo a tiempo para ver a uno de ellos, el de la sonrisa estúpida y la cara llena de granos, con la barata y maleable cuchara de metal preparada para lanzarme un proyectil de guisantes verde pálido. Su dedo índice tira ligeramente del borde.

Y una especie de luz blanca y caliente parpadea frente a mis ojos, clavándose en mi corazón y haciendo que lata a mil por hora. Me levanto de la silla antes incluso de comprender cómo mi cuerpo se ha movido tan rápidamente sin la intervención de mi cerebro. Granoso me mira con los ojos entornados, su sonrisa se ensancha mientras sus compañeros de mesa le aclaman. Suelta el dedo como si fuera un gatillo. La cucharada de

guisantes me da de lleno en el pecho y cae al suelo con un sonido húmedo que juro que oigo por encima de los demás ruidos.

De repente, el planeta deja de orbitar, hace una pausa y se queda en silencio durante un instante, mientras todos los ojos del mundo se centran en mí, que estoy ahí de pie, con los guisantes estrellados en el pecho de la camisa. Entonces el tiempo vuelve a correr, el momento ha terminado. Y el comedor estalla en una cacofonía. La Tierra reanuda su rotación alrededor del Sol. Las exclamaciones, gritos y risas de todo el comedor inundan mi cuerpo. Mi cerebro se recalienta. Y salgo corriendo.

Soy consciente de que Mara me mira, levantando las manos hacia arriba, hacia las luces fluorescentes que adormecen la mente, y me pregunta: «¿Qué estás haciendo?». Soy consciente de que Stephen me mira a mí, a Mara y a su bocadillo de mortadela, con la boca abierta. Pero no puedo parar. No puedo darme la vuelta. No puedo volver allí. Jamás. Sin pase de pasillo, sin permiso, sin un pensamiento coherente en la cabeza que no sea largarme de allí, me largo de allí.

Recorro el pasillo a toda velocidad. Apenas puedo respirar, algo me estrangula desde dentro hacia fuera. Con el piloto automático, mis pies avanzan y suben las escaleras, buscando un lugar, cualquier lugar, en el que poder estar. Cruzo las puertas dobles de la biblioteca y es como si acabara de entrar en otra dimensión. Las cosas son más ligeras aquí, y todo se mueve a un ritmo más normal, que calma mi corazón mientras me quedo ahí plantada. Solo hay unos pocos alumnos repartidos por toda la biblioteca. Nadie me mira.

La puerta detrás del mostrador se abre y entra la señorita Sullivan con un montón de libros en los brazos. Me sonríe con mucha simpatía.

—Hola. ¿Necesitas algo? —pregunta dejando los libros sobre el mostrador.

«Escóndeme», quiero decirle. Escóndeme del mundo. Y que no tenga que volver a cruzar esas puertas nunca más. Pero no lo hago. No digo nada. No puedo.

—Acércate —me indica con un gesto—. Aquí está la hoja de firmas —me dice, centrando un portapapeles frente a mí.

Cojo el bolígrafo atado a un cordel en la parte superior del portapapeles. Lo siento como si fuera un palillo chino entre los dedos, me tiembla la mano al presionarlo contra el papel. Hay que escribir la fecha, tu nombre, la hora y de dónde vienes. Tenemos que hacerlo cada vez que vamos o venimos de algún sitio. La señorita Sullivan mira el garabato que se supone que es mi nombre.

—¿Y cómo te llamas? —me pregunta con amabilidad.

—Eden —le contesto en voz baja.

—Eden, vale. ¿Y de dónde vienes? —He dejado esa casilla en blanco.

Abro la boca, pero al principio no sale nada. Ella me mira con otra sonrisa.

—Del comedor. No tengo pase para estar aquí —confieso, sintiéndome como una especie de fugitiva. Noto que se me llenan los ojos de lágrimas mientras la miro desde el otro lado del mostrador.

—No pasa nada, Eden —dice suavemente.

Me froto los ojos con la manga.

—Creo que tengo algo para eso. —Señala con la cabeza las manchas verdes del pecho de mi camisa—. ¿Por qué no vienes a mi despacho?

Abre de un empujón la puerta abatible que hay junto al mostrador y me lleva dentro.

—Siéntate —me dice mientras cierra la puerta. Rebusca en uno de los cajones de su escritorio y saca un montón de bolígrafos, lápices y rotuladores. Su despacho es luminoso y cálido. En una esquina hay una mesa llena de plantas. Tiene un montón de carteles pegados en la pared sobre libros y bibliotecarios, y uno muy grande en el que pone «LECTURA» y aparece el presidente sonriendo y sosteniendo un libro en sus manos. Uno de ellos dice: «UNA HABITACIÓN SIN LIBROS ES COMO UN CUERPO SIN ALMA. CICERÓN».

—Ajá. Aquí está. —Me da uno de esos rotuladores quitamanchas—. Siempre tengo uno a mano. Soy bastante torpe, así que siempre me derramo cosas encima. —Sonríe al verme presionar la esponjosa punta del rotulador sobre las manchas de mi camisa.

—Por favor, no me haga volver allí —le suplico, demasiado desesperada y agotada para intentar aparentar que no estoy desesperada y agotada—. ¿Cree que a partir de ahora podría ser voluntaria durante el almuerzo? ¿O algo así?

—Ojalá pudiera decirte que sí, Eden. Pero, por desgracia, ya tenemos el número máximo de voluntarios para esta hora. Sin embargo, creo que encajarías muy bien aquí, de verdad. ¿Hay algún otro momento que te interese, quizá durante una hora de estudio?

—¿Está segura de que no hay sitio? Porque es que ya no puedo volver al comedor durante la hora del almuerzo.

—Siento que mis ojos se calientan y se humedecen de nuevo.

—¿Puedo preguntar por qué?

—Es… personal, supongo. —Pero la verdad es que es humillante. Es demasiado humillante seguir yendo a almorzar, tener que esconderte y que te tiren comida de todos modos, y no poder hacer nada al respecto, y que tus amigos tengan demasiado miedo para defenderte, o defenderse. Especialmente cuando te acaban de atacar en tu propia casa (en tu propia cama) y ni siquiera puedes defenderte allí, el único lugar donde se supone que estás a salvo. Por todas estas razones, es personal. Y las preguntas como «¿Por qué?» no pueden responderse con sinceridad, no a esta mujer que me mira con tanta ternura, esperando una respuesta que le permita hacer algo al respecto. Pero como no la hay, me aclaro la garganta y repito—: Nada, cosas personales.

—Comprendo. —Se mira las uñas y sonríe con tristeza. Me pregunto si de verdad lo entiende o si solo es algo que dice.

Justo cuando estoy a punto de levantarme e irme, algo cambia en su rostro. Me mira como si estuviera planteándose dejarme hacerlo de todos modos, como si fuera a apiadarse de mí.

—Bueno —empieza a decir—, tengo una idea a la que he estado dándole vueltas, algo que podría interesarte, quizá.

Me acerco más a ella, literalmente al borde de mi asiento.

—He estado pensando en crear un grupo, un club de lectura que se reuniría durante el almuerzo. Estaría abierto a todos los alumnos que quieran leer un poco más fuera de clase. Sería como un grupo de debate informal, más o menos. ¿Te gustaría participar?

—¡Sí, sí! Desde luego que sí. ¡Me encantan los libros! —Luego, con más calma, añado—: Quiero decir, me encanta leer, así que creo que un club de lectura sería genial. —Tengo que obligarme a cerrar la boca para dejar de hablar.

—Vale, bien, pues estupendo. Sin embargo, según las normas del instituto, cualquier club debe tener al menos seis miembros para ser oficial. Así que lo primero es lo primero: ¿conoces a alguien más que pudiera estar interesado?

—Sí, creo que sí, dos personas tal vez, una seguro.

—Es un buen comienzo. Si de verdad quieres, voy a necesitar que hagas un poco de trabajo de campo, ¿de acuerdo? Porque, básicamente, mi único papel sería el de asesora, como una especie de coordinadora. El grupo en sí estaría llevado por los alumnos, organizado por alumnos. Sería vuestro grupo, no el mío. ¿Te parece bien?

—Sí, sí. Entonces, ¿qué tengo que hacer para conseguirlo?

—Podrías empezar haciendo carteles y poniéndolos por el instituto. Para ver si podemos conseguir suficiente gente interesada.

—Eso puedo hacerlo. Puedo hacerlo ahora mismo.

Se ríe un poco.

—No tienes que hacerlo ahora mismo, aunque me gusta tu entusiasmo. De hecho, no tienes que hacerlo en absoluto. Puedes tomarte un tiempo para pensarlo si quieres.

—Estoy segura. Quiero hacerlo, de verdad.

—De acuerdo. Pues en eso quedamos. Me encargaré del papeleo esta tarde, ¿te parece bien?

—¡Genial! —grito, con la voz aguda y temblorosa mientras lucho contra el impulso de saltar sobre el escritorio y echarle los brazos al cuello—. ¡Me parece genial!

Hago el cartel en ese mismo momento y tengo las paredes empapeladas antes de que acabe el día.

El sábado por la mañana, aproximadamente a las diez, suena el timbre de la puerta.

—¡Voy yo! —grito desde mi habitación, pero mamá se me adelanta. Llego al salón justo cuando está abriendo.

—¡Buenos días, tú debes de ser Stephen! Pasa, por favor, que está lloviendo.

—Gracias, señora McCrorey —dice Stephen, atravesando nuestra puerta principal con cautela, dejando charcos de agua por todo el suelo, lo que sé que está haciendo que mamá hiperventile en secreto.

Me quedo mirando cómo Stephen Reinheiser le da a mi madre su impermeable y su paraguas. Veo cómo esta persona que me conoce de una forma muy distinta cruza ese límite implícito y empieza a conocerme de una forma totalmente diferente.

—Puedes dejar las zapatillas en la alfombra —le dice mamá, que quiere asegurarse de que se quita los zapatos mojados antes de atreverse a pisar la moqueta. Va a entrar en una casa en la que no se permiten los zapatos. Viéndole en mi salón en calcetines, con aspecto incómodo, me doy cuenta de que él también tiene sus propios límites.

—Hola, Stephen —digo finalmente, asegurándome de sonreír. Me devuelve la sonrisa, parece aliviado de verme—. Pasa. He pensado que podemos trabajar en la mesa.

—Claro —murmura, siguiéndome mientras le conduzco al comedor.

Nos sentamos y Stephen saca un cuaderno de su mochila. Yo reajusto la pila de libros de Colón que he sacado de la biblioteca.

—¿En qué estamos trabajando, Minnie? —dice papá en voz demasiado alta, apareciendo de repente en la puerta entre la cocina y el comedor, con una taza de café humeante en la mano. Stephen da un respingo antes de girarse en su asiento para mirar a mi padre.

—Papá, él es Stephen. Stephen, mi padre. Vamos a hacer un trabajo de Historia sobre Colón.

Intento suplicarle en silencio que sea breve. Tanto mi padre como mi madre habían armado un gran alboroto ante la visita de un chico. Antes de que llegara les dije que no era eso. Ni siquiera pienso en Stephen de esa manera. Creo que nunca pensaré en nadie de esa manera.

—Héroe o villano —añade Stephen.

—Ah. Hum. Vale —dice papá, sonriéndome antes de volver al salón.

—¿Quién es Minnie? —susurra Stephen.

—No preguntes —le respondo, poniendo los ojos en blanco.

—Entonces, ¿vas a dejar de ir a almorzar? —dice, en tono interrogativo—. Lo siento.

—¿Por qué?

—Por lo que pasó el lunes. En el comedor. Ojalá hubiera dicho algo. Debería haber dicho algo. Odio a esos tíos, son unos imbéciles.

Me encojo de hombros.

—¿Te contó Mara lo del club de lectura?

Él asiente con la cabeza.

—¿Vendrás? Necesitamos gente. Al menos seis personas. La señorita Sullivan es muy enrollada. Me ha dejado quedarme en la biblioteca toda la semana. —Trato de hacer que parezca más guay de lo que probablemente es—. Creo que lo entiende, ¿sabes?

—¿Qué es lo que entiende?

—Pues ya sabes, cómo son las cosas. Que hay un montón de grupitos estúpidos, y reglas que se supone que tienes que seguir y que no tienen sentido. Todo eso, ¿sabes? —Me detengo, porque a veces olvido que no debemos hablar de esto. Se supone que debemos aceptarlo. Se supone que debemos sentir que somos nosotros los que tenemos el problema. Y debemos afrontarlo como si fuera nuestro problema, aunque no lo sea.

Aun así, se me queda mirando de una forma extraña.

—Quiero decir, lo entiendes, ¿verdad? —le pregunto. «Cómo no va a entenderlo —pienso—. Mírale. Un friki total. Con sobrepeso. Sin amigos».

—Sí —dice lentamente—. Sí, lo entiendo. Supongo que nunca se lo había oído decir así a nadie. —Me mira como nunca me hubiera mirado antes, como si le hubiera contado un gran secreto que no conocía de sí mismo.

—Bueno, tú piénsatelo de todos modos, lo del club de lectura. —Hago una pausa y respiro—. Entonces, ¿Colón?

—De acuerdo —dice distraídamente.

—¿Y tú qué crees? —Intento desviar la conversación hacia nuestro trabajo y alejarla de toda esta peligrosa sinceridad—. ¿Héroe o villano?

—No lo sé —dice Stephen, aún ausente—. He leído en Internet que hubo mucha gente que llegó aquí antes que Colón. Quiero decir, los nativos americanos ya estaban aquí, claro. Pero también los vikingos. Y luego hubo gente de África e incluso de China que estuvo aquí primero.

—Sí, yo también lo he leído.

—Más bien, Colón fue el último en descubrir América, no el primero —dice Stephen riendo.

—Ya —respondo, dándole la razón—. He estado leyendo muchos libros de la biblioteca. —Abro uno y se lo deslizo por la mesa—. ¿Sabías que secuestraron a un montón de gente y les cortaban las orejas, la nariz o algo de eso, y los mandaban de vuelta a su pueblo para dar ejemplo? —Señalo una de las ilustraciones—. Básicamente se llevaban todo lo que querían.

Stephen sigue leyendo el libro.

—Exacto: comida, oro..., esclavos..., violaciones...

Me estremezco ante la palabra, pero Stephen sigue leyendo.

—Vaya mierda, aquí pone que les obligaban a traer una cierta cantidad de oro, lo que era imposible para cualquiera, y cuando fracasaban, ¡les cortaban las manos para que murieran desangrados! Y si huían, enviaban perros a cazarlos y luego los quemaban vivos. Es repugnante —añade Stephen, mirándome por fin.

—Entonces, creo que ya tenemos nuestra posición: villano, ¿no?

—Sí, villano —contesta—. ¿Por qué seguimos celebrando el Día de la Raza? —Sonríe—. Deberíamos abolirlo.

—Es verdad. Que siempre se haya visto a alguien como si fuera una persona increíble, como un héroe, no significa que lo sea de verdad. Ni que sea así realmente —digo.

Stephen asiente con la cabeza.

—Sí, desde luego.

—Puede que en el fondo sea una persona horrible, y que nadie quiera verlo como es en realidad. Todo el mundo prefiere creer las mentiras y no ver todo el daño que ha hecho. Y no es justo que la gente se salga con la suya y haga esas cosas horribles sin tener que pagar las consecuencias. —Me callo porque apenas me queda aliento. Cuando veo la expresión de extrañeza en la cara de Stephen, me doy cuenta de que seguramente no estuviera hablando solo de Colón.

—Sí —repite Stephen—, lo sé, estoy totalmente de acuerdo.

—Vale. Vale, bien.

—Oye, ¿sabes lo que deberíamos hacer? —pregunta Stephen, con los ojos brillantes—. Podríamos hacer, no sé, carteles de «SE BUSCA» para Colón y todos esos tiparracos. Enumerar sus crímenes y esas cosas. —Sonríe—. ¿Qué te parece?

Le devuelvo la sonrisa.

—Me gusta.

Club de lectura «La hora del almuerzo». Le puse nombre. La semana siguiente celebramos nuestra primera reunión. Llevamos nuestras bolsas marrones a la mesa situada en la parte trasera de la biblioteca, junto a los materiales de referencia obsoletos que nadie utiliza. Somos Mara, Stephen, yo y dos chicas de primero. Una parece tener unos diez años y se trasladó de un colegio católico a principios de curso. Se viste como si aún estuviera allí, siempre con camisas almidonadas bajo jerséis raídos y faldas vergonzosamente largas. La otra chica se muerde el pelo. Parece tan desquiciada que ni siquiera sé si sabe por qué estamos aquí.

—Nos falta uno —anuncio, esperando que eso no lo estropee todo.

La señorita Sullivan me mira como si supiera tan bien como yo que esto es un desastre. Luego mira el reloj. El minutero marca el uno.

—Todavía hay tiempo —dice, leyéndome la mente—. Además, no pasa nada si no tenemos a las seis personas el primer día.

En ese momento, un chico al que nunca había visto se acerca a la mesa, uno de aspecto severo, delgado, de piel pálida y pelo negro con mechas azules que hacen juego con sus brillantes ojos azules. Lleva unas gafas estrafalarias de montura gruesa y dos aros de plata le rodean el labio inferior.

—Guau —me susurra Mara con una sonrisa de oreja a oreja.

—¿Qué? —le susurro yo también.

—Guau —repite sin apartar los ojos de él.

—¡Cameron! —La señorita Sullivan le saluda—. Me alegro mucho de que hayas decidido venir.

—Ah —dice él, cogiendo la silla junto a Stephen—. Quiero decir, sí. Hola.

—Muy bien —responde la señorita Sullivan, claramente animada por nuestra nueva incorporación—. ¿Por qué no empezamos? He pensado que podríamos ir presentándonos, decir qué cosas nos interesan y por qué estáis aquí. Empiezo yo. Obviamente, soy la señorita Sullivan. —Se ríe—. Soy vuestra bibliotecaria. Pero cuando no estoy aquí, soy una persona real, lo creáis o no. Paso mucho tiempo como voluntaria en el refugio de animales y acojo a perros rescatados mientras esperan a que los adopten. En cuanto a este club de lectura, como le dije a Eden, es vuestro club, así que quiero que cada uno de vosotros le dé forma. Creo que será una manera estupenda de leer por diversión, fuera del entorno habitual del aula, donde podremos discutir y debatir, hablar de temas que normalmente no tratamos en vuestras clases de cuarenta minutos.

Hace un gesto con la mano en mi dirección, como diciendo que me toca. Me hundo un poco más en el asiento.

—Soy Eden… Edy, quiero decir. O Eden. Y, bueno, supongo que me gusta leer. —Me encojo de hombros—. Y este club de lectura me pareció una buena idea —murmuro. La señorita Sullivan me anima con un gesto de la cabeza. Me odio a mí misma. Miro a Mara, rogándole en silencio que, por favor, me interrumpa, que empiece a hablar…, que diga cualquier cosa.

—Me llamo Mara —dice con dulzura, mostrándonos su nueva sonrisa—. Estoy en primero. Me interesa la música, y de hecho toco en la orquesta del instituto. Me gustan los animales —añade con naturalidad. ¿Por qué no se me ocurrió decir algo así? Yo también toco en la orquesta. Me gustan los animales—. ¿Qué más? Creo que será una manera guay de pasar el almuerzo, es mucho más agradable y tranquilo que el comedor. —Añade una risita al final de la frase y todos le devuelven la sonrisa. Especialmente el chico nuevo. Mara me da una patada en el pie por debajo de la mesa, en plan: «¿Has visto eso?».

—Estupendo, Mara. Siempre nos vienen bien más voluntarios en el refugio de animales —dice la señorita Sullivan con una sonrisa. Y yo me pregunto cómo puede llegar a ser así de normal la gente. Cómo parecen saber qué decir y hacer automáticamente.

—Soy Cameron —dice el chico nuevo, saltándose a las otras dos chicas—. He llegado nuevo este año. Me interesa el arte. Y la música —añade, sonriendo a Mara—. También me gusta leer. —Aparta la mirada de Mara para hacer contacto visual conmigo—. Y los perros. —Sonríe mirando a la señorita Sullivan.

La señorita Sullivan le devuelve la sonrisa con entusiasmo.

—Yo soy Stephen —murmura Stephen—. Cuando Edy me habló de esto, creí que sería una buena alternativa a almorzar en el comedor. Ah, y también me gusta el arte —añade, mirando a Cameron—. Me refiero a la fotografía. Participo en el anuario.

—Genial, tío —dice Cameron, brindándole a Stephen una de sus sonrisas. Este Chico Nuevo no deja de pisarme el terreno, primero con Mara, luego con la señorita Sullivan y ahora con Stephen. Y después intenta sonreírme como si fuera un buen tío.

Me pilla mirándole fijamente, intentando averiguar a qué clase de juego está jugando. No sé qué expresión debo de estar poniendo, pero su sonrisa se desvanece un poco, y sus ojos también me miran con dureza, como si intentara averiguar por qué intento descifrarlo. Algún lugar de mi cerebro me dice que debería estar escuchando a las otras dos chicas mientras se presentan, pero no puedo.

—Gracias por las presentaciones. Me está encantando todo. Y ahora, creo que lo que habría que hacer en esta reunión es fijar algunos aspectos logísticos —dice la señorita Sullivan a través de la niebla de mi cerebro. Cameron desvía su atención hacia ella y yo le sigo—. ¿Qué os parece razonable? ¿Dos libros al mes? ¿Uno? ¿Tres? No sé. Podemos votar qué libros nos gustaría leer juntos; haremos la lectura en nuestro tiempo libre y estos almuerzos serán para debatir. ¿Qué opináis?

—Dos al mes suena bien —contesta Cameron, justo antes de que yo fuera a decir lo mismo.

—Sí, dos me parece bien —asiente Mara, con un brillo extraño en los ojos.

—¿Por qué no tres? —pregunta la colegiala católica.

—No sé si tengo tiempo para tres libros extra, con los deberes y todo lo demás —dice Stephen inseguro, mirando alrededor de la mesa en busca de apoyo.

—Estoy de acuerdo. —Lo digo con firmeza, solo para tener algo que decir. Stephen me sonríe. Después de todo, me había apoyado con lo de Colón.

—Muy bien. Creo que tenemos mayoría. Dos libros al mes, entonces —concluye la señorita Sullivan.

—¡Edy, eso de los libros ha sido la mejor idea que has tenido nunca! —chilla Mara en cuanto cruzamos el umbral del mundo exterior, cuando nos disponemos a volver a casa después de clase—. El chico de hoy molaba un montón.

—¿Te refieres al tío del pelo azul y los *piercings*? —pregunto incrédula.

—No es azul. Es negro con toques de azul. Me encanta su pelo... Me encanta él.

«Vale», digo para mis adentros.

—Las cosas están a punto de mejorar, Edy —dice juntando las manos—. Lo sé.

—¿De qué estás hablando?

—A que esto es solo el principio de lo mío con Cameron. A partir de ahora, estaremos cada vez más unidos, ¿no crees? —Se detiene, mirando a lo lejos. Y sé que la he perdido; ha entrado en su mundo de fantasía obsesiva—. Sí —continúa, por fin me mira de nuevo, con los ojos muy abiertos—. Ya lo conoceremos todos en eso de los libros. Primero nos haremos amigos. Siempre se dice que es mejor así. Será...

Pero tengo que dejar de escucharla, porque podría seguir así durante horas, planeando cómo serán las cosas.

—¿Tú has visto cómo me miraba? ¡Qué fuerte! —la oigo decir.

A veces me pregunto si ella lo entiende, como lo hacen la señorita Sullivan y Stephen, que simplemente lo entienden. La mayor parte del tiempo creo que sí, pero a veces parece que vivimos en planetas distintos. Como ahora.

—¿Y si me tiño el pelo de azul? —concluye, después de un monólogo que ha durado casi todo el camino a casa desde el instituto.

—¿Qué? No, Mara.

—Solo me estaba asegurando de que me escuchabas. —Sonríe con sorna.

—Te estoy escuchando —miento. Nos paramos en la señal de *stop* de la esquina de mi calle. Aquí es donde nos separamos. Yo sigo recto. Ella a la izquierda. Pero no puedo obligar a mis pies a moverse en esa dirección. Es como si pisara arenas movedizas. Ella se queda mirándome como si de verdad lo entendiera. Como si supiera que algo va mal.

—¿Quieres venir? —me pregunta—. Mi madre no llegará hasta más tarde.

Asiento con la cabeza y empezamos a caminar hacia su calle.

—Vale, no me teñiré el pelo de azul —sonríe—, pero me voy a poner lentillas. Ya he convencido a mi padre. Iremos al oculista el próximo fin de semana.

—Genial —le digo mientras me subo las gafas por el puente de la nariz.

No tenemos más remedio que pasar por delante de su casa para llegar a la de Mara. Por la casa de Kevin. No importa que no esté. Siento que las piernas me flaquean a medida que nos acercamos. De repente odio este barrio, lo aborrezco, aborrezco que estemos todos tan cerca que no podamos separarnos de la vida de los demás.

Ya veo a Amanda en el patio delantero cuando nos acercamos a su casa. Su hermana. Siempre me ha parecido mucho más pequeña que yo; siempre la he visto como una cría, pero ahora que la miro no me lo parece tanto. Solo iba un año por detrás de nosotras en el colegio. Jugábamos mucho juntas cuando éramos niñas, antes de que Mara se viniera a vivir aquí en sexto curso y ocupara su lugar como mi mejor amiga. Su hermana pequeña está con ella, junto con otro niño (seguramente un vecino), envueltos en capas de ropa, jugando en la nieve. Parece que están intentando hacer un muñeco, pero no es más que una masa amorfa de color blanco. Amanda está al lado de pie, enrollando una bufanda alrededor de donde se unen la masa superior y la central, mientras los dos niños gritan y se lanzan bolas de nieve.

Ellos no nos ven, pero Amanda sí. Le hace un último nudo a la bufanda y se mete las manos enmitonadas en los bolsillos del abrigo. No dice nada, lo que es raro. Aunque técnicamente ya no éramos amigas, como antes, seguíamos hablando, seguíamos llevándonos bien en las reuniones familiares ocasionales.

Como yo tampoco digo nada, Mara llena el silencio:

—¡Hola, Mandy!

Mandy. Así la llamábamos todos cuando se mudaron aquí. No duró mucho. Recuerdo que la presentaron así la primera vez que nos vimos. Fue en mi octavo cumpleaños, cuando nuestras dos familias empezaron a celebrarlo todo como una sola, porque Kevin y Caelin fueron inseparables desde el principio. Kevin siempre estaba incluido, y por extensión su familia. Pero supongo que eso fue hace un millón de años.

—Hola, Amanda —me animo a decir, intentando sonreír.

Ella se cruza de brazos y se endereza un poco.

—Hola —responde al cabo de un rato, con sequedad.

—¿Lo has pasado bien estas Navidades? —A pesar de todo, intento actuar con normalidad, pero solo puedo pensar en Kevin.

Se encoge un poco de hombros, mirándome fijamente. Los segundos pasan.

Lo que ocurre con los Armstrong (algo en lo que no había pensado hasta ahora) es que cuando vinieron aquí no solo se mudaron. Dejaban atrás algo más. Había pasado algo malo donde fuera que vivían antes. Oí a la señora Armstrong contándoselo a mamá. Estaba llorando. Y más tarde oí a mamá contándoselo a papá. No entendí gran cosa, aparte de que era sobre Kevin y el hermano del señor Armstrong, el tío de Kevin.

—Perdona —me dirijo a Mara—, pero creo que me voy a ir a casa. No me encuentro muy bien, la verdad.

—No me digas, ¿qué te pasa? —pregunta Mara con voz preocupada.

—Nada, es que... —Pero no termino, porque ya me estoy alejando de ellas. Me vuelvo para mirarlas una sola vez, y las dos se quedan mirándome. Mara levanta el brazo para despedirse y grita:

—¡Ya te llamaré!

Empiezo a correr tras doblar la esquina, con la cabeza palpitando cada vez más fuerte y más deprisa a cada paso, todo el cuerpo bañado en sudor frío. Cuando llego a casa, tengo tantas náuseas que lloro. Corro al cuarto de baño y al instante estoy en el suelo arrodillada delante del retrete, jadeando.

Después me tumbo en el sofá, sin molestarme siquiera en quitarme el abrigo.

Cierro los ojos.

Lo siguiente que veo es a mi madre inclinada sobre mí, tocándome la frente con el dorso de la mano.

—¿Está enferma? —le pregunta papá mientras deja las llaves sobre la mesa de la cocina.

—¿Edy? —Mamá me pone las manos heladas en las mejillas. Qué bien sienta—. ¿Qué te pasa? ¿Estás enferma?

—Supongo que sí —murmuro.

—Bueno, vamos a quitarte el abrigo. —Me pasa el brazo por la espalda para ayudarme a levantarme. Y ahora mismo deseo que me abrace más que nada. Pero me saca los brazos del abrigo.

—He vomitado —le digo.

—¿Has comido algo raro hoy? —me pregunta.

—No. —De hecho, hoy no he comido nada. Estaba demasiado ocupada intentando calar a ese tal Cameron durante la hora del almuerzo como para comerme el sándwich de crema de cacahuete y mermelada que me había preparado.

—Cariño, lo siento mucho. —Se levanta y me mira como si de verdad lo sintiera—. ¿Por qué no vas a ponerte el pijama y te hago un poco de sopa, vale?

—Vale —le contesto.

Entro en mi habitación para cambiarme, con cuidado de no mirar demasiado los moratones grises que todavía tengo en los muslos. Con cuidado de no mirar demasiado los moratones de los huesos de la cadera y las costillas. Pronto desaparecerán. Me pongo el pantalón del pijama y me abrocho la camisa de franela hasta el cuello para ocultar los moratones que aún tengo en la clavícula.

—¿Pollo con fideos? —grita mamá desde la cocina cuando me siento a la mesa.

Antes de que pueda contestar, me pone delante una taza de té humeante.

En realidad, no me apetece sopa, ni de pollo con fideos ni de ningún otro tipo. Pero tiene una sonrisa enorme en la cara, como la que se le pone siempre que va detrás de Caelin. Creo que le gusta tener a alguien de quien cuidar, algo concreto que hacer por mí.

—Sí, pollo con fideos —acepto, a pesar de que se me revuelve el estómago.

—Vale, tómate eso —me dice señalando el té.

Asiento con la cabeza.

Papá se sienta a la mesa frente a mí. Haciendo una tienda de campaña con las manos, dice:

—Sí. Supongo que habrá algún virus por ahí.

Si siempre estuviera enferma, las cosas podrían ser un poco más normales por aquí.

La semana siguiente nos sentamos con nuestras bolsas del almuerzo en la mesa que reservé al fondo de la biblioteca. Mara se sienta al lado de Cameron, en vez de a mi lado. Su brazo roza accidentalmente el de ella y veo cómo se gira ligeramente hacia él. Entonces me doy cuenta de que a él no le gusta ella. Y eso me hace sentir demasiado bien.

—Bueno, el club de lectura La hora del almuerzo es una democracia —empieza la señorita Sullivan mientras acerca un carrito de libros a la mesa—. He sacado una serie de libros de los que tenemos al menos seis ejemplares en la biblioteca. Creo que la mejor forma de empezar es que cada uno elija un libro que le gustaría leer y luego lo sometamos a votación. ¿Os parece bien?

Todos asentimos y empezamos a buscar entre las filas de libros. Finalmente volvemos a nuestros asientos con nuestras propuestas. Cameron mira mi selección a través de la mesa.

—¿Ana Frank? Buena elección.

—Lo sé, por eso lo he cogido.

Miro el suyo: *Un mundo feliz*.

—Es mi favorito —explica.

—Nunca lo he leído —le dice Mara.

—Es muy bueno. Trata de un tipo… —empieza él, acercándose a ella. Todo el mundo empieza a escucharle, pero yo solo quiero coger el libro y darle con él en la cabeza. ¿Por qué sigue intentando apoderarse de mi club de lectura?

—Bueno, entonces podríamos empezar por ahí —dice la señorita Sullivan—. Los que estén a favor de *Un mundo feliz* que levanten la mano.

Me niego a levantar la mano. Pero todos los demás la levantan. Esperan a que me una, mirándome como si no hubiera entendido lo maravilloso que era mientras Cameron hablaba de ello.

—Ejerzo mi derecho de veto. —Tengo que contenerme para no gritárselo.

—¿Por qué? —pregunta Cameron, con un atisbo de humor en la voz.

Me ruborizo. Abro la boca, sin saber qué voy a decir a continuación.

—Porque sí. —Hago una pausa—. Porque todo el mundo sabe que todos vamos a tener que leerlo en clase de Literatura cuando estemos en el último curso.

—Ah, pues sí, eso es cierto —dice Stephen en voz baja, bajando el brazo. Me gustaría chocarle los cinco, pero me limito a sonreír. Él me devuelve la sonrisa tímidamente, antes de bajar la vista hacia su famoso bocadillo de mortadela, que asoma de una esquina de la servilleta.

—¿Y qué? ¿No era Ana Frank una lectura de verano? —pregunta Mara. Me cuesta creerlo: se pone de su parte.

—Sí, ¿qué más da? —pregunta Cameron, los dos contra mí.

—Era una lectura de verano —empiezo a decir, tratando de encontrar alguna razón que no sea «Te odio y no puedo dejar que ganes»—. Pero la diferencia es que nunca llegamos a comentarlo en clase ni nada. Y deberíamos haberlo hecho.

—Pero aún no hemos leído *Un mundo feliz* —añade la Comepelo—. Así estaremos preparados cuando tengamos que leerlo en último curso.

—Es verdad —asiente la Colegiala Católica.

—Pues a mí me parece una idiotez. —Las palabras se me escapan como la cosa más natural del mundo. Cierro la boca rápidamente, pero es demasiado tarde.

Mara se queda atónita, como si no pudiera creer lo que acabo de decir. Y entonces arruga la cara de esa manera que la hace ser clavada a su madre. Yo tampoco puedo creer lo que acabo de decir.

—Bueno, chicos, no es tan grave —intercede la señorita Sullivan—. La mayoría manda. Así que empezaremos con *Un mundo feliz*, del señor Huxley. —Luego me aprieta el hombro suavemente y susurra—: Te prometo que te va a gustar, Eden.

Todos me miran como si fuera la mayor imbécil del mundo.

Mara respira hondo cuando salimos de la biblioteca.

La miro a la cara y veo que me está observando.

—Ya, ya... No sé qué ha pasado, Mara —confieso—. ¿Tan malo ha sido? —susurro.

—Un poco. —Hace una mueca—. ¿Estás bien?

Asiento con la cabeza.

—¿Seguro que no sigues enferma por lo de la semana pasada? Porque estás muy rara.

—Creo que no.

Hay un silencio inquietante entre nosotras mientras nos dirigimos a nuestras taquillas.

—Oye, ¿y si hacemos algo este fin de semana? —le pregunto al cabo de un rato—. ¿Las dos solas? —Aclaro, pensando que necesito contarle lo que pasó con Kevin. Necesito contárselo a alguien. Y pronto. Antes de que explote.

—No puedo. Estoy con mi padre este fin de semana. ¿Recuerdas que vamos a encargar mis lentillas?

Entonces, tendrá que esperar.

Al día siguiente, después de las clases, los pasillos se inundan de gente que intenta salir de allí. Voy de camino al ensayo de la orquesta, Mara camina a mi lado, hablando por los codos, llenando mis silencios. Me siento como si me hubiera ido a otro lugar, como si me hubiera deslizado a otro mundo. Uno muy parecido al real, pero un poco más lento. Esta realidad alternativa en la que no estoy ni en mi cuerpo ni en mi mente es un lugar en el que solo pienso en una cosa y solo en una.

—Negro —declara Mara con rotundidad—. No, rojo. No sé. ¿Tú qué crees? —pregunta mientras se coloca un mechón de pelo castaño delante de la cara—. Creo que negro. Sí, seguro —responde—. Sé que mi madre va a flipar —dice, como si yo hubiera sacado el tema—. Pero no me importa. Necesito un cambio.

—¿Otro cambio? —pregunto, pero ella no me oye por encima del ruido de las taquillas y las voces que gritan, o quizá es que no hablo lo bastante alto.

—¿Te he dicho que mi padre quiere que conozca a su nueva novia este fin de semana? —Lo dice como si acabara de acordarse, como si no me lo hubiera dicho ya veinte veces—. ¿Te lo puedes creer? —Pronuncia la palabra «novia» como si fuera algo imposible, un unicornio, un dragón o algo así.

Sé que lo está pasando mal con todo eso: el divorcio de sus padres, su padre que se va de casa, su madre volviéndose loca y ahora esta supuesta novia. Sé que al menos tengo que intentar ser la mejor amiga que era hace solo un mes. Niego con la cabeza con lo que espero que parezca incredulidad.

—Edy —me dice—, puedes venir hoy después de clase, si quieres.

Esbozo una sonrisa. Pero es lo único que consigo.

—Puedes ayudarme a elegir el color. ¡También podríamos hacerte algo a ti! —chilla.

Me encojo de hombros. Intento mantenerme pegada a la pared mientras caminamos. Últimamente tengo la sensación de que mi piel, al igual que mi mente, se ha vuelto del revés. Como si estuviera en carne viva, y casi me doliera hasta el más mínimo roce. Me abrazo al estuche del clarinete para hacerme más pequeña, para que sea mi armadura.

Es entonces cuando lo veo, un chico que corre por el pasillo hacia nosotras. «Número 12», pone en su estúpida y pretenciosa chaqueta deportiva. Siento una opresión en el estómago al verle ganar velocidad, zigzagueando entre los cuerpos como si estuviera en la cancha de baloncesto y no en el pasillo. Oigo que alguien grita su nombre y algo de que llega tarde y que el entrenador le va a obligar a dar vueltas. Veo que no mira hacia delante, que está a punto de chocar conmigo. Abro la boca, pero no sale nada.

Lo sé antes de que ocurra. Y entonces ocurre. PLAF: él contra mí, mi hombro contra la pared, el estuche del clarinete contra mi estómago con tanta fuerza que mi cuerpo se desploma involuntariamente. Me devuelve a la realidad. El tiempo se precipita, mi cerebro y mi cuerpo se sobrecargan en solo un instante. Encorvada hacia delante, con el abdomen dolorido como si me acabaran de apuñalar, miro fijamente mis sucias zapatillas sin marca del supermercado. El número 12 me agarra del antebrazo. Siento como si sus dedos me estuvieran agujereando la camisa. Oigo su voz, amortiguada, en el fondo de mi mente, diciendo:

—Ay, mierda, lo siento, ¿estás bien?

Pero no puedo escucharlo del todo porque parece que solo tengo un pensamiento. Este: «Muérete puto gilipollas de mierda mátate de una puta vez muérete muérete muérete».

No sé qué hacer con este pensamiento. Desde luego no puede ser mío. Pero ¿cómo puedo explicar esas palabras? Las tengo en la punta de la lengua, a punto de salir al aire. Y nunca he dicho tales palabras en voz alta a otro ser humano ni sobre otro ser humano, pero ahí están. De hecho, no puedo pensar en ninguna otra palabra; todo mi vocabulario se compone de repente de nada más que una cadena interminable de obscenidades acompañadas de improperios.

Mientras sigue de pie frente a mí y yo frente a él, agarrándome el estómago, mira mi ropa, mis gafas y mi horrible pelo, pero no a mí.

—Lo siento —repite, y como sigo sin responder, añade—: No te había visto. —Pronuncia las palabras con precisión, como si realmente creyera que soy sorda.

Las repite, esas cuatro palabras: «No. Te. Había. Visto». Cada palabra es como una cerilla que choca con esa fina tira de papel de lija del reverso de una caja de cerillas, golpeando una, dos, tres, cuatro veces.

Le dejo decir una última palabra.

—¿Vaaale? —pregunta lentamente.

Chas. Me enciendo. Dios mío, ardo.

Es algo nuevo, este sentimiento. No es enfado, no es tristeza, no es vergüenza. Quema todo dentro de mí, cada pensamiento, cada recuerdo, cada sentimiento que tuve alguna vez, y llena todo el espacio que queda libre.

Rabia. En este momento, no soy más que pura rabia.

Le veo recoger el estuche de mi clarinete del suelo. Me lo tiende. Me tiemblan las manos al cogerlo. Con cuidado, lo vuelvo a apretar contra mi torso, esta vez por una razón muy distinta, porque todo mi cerebro y mi cuerpo me dicen que lo golpee con él, que lo golpee repetidamente con el duro estuche de plástico negro.

—Creo que le has hecho daño —oigo decir a Mara—. Deberías mirar por dónde vas. —Y luego a mí—: ¿Estás bien, Edy?

Pero tampoco puedo responderle, porque la sangrienta escena de la muerte de este jugador de baloncesto se repite en mi mente, y es realmente aterradora. Porque se supone que no soy capaz de tener pensamientos así, no estoy hecha de esa pasta. Pero siento un cosquilleo en los huesos, la piel y la sangre: algo bárbaro, algo animal.

Obligo a mis pies a empezar a caminar. Si no me muevo, temo hacer una locura, algo muy malo, y si abro la boca, diré esas palabras horribles. Al cabo de un segundo oigo sus pies correr de nuevo, alejándose de mí. Hace bien en correr; de hecho, todos deberían estar corriendo. Soy peligrosa, criminalmente peligrosa.

Mara me alcanza y pronuncia la única palabra que lo dice todo:

—Capullo. —Luego mira por encima del hombro y añade—: Aunque no me importaría que chocara un poco contra mí. No es por nada.

La miro y siento que las comisuras de los labios suben hacia arriba, y casi me duele, pero de una forma distinta a como me duele el estómago. Me duele como si fuera la primera vez que sonrío en toda mi vida. Ella se ríe y me toca el hombro con suavidad.

—¿De verdad estás bien?

Asiento con la cabeza, aunque no estoy segura de estarlo..., de si lo estaré alguna vez.

—Es la hora —anuncia Mara. Estamos sentadas en el suelo de su habitación. Acabo de quitarle un chicle rosa enorme que alguien le había pegado en el pelo durante el día. Se había endurecido tanto que no bastaba con echarle crema de cacahuete y desenredar con cuidado, he tenido que cortarlo.

El debate ha durado meses.

—Entonces, rojo —confirmo, mientras miramos fijamente

la caja de tintes que se alza en el espacio que hay entre nosotras. No dije nada cuando dejó de venir a los ensayos de la orquesta, ni cuando empezó a robar cigarrillos del bolso de su madre, pero ahora tengo que decir algo, antes de que sea demasiado tarde—. Mara, ¿te das cuenta de que eso es muy muy rojo? —pregunto, mirando a la chica de la caja.

—Arándano —me corrige ella, cogiendo la caja suavemente con las dos manos, contemplando la imagen—. ¿Crees que podrías cortármelo como el de esta chica? —me pregunta—. Estoy harta de tener el pelo largo... Es como si invitara a que le tiren cosas.

Es verdad; lleva el mismo pelo largo y castaño hasta la mitad de la espalda desde que la conozco.

—¿Seguro que tiene que ser ahora? —insisto de nuevo—. Porque si esperas tres semanas más, será verano y, si no te queda bien, tendrás tiempo de...

—No —me interrumpe—. Con más razón tiene que ser esta noche. No puedo pasar por esto otro año. No puedo pasar por esto tres semanas más. No puedo pasar por esta mierda ni un día más —dice, casi gritando.

—Pero ¿y si…?

—Edy, para. Se supone que me estás ayudando.

—Y lo hago, pero es que… ¿de verdad crees que teñirte el pelo va a cambiar algo?

—Sí, me va a cambiar a mí. —Abre la tapa de la caja y empieza a sacar el contenido uno a uno.

—Pero ¿por qué ahora? ¿Ha pasado algo más aparte de lo del chicle? —Esa era la pregunta que llevaba meses esperando que me hiciera ella a mí.

—Como si tuviera que pasar algo más. Han sido años de esto, todos los días: motes estúpidos, chicles en el pelo, carteles de «PRINGADA» pegados en la espalda. Solo se puede esperar que lo aguante hasta cierto punto —dice, con la voz entrecortada por las lágrimas que intenta contener.

—Lo sé. —Y lo sé. Lo entiendo. Ella lo entiende. Tiene que pasar, y entiendo por qué.

—Bueno, pues venga —dice, tendiéndome las tijeras.

Le cojo las tijeras como una buena amiga.

—Te das cuenta de que no tengo ni idea de lo que estoy haciendo, ¿verdad? —le pregunto mientras empiezan a caer al suelo mechones de pelo.

—No pasa nada, confío en ti —dice cerrando los ojos.

—Pues no deberías —respondo riendo.

Ella sonríe.

—¿Puedo preguntarte una cosa sin que te enfades conmigo? —empiezo con cautela.

Ella abre los ojos y me mira.

—No lo estarás haciendo por Cameron, ¿verdad? Porque deberías gustarle tal y como eres. Quiero decir, si haces esto para que se interese por ti, o para que piense que eres más guay, no sería…

Pero me detiene.

—No, Edy. —Está tranquila, nada enfadada. Continúa en voz baja, explicándose—: Sí, me gusta, pero no intento ser como él. Solo intento ser yo misma. Como soy de verdad. Si es que eso tiene algún sentido —dice riendo.

No necesito ni pensarlo, sé exactamente cómo se siente.

—Tiene sentido, Mara.

—Bien. —Y vuelve a cerrar los ojos, como si cortarle y teñirle el pelo fuera lo más relajante del mundo. Se queda un rato en silencio.

—¿Puedo preguntarte otra cosa? —digo al fin, rompiendo el silencio.

—Sí.

—No vas a volver a la orquesta, ¿verdad?

—No.

—Me lo imaginaba.

Se da la vuelta para mirarme.

—Lo siento, Edy. Es que ya no soy yo; ahora me interesan otras cosas.

—No pasa nada, es solo que echaba de menos a mi compañera de atril. —Intento quitarle importancia, pero me da muchísima pena—. Sabes que me van a poner con esa chica maloliente que siempre la está liando, ¿verdad? —le digo mientras empiezo a mezclar el color.

Se echa a reír.

—Lo siento. ¡Aguanta la respiración!

—¡Necesito respirar para tocar el clarinete!

—Es verdad —admite sin dejar de sonreír.

Empiezo a aplicarle la mezcla en el pelo por secciones, intentando ser lo más minuciosa posible.

—¿Qué son esas cosas que te interesan ahora?

—No lo sé. Creo que el año que viene empezaré a tomar clases de dibujo. Y sé lo que vas a decir, pero no es por Cameron. Aunque hacerme amiga suya me ha hecho darme cuenta de que quiero probar cosas nuevas.

No sabía que a Mara le gustara dibujar.

—Pues me parece genial. —Y lo digo más o menos en serio. Porque a mí ya no se me ocurre nada en el mundo que pueda interesarme.

—¿Parezco una tía dura? —pregunta cuando hemos terminado, ensayando miradas amenazantes frente al espejo.

Yo también observo su reflejo.

—Pareces una persona completamente distinta —le digo, consumida a partes iguales por la admiración y la envidia.

Luego saca un cigarrillo y un mechero del joyero de pedrería del cajón de su escritorio y se mira atentamente en el espejo mientras lo acerca a su boca sin aparato.

—Parezco mala, ¿verdad? —pregunta—. Parezco una bruja —dice lentamente, mostrando una sonrisa perfecta.

—¿Ahora quieres parecer una bruja? —me río.

—No sé, tal vez. ¿Por qué no? —Se encoge de hombros—. Me estoy reinventando. Todos los demás cambian. —Sé que al decir «todos» se refiere a sus padres: ellos pueden cambiar de opinión, cambiar sus vidas y la suya propia.

—Supongo. —No puedo protestar demasiado porque, sinceramente, la idea de reinventarme me parece muy atractiva. Aunque no estoy segura de quién querría ser.

—En realidad no me importa lo que piensen de mí, ¡siempre y cuando no piensen que me voy a quedar de brazos cruzados! —Exhala una nube de humo con las palabras—. Estoy harta de que me mangoneen, de que me traten como a una mierda. Bueno, ¿y tú no?

Su mirada salta del espejo a mí. No puedo mentir. Tampoco puedo decir la verdad. Así que no digo nada. Me acerco a ella y saco un cigarrillo del paquete. Me lo pongo entre los labios. Mara no dice nada. Se limita a sonreír con cautela y acerca el mechero para encendérmelo. Aspiro. Y me ahogo con los repugnantes productos químicos. Nos reímos mientras toso y jadeo.

—¡Qué asco! —le digo, carraspeando. Pero me lo vuelvo a llevar a los labios.

—Esta vez no lo chupes tanto —me dice riendo.

No lo hago. Y esta vez no me ahogo. Observo a Mara mirándome y pienso que quizá yo también pueda cambiar. Tal vez pueda convertirme en alguien a quien pueda soportar. Me quito las gafas, doy otra calada y miro a Mara.

—Oye, ¿tú qué crees? ¿Debería ponerme lentillas?

—¡Pues claro! —Se deja el cigarrillo en la boca mientras se acerca y me aparta el pelo de la cara—. Podrías hacerte esto —me dice, con la voz amortiguada por el humo.

—¿De verdad? —le pregunto, sin saber exactamente a qué se refiere con «esto». Solo a mi pelo. A las lentillas. O a todo.

—Podrías estar buenísima, quiero decir muy guapa, si dejaras de esconderte.

—¿De verdad lo crees?

—Sí, Edy. Lo sé.

Sonrío de nuevo, dejando que los productos químicos se me suban a la cabeza, e imagino lo que podría ser, todas las cosas que podría hacer.

El verano ha tardado mucho en llegar, y de repente está aquí y pasa volando. Sobre todo, estos días he pensado mucho en lo que me dijo Mara. En eso de que me escondía. En que podría ser bonita si dejara de hacerlo. Sobre todo, he pasado el verano tratando de averiguar cómo hacer para no esconderme, cuando es lo único que he hecho toda la vida. Caelin no ha estado por aquí. Tenía unas clases especiales de verano o no sé qué. En realidad, ha sido mejor así. Porque significa que Kevin también estaría lejos.

—¿Mamá? —Uso mi voz de «quiero-algo-y-soy-tan-buena-que-por-favor-tienes-que-escucharme»—. Estaba pensando una cosa…

—¿Hum? —murmura, falta de cafeína, sin apartar los ojos de las páginas de las ofertas.

—¿Qué quieres y cuánto cuesta? —interfiere papá, tratando de meterse en la conversación.

—¿Qué?, ¿qué necesitas? —pregunta ella al fin, mirándome a través de la mesa de la cocina.

Me quito las gafas lentamente.

—¿No crees que estoy más guapa sin gafas, mamá?

—Estás guapa de todas las maneras. —Ya había vuelto al periódico. Estaba claro que ese enfoque no iba a funcionar.

—Es que el próximo curso empieza dentro de tres semanas, y había pensado… Bueno, que Mara se ha puesto lentillas y cree que… Quiero decir, creo… Creo que…

—Venga, Minnie, desembucha de una vez. —Papá hace un gesto de aceleración con la mano en la que no lleva una taza de café.

—Vale. Pues quería pediros si podía ponerme lentillas yo también, por favor.

Mamá y papá intercambian una mirada, en plan: «¿Por qué no puede dejarnos en paz?».

—En realidad no son mucho más caras —intento razonar.

—No sé, Edy —dice mamá, arrugando la nariz, sin querer decepcionarme, porque, después de todo, soy una niña muy buena. Salvo por el pequeño detalle de que fumo todos los días con Mara y me gasto todo el dinero que me dieron para la vuelta a clase en comprar demasiada ropa, maquillaje y productos para el pelo en el centro comercial, pero nada de material escolar, como pretendían ellos. Aparte de eso, soy un ángel.

—Pero porfa. Porfa, porfa, porfa. Parezco una idiota. Parezco una pringada. ¡Parece que toco en la orquesta!

—Tocas en la orquesta —dice papá, sonriendo, sin entender nada, claro.

—Pero es que no quiero que parezca que toco en la orquesta.

—Ah, vale, ya entiendo. —Papá pone los ojos en blanco. Mamá sonríe burlona. Él menea la cabeza con condescendencia, como hace siempre que piensa que alguien es tonto.

—¿Mamá?

—Ya veremos. —Su respuesta habitual a todo.

—¿Eso es que no? —intento aclararlo.

—No, he dicho que ya veremos —repite con severidad.

—Ya, pero eso significa que no, ¿verdad? ¡No es justo! Caelin puede tener todo lo que quiera, y yo pido una cosa, solo una, ¡y me decís que no!

—Caelin se compró cosas nuevas cuando se fue a la universidad —dice papá, como si Caelin se hubiera ido a curar la lepra—. Las necesitaba. Tú no necesitas unas lentillas. Las quieres, pero no las necesitas.

—¡Sí que las necesito! —Noto que las lágrimas se acumulan detrás de mis ojos—. Y para que lo sepáis —continúo con la voz quebrada—, ¡no volveré a llevar gafas aunque no me compréis lentillas! —Tiro las gafas sobre la mesa y me voy hecha una furia.

—Por el amor de Dios, ¿tiene que empezar a primera hora de la mañana? —oigo decir a mamá justo antes de cerrar de un portazo la puerta de mi habitación.

Y oigo fragmentos de la respuesta de papá:

—Dios... melodramática... niñata... malcriada.

¿Malcriada? ¿Estoy malcriada? Nunca pido nada. Ni siquiera pido atención. Y ya está. Es la gota que colma el vaso. Abro la puerta de golpe y salgo, apoyándome con las dos manos en la mesa de la cocina. Abro la boca, sin importarme lo que salga, sin tener un plan por una vez.

—¡Os odio a los dos! —rujo entre dientes—. ¡Siento no ser Caelin! ¡Siento no ser Kevin! Siento que os hayáis quedado solos conmigo. Pero ¡yo también estoy aquí con vosotros! —Las palabras salen una tras otra, cada vez más altas.

Están aturdidos. Están conmocionados. Ni siquiera los había mirado mal en toda la vida.

Mamá golpea el periódico contra la mesa, anonadada.

—¡No te atrevas a hablarnos así a tu madre y a mí nunca más! —Papá se levanta y me señala con el dedo—. ¿Lo has entendido? Vete a tu cuarto.

—¡No! —La palabra me sube por la garganta. Me duelen las cuerdas vocales de inmediato, nunca había alcanzado este volumen.

—¡Ahora! —exige, dando un paso.

Me alejo pisando fuerte, con los pies como ladrillos. Vuelvo a cerrar la puerta de mi habitación con todas mis fuerzas y pego la oreja contra ella. Mi pecho se agita con respiraciones frenéticas mientras me esfuerzo por escuchar.

—Bueno, Conner —oigo decir a mamá en voz baja, intentando susurrar—. Tenemos que hacer algo, esto es una locura. ¿Qué se supone que tenemos que hacer?

—Son las hormonas, Vanessa. Es una adolescente. Son todos iguales. Nosotros también éramos así cuando teníamos su edad —dice él, intentando calmarla.

—Yo nunca les habría dicho a mis padres que los odiaba —argumenta ella.

—Sí lo habrías hecho. Y estoy seguro de que lo hiciste. Y yo también. Y Caelin también, si te acuerdas. Nunca lo dicen en serio.

Excepto que tal vez sí lo digo en serio. Un poco, al menos. Porque dejo que me mangoneen como dejo que me mangoneen todos. Dejo que me conviertan en una persona que no sabe cuándo decir lo que piensa, una persona que renuncia a controlar su vida, su cuerpo, todo. Hago lo que me dicen, lo que me dicen todos. ¿Por qué nunca me enseñaron a defenderme?

Aunque no sepan lo que pasó, lo que me hizo, ayudaron a crear la situación. En cierto modo, lo permitieron. Lo permitieron permitiéndole estar aquí y haciéndome creer que todo el mundo sabe lo que es bueno para mí mejor que yo. Si los odio, los odio por eso. Y también odio a Caelin. Pero lo odio porque es leal a Kevin, no a mí. Eso lo sé. Todos lo saben. Especialmente Kevin.

¿Y qué pasa con Mara? ¿Por qué no podía ser la clase de amiga que me lo sacara sin más? ¿Por qué después de todo este tiempo aún siento que no puedo decírselo, que ni siquiera ella me creería, o que, si lo hiciera, me culparía de alguna manera? ¿Por qué a veces me siento completamente sola cuando estoy con ella? ¿Por qué a veces siento que no hay nadie en el mundo que me conozca ni siquiera en lo más mínimo e insignificante?

¿Por qué siento (Dios, me pongo enferma solo de pensarlo), por qué a veces siento que la única persona que me conoce en el mundo (la única que me conoce de verdad) es Kevin? Es repugnante. Repugnante y demencial. En plan que deberían encerrarme. Pero él es el único que sabe la verdad. No solo la verdad sobre lo que pasó, sino la verdad sobre mí, sobre quién soy, de qué pasta estoy hecha. Y eso le concede tiranía sobre todo en este mundo.

Sin embargo, la mayor parte de ese odio lo reservo para mí. No importa lo que hayan hecho o dejado de hacer los demás, en última instancia fui yo quien les dio permiso. Yo soy la que miente. La cobarde, demasiado asustada para dejar de fingir.

Esto no es por las lentillas. No es por el clarinete, el club medioambiental, el FBLA, el club de francés, el club de lectura La hora del almuerzo, el club de ciencias, el anuario o cualquiera de las otras cosas que había tachado de la lista en mi cabeza, cosas en las que ya no iba a participar. Se trata de mi vida, de mi identidad, de mi cordura: eso es lo que está en juego.

Cuando salgo de mi habitación esa noche, me obligo a no pedirles perdón. Porque lo deseo desesperadamente, quiero su aprobación, la ansío. Pero tengo que empezar a defender-
me. Y tengo que empezar con ellos, porque fue con ellos con quienes empezó.

La semana que viene tendré mis lentillas. Es mi primera pequeña victoria en la batalla por el control de mi vida. Se acabó la Ratoncita. Se acabaron las tonterías. Se acabaron los juegos de niños.

PARTE II

Segundo año

Es sorprendente lo fácil que resulta transformarse por completo. Tenía mis lentillas. Tenía ropa nueva que mi madre no me ayudó a elegir en el supermercado. Por fin me había arreglado el pelo, después de catorce años de encrespamiento y diademas. Por fin me había dejado crecer el flequillo, en lugar de ese perpetuo estado intermedio en el que había pasado tantos años. Me perforé las orejas en el centro comercial durante una de nuestras expediciones antes de la vuelta a clase, unos brillantes pequeñitos que centellean lo justo para que se noten. Mara se hizo sus segundos agujeros antes de que me tocara a mí, para que no tuviera miedo.

No me maquillo mucho. Solo lo justo. Brillo de labios, máscara de pestañas. No parezco una zorra ni nada de eso, solo voy mona. Una cosa normal. Con mis vaqueros normales, a la moda, que me quedan bien. Una camiseta sencilla y una rebeca que no oculta las curvas que por fin parece que me han salido durante el verano. Parezco alguien que ya no es una niña y puede tomar sus propias decisiones, alguien que está a punto de empezar su segundo año de instituto, alguien que ya no se esconde.

Me calzo las sandalias nuevas antes de salir por la puerta.

—¡Dios mío! —grita mamá, tirando de mi brazo antes de que pueda irme—. ¡No me puedo creer lo guapa que estás! —chilla, echándome un vistazo.

—¿Ah, no?

—Sí que puedo. Quiero decir que hay algo diferente en ti. Estás tan… tan segura de ti misma. —Sonríe mientras sus ojos me miran—. Que tengas un buen primer día, ¿vale?

Mara se fue con Cameron, con quien empezó a quedar otra vez al final del verano. Así que la espero en la entrada del instituto. La gente me mira al pasar. Es extraño. Nunca me habían visto así. Como una persona normal. Pruebo a lanzarle una sonrisa a una chica que no conozco. Como un experimento. No solo me devuelve la sonrisa, sino que incluso me dice «Hola».

Veo a otra chica sola subiendo las escaleras. Justo cuando estoy a punto de intentarlo con un nuevo sujeto de prueba, me detengo en seco cuando ella me mira, sus ojos oscuros ardiendo sobre su piel bronceada, su pelo negro brillando a la luz del sol de la mañana.

—Amanda, hola —digo finalmente, sorprendida por su presencia, por la sensación de calor que deja su presencia en mi estómago, por todos los recuerdos del pasado, de crecer juntas, de ella y Kevin, y Kevin, y Kevin, y Kevin.

«Para», le ordeno a mi cerebro.

No puede detenerse del todo, pero se ralentiza lo suficiente para que intente sonreír de nuevo. Porque todo eso pertenece al pasado, me recuerdo. No tengo que volver a pensar en ello. Y, de todas formas, Amanda no tiene nada que ver.

—Supongo que olvidé que este año entrabas en el instituto. —Sonrío.

Se acerca a mí, tanto que siento el instinto de retroceder. Y entonces, en voz baja, pero firme, murmura:

—No hace falta que hables conmigo.

—Pero es que quiero…

—Nunca —me interrumpe.

—¿Qué? No lo entiendo.

Mueve la cabeza ligeramente, como si no me diera cuenta de algo evidente, y luego sonríe con frialdad antes de pasar de largo. Me doy la vuelta y veo con incredulidad cómo se aleja. Apenas tengo tiempo de preocuparme, porque de repente ya está Mara gritando «¡Hola, nena!», seguida de Cameron. Mara me besa en la mejilla y me susurra al oído:

—Estás INCREÍBLE. En serio.

—Hola, Edy —dice Cameron, mirando hacia algún lugar detrás de mí.

—Hola —le respondo entre dientes.

Mara frunce un poco el ceño, pero ya está acostumbrada. Cameron y yo nunca vamos a ser amigos.

—Bueno, ¿estás lista? —me pregunta, con la cara radiante de emoción y el pelo corto de color arándano enmarcando perfectamente sus rasgos.

Respiro hondo. Y exhalo. Asiento con la cabeza.

—Vamos allá —dice, enlazando su brazo con el mío.

Después de la presentación del nuevo curso, toca Trigonometría, lo que ya me da ganas de gritar. Y después de Trigonometría, Biología. Stephen Reinheiser está en mi clase. Siento que me mira fijamente con sus gafas, su corte de pelo reciente y su ropa nueva (se esfuerza demasiado), que se agarra el cuello con impaciencia, rogándome que levante la vista cuando llegue la hora de elegir compañero de laboratorio. Me vuelvo rápidamente hacia la chica que tengo al lado y sonrío, como diciendo: «Soy simpática, normal, lista... Sería una buena compañera de laboratorio». Ella me devuelve la sonrisa. Y asentimos con la cabeza. Lo último que necesito este año es otro trabajo sobre Colón con Stephen Reinheiser. Lo último que necesito en mi nueva vida es a Stephen Reinheiser. Cuando suena la sirena, estoy lista para salir corriendo. Porque sé que se muere por saludarme y preguntarme cómo me ha ido el verano.

Recorro el pasillo a toda prisa para entrar en mi nueva sala de estudio. Nunca había ido antes porque siempre había tenido ensayo con la orquesta. Siempre había clases, prácticas, ensayos. Y nada de tiempo libre. Mientras camino, sigo sonriendo a gente al azar. Y la mayoría me devuelve la sonrisa. Incluso me pareció notar que algunos chicos me sonreían primero. No, está claro que no necesito a un Stephen Reinheiser reteniéndome este año.

Mientras voy flotando, oigo que alguien me llama por mi nombre. Me paro y me doy la vuelta. Es el señor Krause, el director de la orquesta. De repente, la gravedad me arrastra un poco hacia abajo.

—Edy, me alegro de haberme encontrado contigo. Me sorprendió mucho no ver tu nombre en mi lista este año. ¿Qué ha pasado? —me pregunta, casi como dolido porque me haya dado de baja.

—Ah, claro. Es que… —busco las palabras—. Llevo mucho tiempo en la orquesta. Supongo que este año quería probar cosas nuevas. —Me mira como si no lo entendiera. Así que pruebo mi sonrisa con él. Y de repente su expresión se suaviza. Asiente con la cabeza.

—Bueno, supongo que puedo entenderlo. —Pero entonces suena la segunda sirena. Abro la boca para decirle que voy a llegar tarde, pero me detiene—. No te preocupes, te firmaré un pase. —Y mientras firma el papelito, me dice—: Te echaremos de menos. Puedes volver cuando quieras, ya lo sabes.

—Gracias, señor Krause. —Sonrío de nuevo.

Él me devuelve la sonrisa.

Por lo visto, así es como funciona el mundo. No puedo creer que lo esté descubriendo ahora. Mientras camino hacia mi nueva sala de estudio, me pregunto si otras personas saben de esto. Es muy sencillo. Lo único que hay que hacer es actuar como si fueras normal y estuvieras bien, y la gente empieza a tratarte de esa manera.

Llego tarde a mi nueva sala de estudio. Se oye un murmullo de charla apagada. Lo que es bueno. Nunca me resulta fácil estudiar si hay demasiado silencio. Me dirijo a la parte delantera del aula para entregar mi pase de retraso.

Luego busco un sitio vacío mientras recorro los pasillos llenos de pupitres. Veo a ese tío, el número 12. Se sienta al fondo de la sala, al final de un grupo de deportistas, con su chaqueta del número 12. No hay asientos libres en ninguna parte. Empiezo a sentir pánico cuando noto que cada vez más ojos empiezan a mirarme, temiendo que puedan ver que, debajo de mi nuevo atuendo, mi pelo, mi maquillaje y mi cuerpo, quizá no sea tan normal ni esté tan bien. Empiezo a subir por el siguiente pasillo cuando oigo una voz detrás de mí:

—Hay uno aquí detrás.

Me doy la vuelta. Es el número 12. Despeja una pila de libros del escritorio de al lado y me mira. Y la verdad es que tengo que mirar detrás de mí para asegurarme de que está hablando conmigo. Es el mismo que no me vio el año pasado y que podría haberme hecho daño de verdad. Me señala y murmura «Para ti» con una sonrisa oblicua.

Me acerco a él despacio, medio preguntándome si no será una broma de mal gusto para atraerme a territorio desconocido con el único fin de hacerme algo humillante, como tirarme pelotillas de papel mascado en el pelo. Me muevo con cautela, intentando no hacer ruido mientras saco mi cuaderno, el bolígrafo y la agenda. La abro por la fecha de hoy y escribo: «Sonríe».

—Ejem. —El número 12 carraspea un poco a mi lado.

Me limito a rodear la palabra con el bolígrafo, una y otra vez, ramificando los diseños que perfilan las letras hasta que apenas son visibles. Me planteo sacar los deberes de Trigonometría, pero eso me disgustaría, y en realidad me siento bien, casi normal.

—Ejem, ejem. —Otra vez el número 12.

Miro para otro lado.

—Ejem. —Lo hace otra vez—. ¡Ejem!

Levanto la vista, pensando si se estará ahogando o algo así. Y se ha vuelto hacia mí, mirándome, sonriendo.

—Ah —digo, sin saber qué más añadir—. ¿Qué? —Susurro. A lo mejor me ha dicho algo y me he despistado.

—¿Qué? —repite él.

—Ah. ¿Has dicho algo?

—No.

—Ah, vale. —Vuelvo a mis garabatos.

—Quiero decir que no he dicho nada —susurra.

Le miro. Se inclina hacia mí. Así que me inclino ligeramente hacia él y trato de aguzar el oído. Entonces me fijo en sus ojos. Son de un marrón intenso, tan profundos que me dan ganas de perderme en ellos.

—¿Qué? —Vuelvo a preguntar.

Se ríe demasiado alto. Sus compañeros deportistas se vuelven y me miran durante unos segundos antes de mirarse los unos a los otros.

—He dicho que no he dicho nada. Solo intentaba llamar tu atención.

—Ah. —Hago una pausa—. ¿Por qué?

—No lo sé. —Se encoge de hombros—. Para saludar.

—Ah, ¿pues hola? —Lo digo como una pregunta, simplemente porque no me entero de lo que está pasando aquí.

—Hola —responde risueño.

Miro mi agenda. La palabra «Sonríe» me mira fijamente a través de los garabatos. Así que le miro de nuevo y le lanzo la sonrisa que me ha estado funcionando hasta ahora. Él acerca su pupitre hacia mí, haciendo un ruido chirriante contra el suelo, llamando de nuevo la atención de sus amigos.

—Bueno —susurra—, ¿eres nueva?

—¿Nueva? —repito.

—Quiero decir, ¿has llegado este año? —pregunta.

—No.

—¿En serio?

Asiento con la cabeza.

—Vaya, vale. —Entorna los ojos y gira levemente la cabeza, como si no acabara de creerme.

Es entonces cuando me doy cuenta de que no tiene ni idea

de quién soy. Ni idea de que soy la chica a la que casi atropella en el pasillo el año pasado. Ni idea de cómo me agarró del brazo y me preguntó si estaba bien. Ni idea de que alguna vez existí. Y, por algún motivo, me gusta cómo me siento. Vuelvo a sonreír.

Él me devuelve la sonrisa.

—¿Cómo te llamas?

—E... den. —Casi digo Edy, pero me detengo justo a tiempo—. Eden —repito, con más claridad. Porque puedo ser cualquiera para este chico. Puedo ser alguien nuevo. Porque no me conoce de nada.

—¿Eden? —se asegura. Y de repente suena como el mejor nombre del mundo.

—Sí. —Sonrío. Empiezo a rebuscar en la colección de datos aleatorios, esas pequeñas cosas que sé de él. Como su nombre y el hecho de que está en el último curso, es una estrella del baloncesto y ha tenido novias animadoras. Me viene a la mente el término «atleta erudito». Sé quién es, por supuesto; sería imposible no saber algo así. Al igual que cuando su nombre aparece en los anuncios matutinos por haber llevado al equipo masculino a la victoria sobre bla, bla, bla, o por haber anotado un número x de puntos en cualquier cuarto del partido de anoche contra quien sea, obviamente tengo una imagen en la cabeza de quién están hablando. Pero, de alguna manera, es diferente estar sentada a su lado.

Sus ojos se cruzan con los míos. Le miro fijamente. Bajo la vista y pienso: «Chocolate». A eso me recuerdan sus ojos. Vuelvo a mirar hacia arriba. El color del chocolate negro. Y me doy cuenta de que esos pequeños datos aleatorios pierden el sentido cuando está tan cerca. Cuando alguien como él te mira como me está mirando a mí.

—Josh —me dice. Y luego... hace una locura: cruza el pasillo y me tiende la mano para darme un apretón. Parece una tontería, pero levanto la mano para estrechársela. Su piel es cálida, como su voz, sus ojos y su risa. Parece que nos estamos cogiendo de la mano demasiado tiempo, pero él sonríe como si no hubiera nada raro en ello.

Entonces suena la sirena. Le suelto la mano, sorprendida al hallarme de nuevo en un mundo que no se compone únicamente de los ojos color chocolate de este chico. Recojo las cosas a toda prisa para poder salir de allí, porque no sé qué acaba de pasar, qué está pasando… No sé si es aterrador o emocionante. No me atrevo a mirarle. Corro hacia la puerta.

Al día siguiente, es como si todo mi mundo girara en torno a la preparación para la sala de estudio, aunque sé que es la parte menos importante del día. Debería estar preocupada por el examen de Trigonometría de la semana que viene, y por el hecho de que aún no tengo ni idea de cómo funciona mi calculadora. No sé si estoy obsesionada con volver a ver a Josh porque lo temo o porque lo estoy deseando. O las dos cosas.

Cuando llego, ya está sentado con sus amigos. Me quedo en la puerta, sin saber qué hacer. No puedo acercarme y sentarme allí. Pero si me pongo en otro sitio, no quiero que parezca que no quiero volver a sentarme con él. Se está riendo con el tipo que tiene delante, que está girado en su silla, gesticulando como loco.

Pero entonces suena la segunda sirena. La gente sigue entrando y me aparta a empujones. Mi corazón se acelera mientras intento tomar una decisión. Ojalá mirase hacia aquí y me hiciera una señal. Pero no me presta atención. No me ve. Lo más probable es que ni siquiera se acuerde de ayer.

—¡Bueno, todo el mundo a su sitio! —grita el profesor. Así que me hundo en la silla más cercana a la puerta. Mantengo los ojos clavados en la nuca del chico que tengo delante mientras el profesor pasa lista. Soy la persona más cobardica del universo.

—¿Eden McCrorey?

Levanto el brazo, pero él me pasa por alto.

—¿Eden McCrorey? —repite, más alto.

—Presente —respondo. Y no puedo evitarlo: miro detrás de mí, a la esquina trasera de la sala, donde está sentado. Me está mirando. Me doy la vuelta rápidamente. Cuando el profesor termina de pasar lista, voy al frente del aula para que me firme el pase de la biblioteca. Cuando me doy la vuelta para dirigirme a la puerta, Josh me saluda con la mano y señala con el pulgar el pupitre vacío que hay junto al suyo. Luego me hace un gesto para que vaya. Lo único que quiero es salir corriendo. Pero me acuerdo de lo de actuar con normalidad y sonreír, así que me acerco a él. Sus amigos se vuelven para mirarme; es como si me estuvieran evaluando, inspeccionándome en busca de defectos. En voz baja, Josh dice:

—Hola, Eden, te he guardado el sitio.

—Ah. Pues gracias. Pero me voy a la biblioteca.

Parece decepcionado.

—Mañana entonces —dice encogiéndose de hombros, quitándole importancia.

—Claro.

Y entonces me mira con esa sonrisa suya, y puedo sentir sus ojos observándome mientras me voy. Apenas puedo respirar. Siento el corazón ligero y acelerado, demasiado acelerado.

Atravieso las puertas de la biblioteca y me dirijo en silencio a su despacho. La veo sentada en su escritorio revisando unos papeles. Llamo con suavidad.

—¡Eden, entra! —dice sonriendo, con voz cálida.

Me siento en una de sus sillas.

—Hola, señorita Sullivan.

—¿A qué se debe este placer?

—Solo quería saludarla. —Solo necesitaba un lugar donde esconderme. Otra vez.

—Qué detalle por tu parte. Gracias, Eden. —Se produce una pausa, un silencio que dura demasiado tiempo. Afortunadamente, ella lo llena—. Sabes, estaba pensando en el año pasado. Recuerdo que al principio querías ser voluntaria.

—Ah, sí, es verdad. —Casi lo había olvidado.

—Bueno, todavía hay algunas plazas libres... si estás interesada, claro.

—¿En serio? Sí que me interesa. Quiero decir que sí. Por supuesto.

—De acuerdo. ¿Cuándo estás libre? —pregunta, abriendo la agenda de su ordenador.

—Ahora, supongo. Tengo sala de estudio, y justo después, el almuerzo, así que podría ser voluntaria en la tercera y cuarta hora. Quiero decir, si me necesita. Si necesita ayuda, quiero decir.

—Pues sí que necesito ayuda, pero te quiero a ti —dice, señalando con el dedo las casillas de su calendario—. ¡Vale! Estamos de suerte; ¡parece que no va a haber ningún problema!

—Estupendo. ¿Cuándo empiezo?

—No hay mejor momento que el presente —responde, abriendo los brazos en gesto de bienvenida. La señorita Sullivan me guía por el proceso de préstamo y me enseña cómo funciona la base de datos y cómo localizar los libros en las estanterías. Me observa mientras atiendo a mi primer usuario.

—Tienes un talento innato —me dice. Le devuelvo la sonrisa, pero no la nueva, sino la de verdad. Me alegro de volver a estar cerca de ella, me hace sentir como si fuera normal. Como si todo fuera a salir bien.

—Ayer pasó algo muy raro —le digo a Mara mientras volvemos a casa desde el instituto.

—¿Ah, sí, el qué? —pregunta ansiosa.

—¿Conoces a Josh Miller? Está en el equipo de baloncesto, en último año.

—Pues claro.

—Sí. Claro. Bueno, pues habló conmigo. Pero de verdad. Casi parecía... No sé. No, olvídalo. Es una tontería. —Me río.

—Hum, ¿de qué vas? Ahora tienes que contármelo, ¡estoy intrigada!

—Vale. Pero antes, créeme, sé perfectamente lo absurdo que va a sonarte —le advierto.

—¡Madre mía, suéltalo ya! —me pide riendo.

—Bueno, recuerdas que dejé la orquesta, ¿no? Pues me han puesto en una sala de estudio. Y él estaba allí, Josh, y me ofreció el asiento de al lado para que pudiera sentarme. Y luego trató de hablarme, casi como si estuviera... No sé, interesado. —Espero a que empiece a reírse, pero sigue mirándome—. Interesado en mí, quiero decir —aclaro.

—Vale, en primer lugar, ¿por qué crees que iba a parecerme absurdo? Y segundo... ¡TOMA YAAA! —grita, saltando en medio de la calle—. ¡CÓMO MOLA!

—¡Por Dios, cállate! ¡Estás loca! —respondo. Pero las dos nos reímos contagiosamente.

—¿Y qué pasó después? —pregunta. Su risa se apaga mientras intenta recuperar el aliento.

—¿Qué quieres decir? Nada. ¿Tenía que pasar algo después?

—Quiero decir, ¿cómo dejaste las cosas? ¿Qué te dijo exactamente?

—Dijo que me iba a guardar el sitio mañana.

—¡Perfecto! —exclama ella—. Entonces, mañana vas a...

—Espera —la interrumpo—. En realidad, no voy a estar allí mañana.

—¿Por qué no?

—Bueno, me ofrecí como voluntaria en la biblioteca a esa hora —confieso.

Me mira fijamente a los ojos, sin parpadear, y su sonrisa se desvanece.

—Perdona, pero ¿te has dado un golpe en la cabeza?

—¿Crees que debería haberme quedado en la sala de estudio?

—¡Pues claro! —grita—. Por supuesto que sí, Edy. ¿No has aprendido nada este verano?

Pienso en ello durante varios minutos mientras caminamos. Mara sigue soltando resoplidos exasperados, me mira y sacude la cabeza, suspirando de vez en cuando.

—Ay, Edy.

—Tienes razón —le digo cuando llegamos a la esquina donde tenemos que separarnos—. Tienes toda la razón. No sé por qué lo hice. Supongo que me asusté.

—¿Por qué? Es Joshua Miller, mola un montón, Edy.

Me encojo de hombros. Porque no puedo decirle exactamente lo que quiero decir. Y sé que no lo entendería aunque pudiera decirlo.

He estado trabajando en la biblioteca durante una semana entera. Me gusta volver a estar con la señorita Sullivan. Y casi me he olvidado de Josh Miller y del sitio que me estaba guardando. De todo, menos de esos ojos.

Estoy bien y a salvo en este pequeño rincón del mundo. Es como un descanso de la vida. No tardo en darme cuenta de que me encanta colocar los libros, poner las cosas en el orden correcto. Todo tiene un lugar y una manera de estar. Aquí no tengo que preocuparme por quién soy o si lo estoy haciendo bien. Nadie me molesta, ni siquiera yo misma.

—Eres una persona muy difícil de encontrar, ¿lo sabías? —dice alguien de repente, muy cerca de mí.

Me doy la vuelta. Casi no puedo creerlo. Es él. Josh. Y sus ojos, mirándome. No me di cuenta de lo alto que era cuando estábamos sentados juntos, y aquel día en el pasillo supongo que estaba demasiado enfadada para reparar en nada. Para darme cuenta de lo irresistible que es cuando se pone así delante de mí. Estamos tan cerca el uno del otro, escondidos en este silencioso pasillo; es como si no hubiera nadie más en todo el mundo. Aun así, doy un pequeño paso hacia él porque es como si fuera una especie de imán, y no puedo evitarlo.

—¿Intentabas encontrarme? —le pregunto.

—Bueno, te he estado guardando ese sitio y la gente empezaba a mirarme raro. —Sonríe, otra vez con esa sonrisa oblicua—. Ya pensaba que no ibas a volver. —Mira alrededor de la biblioteca y luego la pila de libros en mis brazos—. Supongo que tenía razón.

—No creía que lo dijeras en serio. —Siento que aprieto los libros y que el corazón se me acelera.

—¿Por qué la gente nunca piensa que hablo en serio? —pregunta riendo.

«Quizá porque tienes ese aspecto —me dan ganas de decirle—. Quizá porque siempre tienes esa sonrisa absurdamente encantadora en la cara. Quizá la gente no quiera tomarte en serio porque entonces serías real. Entonces no serías solo el número 12. O quizá solo es cosa mía».

—No lo sé —le digo en vez de eso.

—Pues iba en serio.

Y nos quedamos mirándonos el uno al otro. Finalmente dice, girando la cabeza hacia mí con suspicacia:

—¿Es que no te caigo bien, o qué pasa?

—No —replico enseguida—. Quiero decir, no es eso. Quiero decir que sí. Quiero decir que no me caes mal.

—Vale. Creo —dice riéndose—. Bueno, ahora que está todo aclarado, se me ha ocurrido que podríamos hacer algo alguna vez.

—¿Como qué? —le pregunto.

—¿Como qué? —repite. Vuelve a esbozar esa sonrisa suya—. Pues no sé, pensé que podríamos asaltar un par de cajeros automáticos, hacer un poco de vandalismo, robar algunas identidades y luego dirigirnos a la frontera. Llevando sustancias ilegales, por supuesto. —Se echa a reír—. O se nos podría ir la olla del todo e ir a ver una película. Incluso comer en un restaurante.

No puedo evitar sonreír.

—¿Eso es un sí? —pregunta.

—No lo sé —le digo—. Tal vez.

Ahora me mira más serio.

—¿Qué, tienes novio o algo así?

—No.

Nos quedamos ahí, sin decir nada.

—Está bien —dice al cabo, suspirando—. Pues avísame cuando quieras.

Mientras le veo alejarse, pienso: «Dios, ojalá le hubiera dicho que sí». Salgo del pasillo para ver si aún puedo alcanzarle. Pero justo cuando sale por la puerta, veo a Amanda de pie junto a uno de los estantes, tocando distraídamente los lomos de los libros. Nos estaba espiando a Josh y a mí. Esta vez la fulmino con la mirada. Fingiendo que no me ve, saca un libro y empieza a hojearlo al azar.

Sentada en el césped, junto a las pistas de tenis, recojo esos dientes de león blancos y peludos, y soplo distraídamente las pequeñas semillas al viento. Estamos casi en octubre, en el que quizá sea uno de los últimos días soleados del año. Hace frío, pero el sol es tan cálido que hace que el aire fresco no tenga importancia. Quiero respirarlo. Retenerlo en mis pulmones para siempre.

Mara se va a quedar con Cameron para hacer algo de su clase de dibujo. Supongo que podría irme a casa, pero tampoco quiero estar allí. Así que la espero, le guste o no.

—Espero que estés pidiendo deseos —oigo decir a alguien detrás de mí. Me doy la vuelta, protegiéndome del sol. Veo la silueta de un chico y un cielo rosa y naranja detrás. Un chico alto con camiseta, pantalones cortos de gimnasia y una rodillera, que lleva una bolsa de deporte y una botella de agua. Una gorra negra, vieja y estropeada impide verle la cara, pero a medida que se acerca, sus rasgos se van perfilando—. Si no, solo estarás creando más maleza —concluye.

Me aclaro la garganta, intento sonar despreocupada.

—Siempre me estás espiando, ¿verdad?

—No siempre, solo un par de veces. —Sonríe.

Hace casi dos semanas desde que lo vi en la biblioteca. Me sorprende que me hable. Pensé que lo había echado todo a perder.

—Entonces, ¿qué deseas? —pregunta, quitándose la gorra mientras se deja caer en el suelo a mi lado, sin ser invitado. Tiene la cara sonrojada y el pelo húmedo. Y los ojos un poco vidriosos, como si estuviera muy cansado. Recuerdo que mi hermano siempre tenía esa mirada cuando volvía de entrenar.

Pienso en mi respuesta un segundo mientras lo veo acomodarse a mi lado. Al final me decido.

—No deseo nada —digo. Nada de lo que puedan ocuparse delicados duendecillos blancos que navegan sin rumbo en azarosas corrientes de aire. Parece decepcionado: no estoy siguiendo el juego. Se supone que tengo que inventarme algo bonito que deseo más que nada en el mundo. Y luego, se supone que él me contaría una sarta de mentiras sobre todas las formas en que podría hacerlo realidad. Por supuesto, no podría cumplirlo. Y yo no lo diría nunca. Así que nos quedamos igual.

—Todo el mundo desea algo —insiste.

—Yo no. —Parecería mucho más dura si tuviera un cigarrillo colgando en los labios. «No se puede jugar conmigo», esa es la impresión que quiero darle. No soy una tonta ni una ingenua. De hecho, ni siquiera soy maja.

Ahora parece algo más que decepcionado. Parece estar deseando no haberse sentado a mi lado. No dice nada mientras mira a la nada, a toda la gente que no está aquí y que, por lo tanto, no le rescatará.

—Bueno, vale… —empiezo a decir. Por el rabillo del ojo veo que ha dejado de buscar una salida y vuelve el rostro hacia mí—. Aunque estuviera pidiendo un deseo, y no digo que fuera eso lo que estaba haciendo, no te diría lo que es. —Me atrevo a lanzarle una mirada. Está sonriendo. Es guapo y lo sabe. El sol se filtra por sus iris, resaltando un caleidoscopio de colores caramelo y caoba que se habían escondido detrás del chocolate. Tengo que obligarme a apartar la vista. Se acerca. Siento que mi corazón se acelera.

—¿Porque entonces no se hará realidad? —pregunta.

Asiento con la cabeza.

—Exacto.

—Sí, pero ¿se cumplen alguna vez, aunque no lo cuentes?

—Interesante táctica: apelar a mi cinismo. Es bueno.

—Tienes razón —confieso. Puedo ver su mente trabajando mientras me mira, decidiendo qué movimiento, qué jugada hacer para ganar, para vencerme.

—Una vez hice un trabajo sobre el ciclo vital de los dientes de león —me dice, señalando con la cabeza el tallo vacío que tengo en la mano—. En segundo o así.

No creo que esto esté en el guion. Me devano los sesos. No, no tengo nada que decir al respecto. Alarga la mano hacia algún lugar detrás de nosotros y arranca algo del suelo; oigo crujir el endeble tallo. Aprieto en silencio la hierba amarilla con el pie.

—Bueno, ¿sabes que al principio son amarillos? Y cuando se caen los pétalos, aparece esa cosa blanca y esponjosa para que las semillas puedan salir volando —me explica mientras contempla el que acaba de arrancar de la tierra.

Afirmo con la cabeza.

—Mira, este... está en una fase intermedia. —Lo acerca a mi cara para que pueda verlo mejor—. Los pétalos amarillos se han caído, y los blancos están empezando a salir, pero todavía no son lo bastante ligeros para empezar a volar. —Sopla, pero no pasa nada.

Estamos tan cerca que siento su aliento en mi piel, siento el calor que irradia su cuerpo. Me mira directamente a los ojos mientras espera algún tipo de respuesta por mi parte. Pero su aliento, su calor y sus ojos minan mi capacidad de pensar, hablar o entender algo que no sea su aliento, su calor y sus ojos. Al final me obligo a apartar la mirada.

—Bueno —continúa, al ver que no respondo—. Son bastante difíciles de encontrar. Tuve que buscar un diente de león en cada fase de crecimiento para el trabajo. Y te sorprendería lo raros que son.

Me atrevo a mirarle a los ojos de nuevo, pero no aguanto mucho, así que vuelvo a centrarme en el diente de león.

—Supongo que no es muy interesante, ¿verdad?

Apoya los codos en las rodillas y deja que la flor cuelgue entre sus dedos.

Sonrío. La verdad es que me ha parecido un poco interesante, pero no voy a decírselo.

—Hace buen tiempo —dice mirando al cielo.

—Sí —le doy la razón.

—Sí. —Suspira.

Me siento mal por él; seguro que se le da muy bien entablar conversaciones triviales con las chicas. No es culpa suya.

El silencio no tarda en volverse insoportable.

—Entonces, ¿qué haces aquí todavía? —pregunta.

—Estoy esperando a una amiga. ¿Y tú?

—Estoy esperando a que me recojan, acabo de salir del entrenamiento.

—¿Te has hecho daño o algo así? —Hago un gesto hacia el vendaje de su rodilla.

—No, solo me duele a veces. Pero está bien. —Sonríe lentamente mientras me mira.

—Ah. —Afirmo con la cabeza y miro hacia otro lado, con cuidado de no parecer demasiado preocupada por él, ni por nada.

—Bueno… —dice nervioso, haciendo girar el diente de león entre el pulgar y el índice—. Me tienes en vilo, lo sabes, ¿verdad?

—Ah —vuelvo a decir—. Perdona.

—Entonces, ¿debo tomármelo como un no? —pregunta, todavía sonriendo—. No pasa nada. No quiero seguir sintiéndome como un idiota. —Se ríe.

Y yo quiero reírme de que sea él quien se sienta idiota.

Ojalá pudiera hacerle entender que quiero decir «no» tanto como quiero decir «sí».

—No, no es eso. Es que... —Pero no puedo terminar, porque ni siquiera yo lo entiendo del todo.

—Bueno, ¿pues qué es?

—No lo sé —murmuro.

La forma de su boca denota confusión, insegura de si debe sonreír o cerrarse.

—¿Lo haces a propósito? Porque la verdad es que no lo sé.

—¿El qué?

—Vacilarme, no darme una respuesta clara.

—No, de verdad que no. Te lo juro.

Sus cejas se juntan, una línea vertical se forma en el centro de su frente. Me observa con atención.

—Da igual —dice al rato—. Supongo que no consigo entenderte. —Con una sonrisa triste y un gesto torpe de la mano, añade—: No pasa nada, de verdad.

—Sí —me oigo decir. Porque quizá esta sea mi oportunidad (una segunda oportunidad) de iniciarme en ese mundo de los chicos y las chicas.

—Espera, ¿sí? —Me mira fijamente, sus ojos se iluminan—. ¿Me estás diciendo que sí?

Respiro hondo y repito:

—Sí.

—¡Por fin! —grita, levantando los brazos al cielo, riendo—. Mañana por la noche, ¿estás libre?

—Supongo.

Justo cuando está a punto de decir algo más, un coche se detiene en el otro extremo del aparcamiento: un vehículo azul marino con aspecto de coche fúnebre, sin duda de uno de sus padres.

—Mierda, ese es mi coche. Toma. —Me coge de la mano.

—Un momento. —Me aparto—. ¿Qué haces?

—Espera —responde risueño—. No pasa nada, no te va a

matar. Relájate —me dice en un tono sereno y soñador que seguro que hace que otras chicas se derritan. Me suelta los dedos y me pone algo en la palma.

Miro hacia abajo. Es el diente de león, el intermedio.

Se levanta y se echa la bolsa al hombro.

—Entonces, ¿nos vemos aquí mañana después de clase?

Apruebo con la cabeza.

—Guay. —Sonríe—. Vale.

Sube al coche fúnebre con una mujer que supongo que es su madre en el asiento del conductor. Ella hace un gesto en mi dirección. Yo me doy la vuelta para mirar detrás de mí. Me doy cuenta de que me está saludando mientras él se sienta en el asiento del acompañante con cara de vergüenza. Levanto el brazo y devuelvo el saludo.

—¿Necesita que la lleve? —la oigo preguntar a través de la ventanilla bajada. Él dice «No» o «Vámonos». No puedo distinguirlo.

Cuando el coche se marcha, saco mi agenda y la abro por esta semana. Luego coloco con cuidado la suave hierba blanca entre las páginas y la cierro delicadamente.

Oigo un ruido en las pistas de tenis. Miro detrás de mí y me sorprendo. Es Amanda. De pie, con los dedos enredados en la valla metálica, mirándome fijamente.

—¡Eh! —le digo, pero se da la vuelta y empieza a andar—. ¡Oye! —Me levanto y corro hacia la verja que da al interior de la pista—. ¿Qué hacías ahí plantada? —grito, alcanzándola con rapidez—. ¿Me estabas espiando?

—No. Y puedo ponerme donde quiera. —Se cruza de brazos y me mira de arriba abajo. La expresión de su rostro cambia lentamente, curva el labio superior con gesto de asco.

—¿Por qué no te metes en tus asuntos, Mandy? —Empiezo a irme, pero me doy la vuelta, sintiendo un valor que surge de mi pecho—. ¿A ti qué es lo que te pasa?

—No me pasa nada —responde.

—Pues a mí me parece que sí. —Yo también me cruzo de brazos, intentando calmarme y parecer tan formidable como ella. Se acerca a mí, como aquel día en la entrada. Y si no la conociera mejor, pensaría que está a punto de pegarme.

—No me llamo Mandy —gruñe.

Y se va de las pistas de tenis sin decir una palabra más.

Casi no duermo esa noche. Así que me levanto temprano y me preparo. Incluso antes que mamá y papá. No hay nadie en el instituto cuando llego. Un olor a café barato sale de la sala de profesores, pero no hay nadie a la vista. Voy al baño de chicas de la primera planta y abro la ventana para fumar un cigarrillo a escondidas mientras está vacío.

Intento recomponerme aquí dentro. Estoy tan aterrorizada por verlo hoy que apenas puedo pensar con claridad. Me planteo decir que estoy enferma para irme a casa. Sería una buena excusa. Si no fuera porque quiero verlo.

Oigo que viene alguien. Tiro el cigarrillo y cierro la ventana de golpe. A estas horas de la mañana, tiene que ser una profesora. Corro a uno de los cubículos y cierro la puerta. Me subo a la tapa del retrete, contengo la respiración y espero.

La puerta se abre con un chirrido y dos voces se susurran frenéticamente.

—Deprisa, deprisa. Cierra, cierra ya.

—Vale, lo tengo. Aquí, aquí.

—¡Deprisa! Deprisa —susurra alguien sin aliento.

Su nerviosismo hace que necesite saber más. Me coloco con cuidado para mirar por la rendija entre la puerta y la pared del cubículo, con cuidado de no hacer ruido. Es entonces cuando la veo: Amanda. Parece que últimamente está hasta en la sopa.

—Vale, toma —le dice a otra chica, otra estudiante de primero que he visto por ahí, siempre con esa mirada sarcástica en la cara, tendiéndole un rotulador.

—Bueno, ¿y qué ponemos? —pregunta Sarcástica, mirando a la pared.

—Ya sabes: puta, zorra, guarra, lo que sea. Todo es verdad, así que elige lo que quieras —le dice Amanda.

Armadas con sendos rotuladores permanentes de punta ancha, se acercan a la pared del baño. Amanda va primero. Presiona la punta esponjosa del rotulador contra los mugrientos azulejos rosa pálido, y suena un chirrido mientras la veo escribir cuidadosamente las palabras:

EDEN MCCROREY ES UNA PUTA

Apenas puedo creerlo. Apenas puedo respirar. Entonces Sarcástica se acerca y dibuja una flechita entre las palabras «UNA» y «PUTA», y añade algo con un trazo firme que me revuelve las tripas:

Guarra y asquerosa

—¿Qué te parece? —le pregunta a Amanda con una sonrisa.

—¡Perfecto!

—¿Y por qué es una puta guarra y asquerosa? —dice riéndose.

—Créeme, lo es y punto —contesta Amanda mientras se retiran y admiran su obra—. Además, ayer casi se tiró a un tío en las pistas de tenis después de clase —miente.

Me tapo la boca con la mano. La habría matado, la habría tirado por la ventana. Le habría gritado con todas mis fuerzas. Pero estoy paralizada.

—¡Qué asco! —grita Sarcástica.

—Ya te digo —responde Amanda—. Venga, vamos, no tenemos mucho tiempo.

Y se van. Dejo que se vayan. Pero sigo sin poder moverme. Estoy petrificada, agachada encima del retrete, con la boca abierta y la mano tapándomela.

No sé cuánto tiempo pasa antes de que reaccione. Abro la puerta de un empujón y me acerco a la pared con absoluta incredulidad. Rozo con los dedos las palabras negras, entintadas y llenas de odio. Oigo un ruido en el pasillo. Y una taquilla se cierra de golpe. La gente está llegando. Saco rápidamente un montón de servilletas de papel del dispensador y las empapo en agua y jabón. Luego voy a la pared y froto una y otra vez, usando la fuerza de todo mi cuerpo, hasta que no puedo ni respirar, hasta que estoy llorando. Miro la pared. Las palabras siguen mirándome fijamente. Inmutables. Dejo que el empapado montón de servilletas de papel caiga al suelo. Aprieto los puños, clavo las uñas en las palmas de las manos, quiero golpear la pared, quiero golpear cualquier cosa.

En ese momento, tres chicas guapas y populares entran por la puerta en medio de una conversación. Se reúnen frente al espejo. Les doy la espalda mientras me seco los ojos. Luego me dirijo al lavabo para quitarme los restos de papel mojado de las manos.

—¡Ay, ay, ay! —grita una de ellas. Levanto la cabeza para mirarla. Señala la pared con su rímel y dice—: Alguien se ha portado mal.

Todas se ríen. Siento el corazón como un pájaro atrapado en una jaula en mi pecho. Sus alas baten violentamente contra los barrotes de hueso. Me dan ganas de estrellar la cara de esa chica contra el espejo. Entonces, otra de ellas pregunta:

—¿Y quién demonios es Eden McCrorey?

—Una puta, por lo visto —responde la tercera riéndose.

—No —corrige la primera—, una puta guarra y asquerosa, querrás decir.

Se ríen como brujitas y salen una tras otra al pasillo. Me quedo ahí de pie y dejo que se salgan con la suya hablando así de mí.

Salgo corriendo al pasillo, con la cabeza nublada, decidida a encontrar a esas chicas y decirles que no pueden tratarme de esa manera. Decirles que son todo mentiras. A encontrar a Amanda y golpearla contra el suelo. Pero me detengo a los pocos pasos. Los pasillos empiezan a llenarse de gente y ruido. Y esas chicas ya han desaparecido.

Voy a mi taquilla. Intento actuar como si nada hubiera cambiado. Intento pasar el día como si no lo supiera, como si no hubiera nada que saber. Me las arreglo para evitar a todas las personas que me conocen. Pero Mara me encuentra en la biblioteca durante el almuerzo.

—Hola —me susurra, acercándose a mí mientras ordeno libros—. ¿Puedo hablar contigo un segundo?

Era inevitable. Dejo que me lleve del brazo hacia el pasillo.

—Bueno, Edy —comienza—, tengo que decirte algo. Es algo malo. Pero antes, recuerda que todo irá bien. Creo que debes saberlo.

—Ya lo sé —le digo.

—¿Lo sabes? —pregunta con una mueca en la cara.

Afirmo con la cabeza, intento sonreír, me encojo de hombros como si no me importara.

—¡Menuda locura! No sé quién podría empezar rumores así. Sobre todo de ti.

—No lo sé —miento.

—Bueno, Cameron y yo hemos ido por todos los baños para borrarlos. Llevamos haciéndolo toda la mañana, así que no pasa nada. Aunque esperaba que no tuvieras que verlo —reconoce.

—¿Cameron entró en el baño de las chicas?

—No, en el de los chicos.

Ni siquiera había pensado que hubieran entrado también en los baños de los chicos.

—Muchas gracias, Mara. Lo digo en serio. Aunque creo que ya lo ha visto todo el mundo —le digo—. Eso no se puede deshacer. —Me río amargamente.

—¡Pues que le den a todo el mundo! —dice en voz demasiado alta, y un montón de cabezas se giran hacia nosotras—. Lo siento mucho, Edy —murmura—. No entiendo nada de todo esto. —Está tan triste que parece que le esté pasando a ella y no a mí—. ¿Quieres venir esta noche? Podemos comer todo tipo de comida basura y relajarnos —me tienta.

—No puedo. En realidad, tengo planes.

—¿Tienes planes? ¿Con quién? —pregunta, sorprendida.

Miro a mi alrededor para asegurarme de que nadie me oye y bajo la voz hasta un susurro.

—Con Josh. Joshua Miller.

—¡Qué me dices! ¿Hablas en serio? —cuchichea, con una amplia sonrisa—. ¿Cómo ha pasado eso?

—No lo sé, simplemente... pasó. Me pidió salir.

—¿Edy? —La sonrisa de Mara se borra de repente—. No creerás que fue él, ¿verdad? Porque si lo fue, entonces no deberías salir con él.

—No fue él.

—Vale, pero ¿cómo puedes estar tan segura? —pregunta, sospechando con razón.

—Estoy segura —la tranquilizo, pero ella no parece convencida.

—Edy, ahora estoy preocupada. Vas a tener mucho cuidado, ¿verdad? —pregunta con la voz un tanto temblorosa—. Porque él es de un mundo diferente. Es mayor. Quiero decir, ¿y si está esperando algo, ya sabes?

—¿Y qué si lo espera? —respondo de inmediato—. No sé, quizá no sería tan malo.

—¿En serio? —pregunta, incrédula—. Pero, pero ¿no tienes miedo?

—No —miento. Sí tengo miedo. Pero en otro sentido, también tengo miedo de tener miedo. Y miedo de no hacerlo también. Miedo de tener demasiado miedo para hacerlo. De que Kevin siga controlándome de maneras que no podía ni imaginar. Y de repente la idea de tener a otra persona allí en lugar de él es algo que exijo, quiero y necesito con auténtica desesperación. Y en realidad no me importa quién sea, cualquiera me serviría. Ese chico, Josh, es lo bastante bueno. Después de todo, me dio una flor—. Puede que los rumores no sean tan falsos después de todo —musito.

—Cállate, Edy —dice Mara, con la cara muy seria—. No vuelvas a decir eso. No es verdad y lo sabes.

—Lo siento —me disculpo. Me mira fijamente durante demasiado rato, como si quisiera seguir discutiendo el asunto, pero no lo hace—. Lo siento —repito.

—Edy, tienes que estar segura —dice con firmeza—. Si vas a hacerlo, tienes que estar muy muy segura. No puedes echarte atrás si…

Pero tengo que detenerla.

—No te preocupes, ¿vale? Quién sabe si pasará algo —miento, intentando hacerla sentir mejor.

—Ay, Dios —gime, tan horrorizada como encantada ante la posibilidad—. Joshua Miller… Qué fuerte. Es… la bomba.

Sonrío a pesar de mi miedo, ante la idea de que las cosas sean diferentes, de que yo sea diferente.

—Sí, supongo que lo es.

Después de clase me paro en la acera, cerca de las pistas de tenis. Parece que llevo horas esperando, pero solo han pasado siete minutos. Le doy tres más y me voy. Me he arreglado el pelo y el maquillaje en el baño antes de salir. Me he lavado los dientes. Incluso me he puesto mi nuevo y sedoso vestido con estampado de flores que me regalaron antes de empezar el curso. Me paso las manos por el pelo una vez más. Justo cuando pienso en salir corriendo, lo veo caminando hacia mí.

—¡Hola! ¿De verdad estás aquí? —dice, saludándome con esa sonrisa.

—Te dije que vendría. —Le devuelvo la sonrisa.

—Sí, lo sé. Por eso no estaba seguro —dice riendo—. Vamos. —Me toma de la mano. Se me para el corazón. Mientras nos guía por el aparcamiento, no parece darse cuenta de que todo el mundo nos mira. Se detiene ante la ranchera azul que le recogió ayer y me deja entrar primero. Cuando se pone en el lado del conductor, arranca el coche y me mira con ternura.

—Estás muy guapa, Eden.

Murmuro un «gracias» y miro por la ventanilla para que no me vea sonrojarme. Pero es entonces cuando veo a esos tíos (seguro que son amigos suyos) que me miran, me señalan y se ríen.

—¿Adónde quieres ir? —me pregunta, claramente sin ver lo que yo veo. No vive en el mismo mundo que yo.

—A cualquier sitio menos aquí.

—Vale —dice riendo—. ¿Tienes hambre?

Me encojo de hombros. No tengo ganas de comer después del día que he pasado.

—Vale, ¿un cine?

—¿Hay algún sitio donde ir en el que no haya más gente? —Intento reírme, aunque lo digo completamente en serio.

—Hoy en día hay gente en casi todas partes. —Sonríe, esperando una respuesta—. Mis padres iban a salir esta noche, así que le pedí prestado el coche a mi madre para poder llevarte a algún sitio. Así que venga… Tú dime un lugar, cualquiera, y vamos.

—¿Qué van a hacer tus padres? —pregunto, cuando una idea se forma en mi mente.

Me mira como si estuviera loca.

—Te prometo que no van a hacer nada que nos gustaría hacer, si estás buscando ideas.

—No, quiero decir, ¿y si fuéramos a tu casa? Allí no hay nadie, ¿verdad?

Parece confundido por un momento, pero entonces una oleada de claridad pasa por su rostro.

—Hum, claro. Supongo que sí. Pero ¿no prefieres ir a otro sitio? —pregunta, poniendo el coche en movimiento.

—No, a menos que conozcas alguna isla deshabitada a la que podamos ir y volver a las diez para mi toque de queda.

Sonríe mientras salimos de allí.

Lo siguiente que recuerdo es que estamos en medio de su dormitorio, uno frente a otro.

—Bueno —dice, revolviendo un montón de cedés en su cómoda—. ¿Quieres escuchar algo de música?

Todavía usa cedés, lo que no es habitual. Pero mi mente va demasiado rápido para seguir pensando en eso.

—Claro.

—¿Qué te gusta?

—Cualquier cosa. —Selecciona uno de los cedés. Empieza tranquilo y lento. Se queda mirándome. Se mete las manos en los bolsillos. Las vuelve a sacar.

Desplazo mi peso de un pie a otro.

—¿Te gusta esto? —me pregunta. Creo que se refiere a la música, pero también pienso si se refiere a estar aquí con él. La respuesta es la misma en ambos casos, así que le digo la verdad:

—Aún no estoy segura.

Se sienta en la cama y me hace un gesto para que le siga. Siento que todo dentro de mí se acelera y palpita cuando me acerco. Hace un año, nunca habría imaginado que estaría en la habitación del chico al que tan violentamente sentí el impulso de apalear hasta la muerte aquel día en el pasillo. Me encuentro evaluando cada detalle de la situación: él, yo, la distancia que nos separa, el tacto suave de su edredón contra mis piernas y el olor a ropa limpia, los pósteres deportivos de sus paredes, el suelo de madera, las cortinas ligeramente abiertas. Me esfuerzo por seguir respirando mientras el miedo me atenaza el corazón. Sus labios también están ligeramente separados. Espero a que hable, pero no lo hace. Aprieto tanto la mandíbula que me duelen los dientes.

Observo su rostro más de cerca que nunca. Al principio había pensado que tenía la nariz grande, aunque en realidad no lo es. «Aguileña», susurra mi cerebro, recordándome el séptimo curso del colegio, cuando tuve que buscar la palabra después de leerla en un libro de Sherlock Holmes, pero ahora no puedo imaginar una nariz que encaje mejor en un rostro. Y sus ojos de nuevo, cuyos colores parecen diferentes cada vez. Me miro las manos en el regazo, con los dedos retorciéndose unos alrededor de otros, y me pregunto si su mente se acelera como la mía, si su cerebro trabaja a toda máquina solo para entender la expresión de mi rostro. De algún modo, creo que no.

—Por cierto —empieza a decir—, ¿eres la hermana de Caelin McCrorey? O algo así, ¿no?

—Sí, ¿y?

—Pues nada. —Se encoge de hombros—. Solo lo preguntaba por hablar de algo. Jugábamos juntos. Era un tío guay. Quiero decir, en realidad no sabía que era tu hermano. He investigado un poco sobre ti. Es lo único que pudieron decirme: eres un misterio. —Sonríe, alzando las cejas.

No sé qué se supone que debo responder a eso. ¿Que no soy un misterio? ¿Que no soy tan difícil de desentrañar? Y eso de que de repente soy una zorra, ¿no lo había oído?

Sonríe con la comisura de los labios y me pregunta:

—¿Qué? ¿No quieres hablar?

—Sobre mi hermano no.

Hace un sonido parecido a un «pffft» y no sé si es una risa o un resoplido, pero luego añade en voz baja:

—Sí, yo tampoco. —Tiene una manera de hablar ronca y despreocupada, como si no pensara mucho en cómo suena. No como Kevin. Kevin siempre pronuncia las palabras de modo que sean claras, duras, precisas y casi demasiado altas. Su voz es diferente. Pero todo en él es diferente. Esto va a salir bien. Voy a estar bien. Vuelve a sonreír y me toca la mejilla, con mucha suavidad. Creo que se me para el corazón. Señala con la cabeza el espacio que nos separa y dice—: ¿Por qué estás tan lejos?

Me deslizo hacia él lentamente. Se inclina sobre mí. Cierro los ojos. Es demasiado intenso, demasiado aterrador verlo. Siento sus labios presionando los míos. Me está besando. Intento dejarle hacer, intento no pensar en la última vez que la boca de un chico estuvo en la mía. Intento devolverle el beso como si no fuera mi primer beso. Porque nunca me han besado, de verdad no.

Me obligo a devolverle el beso, a devolvérselo con toda mi alma. Porque puedo. Puedo. Puedo hacerlo. Antes de que me dé cuenta, ya me ha tendido en la cama y estoy boca arriba. Pasa su pierna por encima de la mía, desplazando su peso con agilidad; su cuerpo se sitúa al lado del mío. Pero justo cuando empiezo a sentir que esto podría estar bien, que no tiene por qué ser algo aterrador, siento sus dedos recorriendo mi cuello. Se me revuelve el estómago, porque no puedo olvidar que, la última vez que un chico me puso las manos en el cuello, me estaba asfixiando.

«Normal, sé normal —me digo—. Esto es diferente».

Pero su mano en mi muslo hace que me ponga rígida. No puedo quitármelo de la cabeza, porque podría hacerme... Y qué más da que tenga los ojos de color chocolate, nariz aguileña o una sonrisa magnética... Técnicamente, podría hacerlo, podría hacer lo que quisiera, y yo no sería lo bastante fuerte para detenerlo, y nadie se enteraría porque estamos aquí solos... ¿Y cómo es posible que haya vuelto a acabar así? ¿En qué estaba pensando? Su mano sube más por mi muslo y mi vestido se levanta aún más. Quiero quitármelo de encima, quiero echar a correr. El corazón me late con fuerza, golpeándome detrás de las costillas. Entonces aparta la boca y me mira a la cara. Intento no parecer asustada. Pero me quedo paralizada.

—¿Qué pasa? —pregunta en voz baja—. ¿Quieres que pare?

No puedo decir que sí, pero tampoco que no. Cierro los ojos, intentando encontrar las palabras adecuadas. Pero en cuanto lo hago, vuelvo a estar allí. Con Kevin. Kevin sujetándome los brazos contra la cama. Y sus manos, sus dedos como cuchillos romos que se abren paso hasta el hueso lentamente. No podía creer lo fuerte que era. Ni lo débil que era yo.

Abro los ojos. Casi no puedo respirar. Ha pasado demasiado tiempo. Es algo peor que el silencio, esta quietud. Sé que tengo que decir algo, pero no sé qué. Así que miro al techo y, en voz demasiado baja para que me oiga, suelto:

—Tengo que irme.

—¿Qué?

—No lo sé —susurro. Porque ahora mismo no sé nada.

—No, lo entiendo… —musita. Pero cuando levanto la cabeza para mirarle a la cara, no parece que lo sepa ni que lo entienda: parece tan confuso como yo. Me pasa los dedos por el pelo y se inclina para besarme de nuevo.

—En serio, tengo… —empiezo a decir, empujándole el pecho con las manos—. Tengo que irme. —Pero mis manos no consiguen nada. No pueden moverlo. Ni siquiera pueden levantarlo un centímetro—. ¡Tengo que irme! —grito esta vez. Sus ojos se abren de par en par y me quita el peso de encima. Me incorporo rápidamente y me voy al borde de la cama.

Me coge del brazo y me tira hacia atrás.

—Espera…

—¿Qué? —Mi voz suena demasiado aguda, pero no puedo evitarlo. Mi instinto me dice que debería empezar a gritar, a pegarle. Que debería arrancarme a mordiscos el brazo que me está sujetando si así lograra escapar. Pero lo cierto es que ahora tengo el instinto un poco jodido, así que ajusto el tono y lo intento de nuevo, con más calma—. ¿Qué?

—Nada, es que… ¿Qué pasa, por qué tienes que irte? —Miro su mano, que aún me sujeta el brazo, y me suelta—. Creía que íbamos a…

—¿Que íbamos a qué? —le interrumpo, abriendo mucho los ojos.

—¡Nada, eso no! —dice rápidamente—. Creía que íbamos a salir, a hacer algo. Creía que teníamos tiempo. Estoy confundido. Un momento parece que estás a gusto, ¿y al siguiente te vas? Quiero decir, ¿he hecho algo? —pregunta.

Le observo atentamente. Ni siquiera sé cómo responderle. ¿Ha hecho algo? ¿O es que esto es lo normal, lo que hace la gente? Los pensamientos se agolpan en mi cabeza. No sé lo que siento, ni lo que pienso, ni lo que quiero.

—Eras tú la que quería venir —dice, pero con amabilidad, como si de verdad me estuviera recordando ese hecho.

—He cambiado de opinión, ¿vale?

—Vale —dice, como si de verdad no pasara nada. Nos sentamos el uno junto al otro al final de la cama. Me arreglo el vestido. Él se ajusta la camisa. Y de nuevo ese horrible silencio. Miro por la ventana de su habitación. El sol empieza a ponerse.

—Creo que debería irme.

—Aquí está bien —le digo cuando nos acercamos a la esquina de mi calle. Detiene el coche y mira alrededor, confuso.

—¿Dónde está tu casa?

—Por ahí. Aquí está bien.

Se acerca a la acera y apaga los faros.

—Entonces, ¿estamos bien? —pregunta.

—Sí, creo que sí.

Él asiente con la cabeza.

—Vale. Bueno, aunque no lo considero una cita de verdad, ya que técnicamente no hemos ido a ningún sitio... ¿puedo darte un beso de buenas noches? —me dice con esa sonrisa.

Echo un vistazo rápido a la calle para asegurarme de que no hay nadie. Cuando vuelvo la cabeza, él ya está allí, inclinado sobre mí. Me besa, solo una vez, con suavidad.

—Mañana por la noche —empieza a decir—, tenemos un partido importante fuera de casa. Pero después habrá una fiesta. ¿Quieres ir?

—No creo. —Me imagino a todos sus amigos señalando y susurrando, a las chicas guapas del baño riéndose. A Josh siendo testigo de todo. O peor, participando en ello.

—¿Por qué no? —pregunta, ofendido. Al fin y al cabo, se trata de una invitación muy codiciada; me está dando la oportunidad de codearme con los reyes y las reinas de los bailes de bienvenida y fin de curso pasados y futuros. Y yo, una simple y vulgar campesina, tengo el descaro de rechazarla.

—Porque no quiero… —No sé cómo decirlo—. No quiero ser tu novia.

Pone los ojos en blanco, niega con la cabeza y ahoga una carcajada.

Por lo visto, esa no era la mejor manera de decirlo.

Mira al frente durante unos segundos y luego se vuelve hacia mí, en el asiento del acompañante.

—Vaaale —dice despacio, como aquel día en el pasillo, un año antes, cuando yo aún era una invisible ratoncita—. No te he pedido que seas mi novia, solo te he preguntado si querías ir a una fiesta.

—Pues no. —Hay una autoridad en mi voz que no sabía que poseía.

—Está bien. —Intenta mostrarse indiferente. Yo no aparto la vista del salpicadero. El reloj salta de las 18:51 a las 18:52—. Entonces, ¿eso es todo? —pregunta.

Me encojo de hombros.

—Puede que sí, puede que no —respondo tan pancha, tan tranquila, tan calmada. ¿Qué tal lo estoy haciendo?

—Lo siento, pero no te entiendo. ¿Qué estamos haciendo exactamente? —pregunta, con un deje de irritación en la voz.

—No lo sé. ¿No podríamos quedar de vez en cuando, ya sabes, en plan informal? —le pregunto, las palabras salen de mi boca como si me pertenecieran.

Él parece escéptico y se toma un momento para reflexionar.

—Creo que es lo más raro que me ha dicho nunca una chica. ¿De verdad no quieres venir conmigo mañana? —vuelve a preguntar, incapaz de entenderlo—. No tendría por qué significar nada.

—Mira, no voy a discutir por eso. Si no quieres volver a verme, no pasa nada, ¿vale? Pero si quieres, así es como van a ser las cosas. Como son, quiero decir.

Inhala por la nariz y exhala lentamente por la boca. Yo suspiro con fuerza. Finjo impaciencia, toqueteando el picaporte con los dedos, lista para abrir la puerta y salir corriendo.

—No lo sé —dice al cabo de un rato, vacilante.

Me voy sin articular otra palabra. Sé que me está observando mientras camino hacia mi casa. Me aseguro de no volverme hasta que oigo el motor fundirse con el silencio que me rodea. Miro y no veo más que dos luces traseras rojas brillando a lo lejos.

El lunes empiezo a notar algo distinto en cómo me mira la gente. Como si el mundo se hubiera dividido de repente en dos bandos distintos. El primero es al que estoy acostumbrada, en el que nadie sabe de mi existencia. Pero está surgiendo otra facción, que me lanza miradas de todo tipo: asco, lástima, intriga. No sé si es por las pintadas o por la salida pública con Josh del viernes. O por ambas cosas. Pero aquí, en la biblioteca, no. Aquí estoy a salvo. Con todas las signaturas, las letras y los números que ordenan las cosas: filosofía, ciencias sociales, idiomas, tecnología, literatura, A-B-C-D, punto uno, punto dos, punto uno dos, punto tres. Todo tiene tanta lógica que no hay lugar para errores ni malentendidos.

—Hola —dice, surgiendo de repente junto a mí en el estrecho pasillo. Doy un respingo y casi se me cae el libro que llevo en la mano.

—¡Me has asustado! —susurro.

—Otra vez —dice con una sonrisa—. Lo siento. —Se queda muy quieto, como si tuviera miedo de acercarse más—. ¿Sigues enfadada conmigo? —pregunta.

—Eras tú el que estaba enfadado, no yo. —Aunque eso tampoco es del todo cierto.

—No estaba enfadado. Solo hecho un lío.

Quiero decirle que yo también estaba hecha un lío. Quiero decirle cuánto me alegro de verle, lo agradecida que estoy de que no me mire como me ha mirado hoy todo el mundo.

Pero no puedo permitírmelo. Tengo que mostrarme segura, fuerte y sólida, porque hay algo en él, no sé exactamente qué es, que me hace desear con todas mis fuerzas ser vulnerable.

—Oye, ¿podemos empezar de nuevo? —pregunta.

Si a alguien se le va a permitir volver a empezar, debería ser a mí, y volvería a empezar aquella noche en mi habitación. Pero como eso no es posible, le digo:

—No, la verdad es que no.

Se mira las manos como si se sintiera mal, o molesto, o decepcionado, o algo así.

—Vale —murmura, dándose la vuelta para irse.

—Pero podemos... —Le toco el brazo. Se vuelve—. Seguir. ¿Te parece bien? —concluyo.

Da un paso hacia mí, con una luz nueva en los ojos.

—Sí, me parece bien.

Afirmo con la cabeza. Y sonrío para mis adentros. Porque acabo de arreglar esto... Yo solita.

—¿Significa eso que puedo llamarte? —pregunta.

—Supongo que sí —digo riendo.

Él también se ríe y saca su teléfono. Le recito mi número, deseando que este momento no acabe nunca: él tan cerca de mí, sonriendo.

Como ahora tenemos nuestros números de teléfono, decido que es hora de establecer algunas reglas básicas cuando me llama para invitarme a su casa esa misma noche.

—Antes de ir otra vez, quiero saber que de verdad entiendes que esto no va a ser un noviazgo típico.

—Sí, lo dejaste bastante claro antes.

—Quiero decir que no vamos a salir por ahí ni nada por el estilo. No quiero que me presentes a tus amigos. No quiero ir desfilando por los pasillos cogidos de la mano ni que me esperes en mi taquilla. Desde luego, no voy a ser la chica que te anime desde la banda en tus partidos de baloncesto.

—Jolín, tú sí que sabes cómo hacer que un chico se sienta especial, ¿eh?

—No tiene nada que ver contigo —le digo, y no puedo creer lo egoísta que parezco, lo egoísta que soy.

—Vaaale. ¿Algo más?

—Y nunca querré conocer a tus padres, jamás, en toda la vida.

—Bueno, en eso estamos de acuerdo.

—Ah. —Jolín, eso me duele. Supongo que es una muestra de cómo estaré haciéndole sentir.

—No tiene nada que ver contigo —me imita, señalándome.

—Vale.

Hay una pausa.

—Eden, ¿cuántos años tienes?

—¿Por qué?

—No sé, por curiosidad. Es difícil de decir. Pareces... —Se calla antes de terminar.

—¿Qué parezco?

—Pareces... No sé. Todo esto me parece muy maduro, o todo lo contrario.

—¿De verdad crees que llamarme inmadura te va a ayudar en algo? —Me echo a reír—. Casi me hace gracia. O me ofende profundamente, es difícil de decir.

—¡No, no, no, eso no es lo que estoy diciendo! —se retracta—. En realidad, quiero decir que me pareces muy madura.

—O todo lo contrario —le recuerdo.

—No quería decir eso —se ríe—. Pero, en serio, ¿qué edad tienes? ¿Unos dieciséis?

—Exacto —miento. Tengo catorce. Pero pronto será mi cumpleaños y entonces tendré quince. Que son casi dieciséis—. Bueno, dímelo ya. Sí o no, ¿qué te parece? —le pregunto.

Tras considerar mi lista de mandamientos durante varios segundos, inspira y exhala:

—Creo que eres muy rara. —Hace una pausa—. Pero aun así quiero que vengas otra vez a mi casa.

Noto que mi boca se curva en una sonrisa.

Esa noche me pasa a escondidas por delante de sus padres y me sube a su habitación. Y la noche siguiente. Y casi todas las noches de la semana pasada. Y cada día, las cosas parecen ir un poco más lejos, sus manos recorren mi cuerpo con un poco más de libertad, como si estuviera tanteando los límites.

Pero esta es la noche. Lo decidí incluso antes de llegar a su casa. Me había dicho que sus padres estaban fuera de la ciudad, en la boda de su primo. Perfecto. Porque no puedo soportar la anticipación por más tiempo. Tiene que pasar ya. Así podré dejar de tener miedo cada segundo que estamos juntos. Preocupándome por cómo será, qué hará, cómo actuará, si me hará daño. Y yo qué haré, cómo me sentiré.

Excepto porque esta noche, ya decidida, no estoy solamente asustada. Estoy tan aterrorizada que casi no puedo respirar. Creo que tengo una erupción en los dedos, en la mano, en la muñeca, en el antebrazo, en todo el cuerpo, en el cerebro y, Dios mío, tengo una bala clavada dentro de mí y creo que voy a vomitar.

Nos detenemos junto a su cama. Se acerca para besarme.

«Sé normal. Sé normal, Edy —me digo—. Sé normal —me repito». Y ahora… Respiro y me aparto de sus labios. Empiezo a desabrocharme la camisa: uno, dos, tres, cuatro, cinco, seis botones. Me tiemblan las manos. Son casi inútiles. Dios, ¿por qué elegí una camisa de botones? Levanto la vista. Está mirando mi sujetador nuevo. Es de encaje morado y hace juego con mis bragas. Dejo caer la camisa por mis hombros. Intento, discretamente, echarle un vistazo a mi brazo. Tiene buen aspecto, no hay sarpullido. Estoy bien. Estoy bien y esto está bien (exhalo), todo está bien, bien, bien. Me quito las zapatillas con los dedos de los pies y las empujo hacia un lado. Me desabrocho los vaqueros, les bajo la cremallera, me los deslizo por las caderas, las nalgas y los muslos.

Me miro los pies. Calcetines. No se pueden tener relaciones sexuales en calcetines, es patético. Intento no caerme mientras me los quito y los meto en las zapatillas. Siento el suelo helado en las plantas. Él sigue completamente vestido, mirándome, haciéndome sentir fea y estúpida.

Empiezo a pensar que quizá esté decepcionado con lo que ve; desde luego, sé que no soy la más guapa, ni la más atractiva. Me doy cuenta de que junto los brazos delante del pecho. De repente quiero echar a correr. Huir lejos, rápido, lejos de él, de mí misma, de mi vida, de mi pasado, de mi futuro, de todo.

Él se pone en acción de inmediato. Su camiseta roza mi piel cuando se la sube por la cabeza y la deja caer sobre mi montón de ropa. Se quita los calcetines con las zapatillas. El espacio que nos separa se acorta rápidamente: sus manos en mi cintura, tan repentinas, me hacen estremecerme, no saltar, no alejarme de él como una especie de animal salvaje, desquiciado y rabioso. Tropiezo con mis zapatos y mis piernas chocan con el marco de la cama. Se echa hacia atrás, confuso. Soy tan idiota. Me arde la cara. Quiero morir, ocultarme, desaparecer.

—Perdona —decimos los dos al mismo tiempo.

—¿Estás bien? —Extiende un brazo como para ayudarme a estabilizarme, pero no se atreve a tocarme de nuevo.

—Estoy bien —le digo bruscamente.

Da un paso atrás, se mete las manos en los bolsillos e intenta por todos los medios no mirarme el sujetador.

—Oye, no tienes que… Quiero decir, no tenemos… que…, si…

Deja de hablar porque le estoy desabrochando los pantalones. Deja de pensar porque ahora le estoy bajando la cremallera. Deja de respirar porque le saco las manos de los bolsillos y me las pongo en la cintura. Y entonces mi corazón, mis pulmones y mi cerebro también se detienen porque de repente mi ropa interior me llega a los tobillos, y también la suya, y siento su cuerpo contra el mío, y entonces estamos en la cama y nuestras piernas están enredadas, y las cosas suceden muy deprisa, y sus manos están sobre mí, y mis manos tiemblan y no sé dónde ponerlas y espero que no se dé cuenta.

Deja de besarme. Abro los ojos. Me mira el cuerpo desnudo. Yo también miro mi cuerpo. Pero lo único que veo es una herida enorme y abierta que a veces parece seguir doliéndome por todas partes. Espero que él no se dé cuenta.

Me toca la piel con suavidad, como si debiera tocarse así, y habla despacio cuando dice:

—Eden, eres…

—Chist, calla, por favor —le detengo antes de que pueda terminar—. No digas nada. —Porque no soy lo que él cree que soy, no lo soy. Y mi cuerpo no es lo que él cree que es, no lo es. Mi cuerpo es una cámara de tortura. Es un puto lugar del crimen. Aquí han pasado cosas horribles, no hay nada de qué hablar, nada que comentar, en voz alta no. Nunca. No quiero oírlo. No puedo.

Me mira como si estuviera loca, y fuera borde y maleducada.

—Iba a decir que…

Y como a lo mejor estoy loca y soy borde y maleducada, vuelvo a interrumpirle:

—Lo sé, pero no lo digas. Por favor, no lo digas, sea lo que sea…

—Vale, vale. No lo diré. —Parece pensar que esto ha dejado de merecer la pena oficialmente.

Me concentro mucho en hacerlo bien. Y trato de no mirar

su cuerpo porque su cuerpo me aterroriza. Pero subo mis brazos y envuelvo su espalda con ellos, las yemas de mis dedos tiemblan contra su piel, trazando contornos de hueso y músculo. Tiro de él hacia abajo para que su pecho y su vientre toquen los míos. Me besa con cuidado, como si yo fuera algo frágil que hay que manejar con precaución. Pero es demasiado agradable, demasiado dulce, demasiado destinado a otra persona, alguien que se parece más a como fui yo, o, mejor dicho, a quien habría sido.

Coge algo de la mesilla que hay junto a su cama. Solo me doy cuenta de lo que es cuando rompe el envoltorio. El sonido me desgarra el cerebro. Sacude algo dentro de mí. Y ese lugar sacudido en lo más profundo de mi ser es desde donde quiero que lo sepa. Que lo sepa todo. Quiero detener el tiempo y contarle cada momento de mi vida hasta ahora. Porque no tiene ni la menor idea de quién soy en realidad. Quiero que sepa lo inocente que me siento ahora, por algún motivo. Que sepa exactamente lo que le estoy confiando. Pero es demasiado para contenerlo en este pequeño y urgente espacio.

No puedo aferrarme a mis pensamientos el tiempo suficiente para procesarlos.

Mi corazón se acelera peligrosamente. Me arde la piel. Siento una opresión en el pecho, mis pulmones se paralizan. Sé que no respiro bien. Tengo un hormigueo en los dedos de las manos y los pies. Las cosas empiezan a desenfocarse, se enfocan de nuevo y se desenfocan otra vez. Como si mirara a través de un caleidoscopio, me mareo: la habitación da vueltas, el mundo deja de tener sentido. Oigo un zumbido de fondo, como una interferencia. Una interferencia a través de las ondas cerebrales, corrientes eléctricas flotando en este extraño lugar, haciendo que el aire parezca bullir de energía, alterado de algún modo.

—¿Estás bien? —pregunta en voz baja. Asiento con la cabeza. Claro que estoy bien, por supuesto que sí—. Vale —me susurra en la boca mientras se acerca para besarme, acariciándome la cara y el pelo con mucha suavidad. Estoy segura de que siempre besaba así a sus exnovias, esas chicas perfectamente normales, respetables y adaptadas, criaturas blandas y quebradizas que nunca albergaron balas secretas en sus entrañas.

Se aparta de mí. Después de todo lo que había planeado, preparado e imaginado, se me había escapado lo que significaba este momento en realidad. Apenas un año antes, todavía llevaba esas malditas bragas con los días de la semana, y ahora estoy tumbada boca arriba, desnuda en una cama, viendo cómo un tío al que apenas conozco se pone un condón. Esto es real. Esta es mi vida ahora. Y está pasando. Está pasando ahora mismo. Ya no hay vuelta atrás. Tampoco es que quiera volver atrás. No hay nada allí, nada bueno, al menos. Quiero alejarme del pasado tanto como sea posible, ser tan diferente de esa niña como pueda ser capaz de serlo.

—Vale, ¿estás segura?

Afirmo con la cabeza.

Solo he estado tan aterrorizada una vez en la vida. Puedo sentir mi corazón bombeando. Al principio noto la sangre corriendo por mis venas, pero luego tengo la sensación de que ha dejado de correr, de latir, de fluir, y se está filtrando, incontenida, inundando todo mi cuerpo, y seguramente moriré pronto.

Enfoco los ojos en una grieta pequeña del techo. Empieza en la esquina junto a la puerta y se bifurca como un rayo, congelada en ese nanosegundo de su existencia, para terminar justamente en el centro de su cama. Intento calmarme, intento no tener miedo. Me centro en él, en su respiración. Y entonces cuento todas las cosas en las que no es como él, las cosas en las que esto no es como aquello, las cosas en las que yo no soy como ella. Y entonces alguien desconecta el interruptor de mi mente y todo se para. Como si hubieran cortado los cables en alguna parte. Estoy desconectada, fuera de línea. Y después, todo se desvanece en una nada serena, tranquila y silenciosa.

Soy vagamente consciente de que se acaba. Vagamente consciente de que me toca la cara, vagamente consciente de las palabras que salen de su boca. Estoy viva. Lo he conseguido. Estoy bien.

—Qué callada estás, nena —susurra con suavidad.

Es como si hubiera abierto los ojos de repente, aunque ya los tenía abiertos. Y ahí está ese rayo al que se supone que debo mirar, así que lo miro.

—No sabía si… ya sabes. —Me pasa los dedos por el brazo y yo me aferro un poco más a la sábana. No sé si me siento bien o no.

Noto que me mira fijamente, esperando a que diga algo, con gesto esperanzado.

—Sí —murmuro, intentando parecer segura de mí misma. Sé que es lo que tengo que hacer. Intenta rodearme con el brazo, creo, pero no me muevo. Me quedo inmóvil. No sé qué se supone que va a pasar a continuación.

Parece observarme durante demasiado tiempo y al final dice:

—No sé… Pareces rara, enfadada o algo así.

—No estoy enfadada —replico de inmediato. Aunque, al oír el toque de pánico en mi voz, sí que parezco enfadada, así que añado, con más suavidad—: De verdad, no lo estoy.

—¿Entonces por qué estás así?

—¿Así cómo? ¿Qué estoy haciendo?

—Nada —dice al instante.

—¿Entonces por qué te enfadas conmigo? —Siento que mi corazón vuelve a latir más deprisa.

—No, quiero decir que no haces nada.

—¿Qué quieres que haga? —Me incorporo con rapidez, de

pronto consciente de que podría quitarme algo que no le había dado. Y de que, por lo visto, tampoco le había dado lo que él quería. Tanteo frenéticamente la cama en busca de alguna prenda de mi ropa—. No sé qué más quieres de mí, pero... —No voy a esperar a averiguarlo.

Ahora él también se incorpora.

—Espera, ¿qué haces? ¿Te vas a ir?

Encuentro mi sujetador.

—Sí. ¿Puedes darte la vuelta?

—¿Qué? —Se ríe.

—¿Puedes mirar a otro lado mientras me visto? —Me tiemblan las manos. No consigo cerrar los corchetes.

—¿Hablas en serio? —pregunta con una sonrisa, flipando.

—Sí. ¿Puedes dejar de mirarme, por favor?

—Dejar de mirarte... ¿De qué estás hablando? Espera. Espera un momento, ¿vale? —dice, cogiéndome la mano y separándome los dedos—. Para. Solo un segundo. ¿Qué está pasando? —pregunta, clavándome la mirada.

No sabría decir qué expresión debo de estar poniendo: indiferencia, odio, arrogancia tal vez.

—Es hora de que me vaya —digo, con una voz que suena monótona y desapasionada—. ¿Te parece bien? —Puedo saborear la mezquindad en mi boca mientras pronuncio las palabras. Y ni siquiera sé por qué.

—¿Estás enfadada? —pregunta, incrédulo—. ¿Estás enfadada conmigo?

¿Estoy enfadada? Puede ser, pero no es solo eso. Estoy triste. Y sigo asustada. Y confundida, porque no entiendo por qué sigo asustada, por qué sigo triste, por qué estoy enfadada. Se suponía que esto arreglaría las cosas. Se suponía que esto iba a ayudar.

—Vale, pues genial, ¿no? —murmura para sí mismo, sonriendo, pero claramente cabreado—. ¿Qué, vas a usar esto contra mí o algo así?

—¿De qué hablas? No voy a usar nada contra ti.

Cruza los brazos sobre el vientre, parece extrañamente vulnerable; yo aprieto las rodillas contra el pecho y las rodeo con los brazos.

—Mira, yo no… no… no sé qué es esto. —Se traba con las palabras—. Quiero decir, ¿esto es una especie de juego enfermizo para ti o qué? ¿Una especie de prueba? ¿O solo es lo que haces con los chicos? Porque es una mierda. —Le falta el aire, le tiembla la voz como si estuviera realmente enfadado.

—¿Un juego enfermizo? No. —¿Una prueba? Bueno, tal vez—. Pensaba que te estaba haciendo un favor, ¿vale? —le digo, a pesar de que es una mentira cochina.

—¿Haciéndome un favor cómo? ¿Haciéndome sentir que te obligo a hacer algo que no quieres? —Luego añade, más tranquilo—: Es más bien al revés, si de verdad quieres saberlo.

Tardo un segundo en desentrañar el insulto.

—Espera, ¿yo te he obligado a ti? Dios mío, ¡no me lo puedo creer! —Siento como si mi cerebro se hubiera vuelto del revés, esta situación se vuelve completamente del revés.

—No estoy diciendo eso, ¿vale? Es que te portas como si…

—Tengo que ir a un sitio —miento, interrumpiéndole. Me pongo de pie tirando de la sábana y me visto lo más rápido que puedo—. ¡No voy a quedarme sentada aguantando esto!

Me pongo la camisa y me calzo las zapatillas. Lo miro, muy quieto y callado, observándome. Entonces dice, pero no gritando, sino casi en un susurro:

—¿Qué narices te pasa?

—¡No me pasa nada! —Oigo cómo aumenta el volumen de mi voz; siento que todos mis músculos se tensan—. Pero no me gusta tener que preguntarme qué estás pensando en realidad, qué quieres de mí.

—Pero ¿qué…? —empieza a decir, pero se calla—. ¿Cómo crees que me siento yo?

—¡Déjalo! —Intento mantener la calma, aunque estoy tan

furiosa que empiezo a temblar. Me dirijo a la puerta, pero me doy la vuelta para mirarle, notando una especie de opresión en la garganta, palabras que quieren ser gritadas—: ¡Déjalo de una puta vez!

Es la primera vez que le digo esa palabra a otra persona, así, en voz alta. Mientras le miro fijamente, como si estuviera loco, siento que los globos oculares me hierven en las órbitas. Y entonces, su imagen empieza a desdibujarse y a arrugarse delante mí como un espejismo: tengo que irme porque sé que las lágrimas están en camino. Y yo no lloro delante de los chicos. Nunca más. A partir de ahora.

Me marcho furiosa de su habitación. Me llama una vez, con desgana, como por obligación, no porque quiera que vuelva. Salgo dando un portazo. Me seco los ojos. Vuelvo a casa andando.

Al día siguiente, en el instituto, lo veo caminando por el pasillo en medio de su manada. Así que, por supuesto, finjo estar absorta buscando algo en lo más profundo de mi taquilla, finjo que no me doy cuenta. Son de ese tipo de gente que siempre tiene que estar llamando la atención: hablando demasiado alto, ocupando un poco más de espacio, riéndose como malditas hienas, de esa manera que siempre hace que me pregunte si se están riendo de mí. Odio a ese tipo de gente y, sin embargo, no puedo evitar mirarlos cuando pasan.

No hay posibilidad de arreglar el desastre de anoche. Lo veo decirle algo a un deportista con el que va andando, y entonces el deportista me mira. Me mira como si calculara alguna fórmula desconocida. Solo dejo que mis ojos se encuentren con los de Josh durante una fracción de segundo. Pero siento que podría morirme o vomitar, así que vuelvo a examinar el contenido de mi taquilla, mientras intento recordar cómo se respira.

—Hola —dice, apoyándose de repente en la taquilla contigua a la mía, increíblemente cerca. Ahora no hay duda de que la gente me mira.

—Hola —respondo, pero me siento tan estúpida-estúpida-estúpida, por cómo le grité, por cómo me fui. Por cómo se quedó en su cama mirándome.

Nos quedamos el uno frente al otro sin decir nada, los dos intentando fingir que no notamos los ojos de todos los demás puestos en nosotros. Cierro mi taquilla, olvidando lo único que realmente necesitaba para mi próxima clase. Jugueteo con el disco de mi candado, dándole vueltas y vueltas, incapaz de parar.

—Bueno… —Por fin empieza a hablar, pero no dice nada más. Y más silencio.

—¡Daos un beso y arregladlo de una vez! —grita Deportista desde el otro lado del pasillo. Josh le hace un gesto con el brazo, en plan «vete de aquí».

—Lo siento —murmura—. Mira, sé que todavía estás enfadada, pero…

—¿Qué le has dicho? —le interrumpo.

—¿Qué? —Se da la vuelta para mirar a su amigo, que se marcha—. Nada.

—Bueno, nada no; obviamente le has dicho algo. He visto cómo me miraba hace un rato.

—Eden, no he dicho nada. Mira, solo intento disculparme.

—No lo hagas. No te disculpes, está bien, es solo que… Da igual. —La verdad es que no quiero tener que disculparme con él.

—Pues lo siento. —Hace una pausa, esperando a que le diga que está bien, esperando a que le pida disculpas. Cuando queda claro que no voy a hacerlo, añade—: No sé muy bien por qué, pero en fin… Toma. —Me tiende un papel doblado para que lo coja.

—¿Qué es esto? —le pregunto.

Pone los ojos en blanco, algo que se le da muy bien.

—No es ántrax. Por Dios, Eden. Cógelo.

Lo cojo. Se va sin decir nada más, sin mirarme siquiera.

Eden:

Me siento mal por lo de anoche. Todavía no sé qué fue lo que pasó, pero lo siento. Mis padres siguen fuera de la ciudad, por si quieres venir luego. Me gustaría que vinieras, pero si no lo haces, lo entenderé. Incluso podrías quedarte a dormir. No tendríamos que hacer nada, te lo prometo. Podríamos pasar el rato. A mí no me importa... Solo quiero verte. Tenemos un partido esta noche, pero estaré en casa a las ocho. Espero verte luego.

J

Esa noche, en casa, sostengo con cuidado el trozo de papel entre los dedos. He leído la nota tantas veces que me la sé de memoria. Aun así, la desdoblo una vez más: «Espero verte luego espero verte luego espero verte luego».

Pero ya lo he decidido. No. Esto con él no puede ir más lejos. Se suponía que sería sencillo, se suponía que sería fácil y sin complicaciones, pero, en una noche, de repente se ha convertido en un laberinto denso e impenetrable. Y me he perdido en él. Necesito salir. Por cualquier medio. Fui una tonta al pensar que estaba preparada para esto.

Mientras vuelvo a doblar la nota en un pulcro cuadrado, mamá grita mi nombre desde el salón como si fuera una cuestión de vida o muerte, como si fueran sus últimas palabras. Corro a abrir la puerta dejando que la nota se me caiga de las manos. Cuando abro la puerta, estoy a punto de tropezar con ella, de pie frente a mí, con los brazos cruzados, las manos encogidas y los nudillos blancos.

—¿Qué ocurre? —pregunto, mientras mi cerebro procesa su postura rígida, la dureza de su rostro.

—¿No notas ese viento, Eden? —pregunta apretando los dientes. Sin embargo, antes de que pueda responder o intentar entender de qué está hablando, continúa—: Llevo semanas rogándote que cierres las contraventanas. ¿Es mucho pedir? ¿Lo es? ¿Es demasiado para ti? —El volumen de su voz va subiendo con cada palabra.

—Dios mío, ¿a quién le importa? —replico con un suspiro.

Sus ojos se abren de par en par mientras nos miramos cara a cara. Luego vuelve la vista atrás, hacia papá, sentado en el sofá del salón, como si buscara apoyo. Pero él se limita a apuntar al televisor con el mando a distancia y las barras de volumen bailan por la parte inferior de la pantalla, 36-37-38-39, más alto, más alto, más alto. Mi madre pone los ojos en blanco y me mira de nuevo. Inhala por la nariz y exhala bruscamente.

—¿Perdona? —dice al cabo, furiosa—. A mí me importa. A tu padre le importa. Se supone que somos una familia, ¡y eso significa colaborar! ¿Lo entiendes?

—¿Y de repente las ventanas son una emergencia? —le contesto.

—No sé con quién te crees que estás hablando, Eden. Y no sé qué te pasa últimamente, pero ¡tienes que parar ahora mismo! —Se acerca un paso, su cuerpo me bloquea la salida.

Seguimos mirándonos, lanzando una bola invisible de emoción ardiente de una a otra. Pero no hay palabras para explicarle lo que me pasa. Ni siquiera sé lo que es. Y tampoco hay nada que pueda decir o hacer que sea correcto. Me doy la vuelta hacia mi habitación. Durante un instante me pregunto si podría escapar por la ventana, de lo desesperada que estoy. Pero ella me agarra del brazo antes de que pueda decidirme.

—No me des la espalda cuando te hablo —gruñe, prosiguiendo la disputa—. ¿No se te ha ocurrido pensar que puedo necesitar un poco de ayuda por aquí de vez en cuando?

—Mira, cerraré las malditas ventanas, pero es que no he podido hacerlo. —Me zafo de ella con facilidad y doy un paso atrás—. He estado ocupada, ¿vale?

—Y dime, ¿por qué has estado tan ocupada últimamente, Eden? ¿Dónde has estado todo este tiempo? Aquí no, eso seguro.

Se queda esperando una respuesta.

Pongo los ojos en blanco y miro hacia otro lado. Por algún motivo, noto que mi boca se curva en una sonrisa, a pesar de las lágrimas que amenazan bajo la superficie. Niego con la cabeza.

Entonces entra en mi habitación, se mete de lleno en mi espacio.

—Escúchame bien. Estoy harta, Eden, y tu padre también —dice en ese tono cortante que siempre utiliza con papá para dejar claro que lo considera un inútil.

—¿Cuál es el puto problema? —la desafío, dando un paso adelante. Y antes de que pueda entender lo que está pasando, oigo un fuerte crujido que resuena en mi cabeza. Y me arde un lado de la cara.

Ella dice algo, pero su voz queda apagada por el zumbido de mis oídos.

Y como sé que podría devolverle el golpe, me doy la vuelta. Cojo todo lo que puedo y lo meto en la mochila. Recojo la nota del suelo de mi habitación y me la guardo en el bolsillo.

—Aparta de mi camino —murmuro, empujándola.

—¿Edy? —gimotea, con la voz entrecortada, como si no le quedara aire en el cuerpo—. No te vayas. Por favor.

—Voy a dormir en casa de Mara —anuncio con la mano en la puerta de entrada. Cuando miro atrás, la veo derrumbándose en la puerta de mi habitación, veo a papá fingiendo que no pasa nada y digo—: Odio este sitio, de verdad que lo odio. —Y doy un portazo. Lágrimas calientes empañan mis ojos mientras echo a andar.

Casi me acobardo cuando llego a su calle. La única luz que emana de toda la casa es el tenue resplandor del televisor del salón, que parpadea a través de las cortinas. Subo los escalones y me meto las gafas en el bolsillo del abrigo. Mi teléfono marca las 23:22. Me quedo ahí parada, atenta a cualquier señal de movimiento en el interior. Intento pensar en qué podría decir, sobre lo de antes, sobre lo de anoche. De pronto me mareo, cuando todo lo que hay dentro de mí parece salir a la superficie de golpe. Me siento en las escaleras, necesito ordenar mis pensamientos un momento, eso es todo.

A las 23:46, su gata aparece por la entrada. Corre a mi lado como si hubiera estado esperando mi llegada. Se aprieta contra mí, enrosca su ágil cuerpo entre mis piernas y apoya la cabeza en la palma de mi mano. Salta a mi regazo y se deja acariciar. Su ronroneo me transmite vibraciones tranquilizadoras por todo el cuerpo y me calienta las manos en la fría noche. Vuelvo a mirar el teléfono: las 00:26. Había escrito: «Espero verte luego». Sé que lo hizo. Cambio de posición para sacarme la nota del bolsillo y la gata me mira acusadoramente.

La puerta se abre con un chirrido. Me doy la vuelta.

La gata salta de mi regazo y entra en la casa. Me tomo un momento para preparar una explicación, pero la puerta ya se está cerrando con otro chirrido: ni siquiera me ha visto. Solo estaba dejando entrar a la gata. Tengo que decir algo. Ahora.

—¡Josh, espera! —Mi voz suena tan baja sobre la noche vasta y vacía.

—¡Joder! —Da un respingo, con los ojos muy abiertos—. Joder —vuelve a decir con una risa insegura—. Me has asustado.

—Lo siento. Solo estaba... Hola.

—Eh, hola... Hace mucho frío. ¿Cuánto tiempo llevas aquí fuera? —Sale dejando que la puerta se cierre. Lleva pantalones de chándal y una camiseta sucia, los pies descalzos. Se frota los ojos como si hubiera estado durmiendo. Se cruza de brazos mientras el viento levanta un pequeño ciclón de hojas y las deja caer a mis pies.

—No mucho —miento entre dientes. ¿Y qué es mucho tiempo? Una hora y cuatro minutos es poco tiempo, relativamente.

Mira a su alrededor, a la quietud de su calle oscurecida, a la nada que ocurre. Me tiende la mano. La cojo. Siento su piel como si fuera fuego, pero supongo que es porque tengo mucho frío.

—¿Por qué no entraste o llamaste al timbre o algo así? —pregunta una vez que estamos dentro.

Me encojo de hombros.

—Bueno, ¿estás bien?

—Sí, estoy bien. —Pero suena demasiado rápido, demasiado agudo, demasiado falso.

—Espera, no lo entiendo. ¿Por qué estabas ahí sentada? Te estaba esperando… Bueno, quiero decir, dejé de esperarte hace un par de horas.

—No sabía si aún querías que viniera, así que… —Mis ojos se desvían hacia la televisión. Luego miro a mi alrededor. Ha dejado el salón hecho un desastre. La manta que suele estar en el respaldo del sofá está tirada y retorcida, metida entre los cojines. Las almohadones a juego con el sofá están en el suelo y han sido sustituidos por dos almohadas de su cama, colocadas en ángulo para ver la televisión. La mesita está llena de cosas: una caja de pizza entreabierta, varias latas de refresco, un plato con media corteza de pizza, tres mandos a distancia diferentes.

—¿Eden? —dice despacio.

Vuelvo a centrar mi atención en él.

—¿Qué pasa? —pregunta, mirándome con suspicacia—. ¿Es que estás… colocada?

—No. —No me drogo—. ¿Por qué dices eso?

—Tus ojos… —Me sujeta la cara con las manos, inspeccionándome—. Los tienes vidriosos e inyectados en sangre, como…

Aparto la cara para no tener que mirarle mientras lo confieso.

—No, es que… —Pero me detengo antes de pronunciar

las palabras. Porque quizá prefiero que piense que estoy colocada a que estaba llorando.

—Oye —dice—, me alegro de que hayas venido… Vas a pensar que es una tontería, ¿vale? Pero si estás colocada, la verdad es que no quiero que estés aquí. No es por ser borde. Simplemente no me van esas cosas, ¿vale?

—¡Bueno, ni a mí tampoco! Y no me he metido nada, lo prometo. —Está claro que no me cree—. Dios mío, ¿qué te crees que soy, un desastre de persona?

—No. —Lanza un suspiro—. Pero ¿estás colocada, Eden? En serio, sé sincera.

—¡No estoy colocada! Solo estaba —me aclaro la garganta— llorando. —Intento mascullarlo en una sola sílaba, lo más bajo posible—. Antes. ¿Vale?

—Ah. —Supongo que no sabe qué responder. Su cara oscila entre el escepticismo y la lástima, ambos igualmente indeseables—. Hum…

—Si quieres que me vaya… —empiezo a decir.

—No, quédate. Puedes quedarte. —Me quita la mochila del hombro y la deja en el suelo. Me miro los pies y jugueteo con la cremallera de la chaqueta, sintiéndome tímida e incómoda, vulnerable, ahora que ha visto otra grieta en mi armadura.

—¿Qué quieres hacer? —Dejo que mi brazo se balancee hacia delante para que mis dedos toquen los suyos. Es una pregunta retórica. Sé lo que quiere hacer. ¿Por qué si no iba a pedirme que me quedara?

—Me da igual —dice cogiéndome la mano—. Ven aquí. —Me atrae hacia él y me abraza. Huele a jabón, a toallitas de secadora y a desodorante.

Me aparto demasiado pronto porque, maldita sea, no consigo hacer las cosas bien. Me siento mareada cuando me suelta, como si hubiéramos estado dando vueltas en círculo, aunque estábamos quietos.

—¿Tienes hambre? Hay pizza. —Señala la caja de cartón manchada de grasa que hay sobre la mesa—. Y también hay otras cosas, si quieres.

Abro la boca. Estoy a punto de decir que no, pero siento una punzada dentro de mí. Tengo hambre. Sé que se supone que no debería querer nada. No debería desear nada. Pero no había comido nada desde la barrita de cereales del almuerzo. Me aclaro la garganta.

—Tal vez. La pizza suena bien. Quiero decir, solo si ibas a comer un poco. ¿Ibas a hacerlo?

Sonríe.

—Claro.

Y pienso: «Es simpático, muy simpático». Creo que yo también sonrío cuando se lleva la caja de pizza a la cocina. Oigo un ruido de platos, pitidos aleatorios cuando pulsa los botones del microondas y el zumbido familiar. Entra por la puerta que separa la cocina del salón y se apoya en la pared. Me mira desde el otro lado de la habitación. Lo veo un poco borroso sin mis gafas. No sé qué está pensando, pero, por una vez, el hecho de no saberlo no me da tanto miedo. No decimos nada. Me siento bien. Bip-bip-bip.

—Ahora vuelvo —susurra. Le digo que vale, pero no creo que me oiga.

Vuelve a entrar en el salón, sujetando dos platos distintos con las manos mientras apaga la luz de la cocina con el codo. Deja los platos en la mesa, se sienta a mi lado y me pregunta:

—¿Quieres ver algo?

Digo sí con la cabeza.

—Claro.

Pasa un montón de canales sin esperar a ver lo que hay antes de cambiar. Es algo que siempre hace Caelin. Me saca de quicio, pero ahora no, con Josh no.

—La verdad es que no ponen nada, lo siento. —Suspira—. ¿Qué te parece esto?

No tengo ni idea de lo que es esto, alguna telecomedia con risas enlatadas. Algo estúpido. Perfecto.

—No importa. Eso está bien. —Lo que sí sé es que me siento más normal en este momento, sentada en su sofá, comiendo pizza gomosa recalentada, él con su pijama raído, yo sin maquillaje, el pelo hecho un desastre, viendo algo absurdo en la tele, de lo que me he sentido en mucho tiempo.

Se acaba el trozo en unos cuarenta y cinco segundos. Nunca he entendido cómo pueden comer así los chicos. ¿No se sienten como cerdos? Supongo que no, porque se recuesta en las almohadas y alterna entre mirarme a mí y la tele, sonriendo.

—¿Qué? —le pregunto al fin.

—¿Te encuentras mejor?

Afirmo con la cabeza.

—Bien. ¿Siempre comes tan despacio o es solo porque estoy aquí? —Sonríe satisfecho.

—Se llama saborear, ¿quizá has oído hablar de ello? —Debo de estar sintiéndome mejor, lo bastante bien para ser una sabelotodo, al menos.

—Nunca te había visto comer. Te pones muy guapa. —Se ríe, y suena tan real que me entran ganas de reír a mí también.

Me meto el último bocado en la boca, pensando que quizá ha sido la mejor pizza que he comido en mi vida.

—¿Cuando hago esto? —digo con la boca llena.

Él asiente con la cabeza.

—Tienes... salsa —se toca la comisura de los labios—, justo aquí.

—¡Ay, deja de mirarme cuando como! —Me limpio la boca con el dorso de la mano—. ¿Me la he quitado?

—Eh, ven aquí, yo lo hago. —Me inclino hacia él, limpiándome la cara todavía—. Más cerca —dice—, déjame ver. Casi estoy encima de él cuando me doy cuenta de que me está tomando el pelo. Sonríe y se acerca para besarme la boca—. Ya está.

Le empujo el brazo con suavidad y me apoyo en él. Y él me pasa el brazo por el hombro. En la televisión, un hombre camina por una calle con un ridículo disfraz de conejo.

—¿Qué demonios estamos viendo? —se ríe.

—No tengo ni idea.

Coge el mando a distancia y apaga el televisor, se hunde en el sofá, tira de la manta y me la pone alrededor del hombro para que apoye la cabeza en su pecho.

—¿Por qué llorabas? —me pregunta al fin.

—No lo sé —respondo con un suspiro.

—¿Era por mí, por lo de anoche, quiero decir?

—No. No, no tenía nada que ver contigo. —Noto que respira hondo debajo de mí—. Siento todo eso, por cierto. Ni siquiera sé lo que pasó. —Me sorprende que la disculpa me salga así, tan fácil.

—Yo también lo siento.

Respiramos el uno contra el otro, y con cada respiración siento que me vuelvo más ligera, más limpia, como si el residuo de todas esas viejas emociones estancadas empezara a salir de mí. Me pongo a dibujar líneas invisibles en su antebrazo, conectando las constelaciones de pecas diminutas y separadas.

—He tenido una pelea muy gorda con mi madre —me atrevo a decir.

—¿Por qué?

Tomo aire y empiezo a contarle lo de la estúpida pelea, pero luego sigo hablando; le cuento lo mal que han ido las cosas con mis padres en general, sobre todo desde que Caelin se fue. Que piensan que estoy en casa de Mara. Que a veces siento que Mara no es mi amiga de verdad. Que creo que estoy empezando a odiar de verdad a mi hermano. Palabras, un montón de palabras.

Tengo una imagen del Hombre de Hojalata metida en mi cabeza. Dorothy y el Espantapájaros lo encuentran oxidado en el bosque, le ponen aceite en la boca y las mandíbulas, y entonces, mágicamente, crac, crac, crac, como un ratón, dice: «M-m-m-madre mía, puedo hablar otra vez». Es así. Catártico. Siento como si no pudiera callarme nunca más.

Él escucha pacientemente mientras las palabras fluyen sin esfuerzo, respondiendo con susurros en los momentos adecuados.

—A veces… —no estoy segura de si debería decir algo tan terrible en voz alta—, a veces, creo que no creo en Dios. —Porque ¿qué clase de Dios permite que le ocurran cosas malas a la gente que intenta desesperadamente ser buena?—. Sé que antes sí, pero ahora no estoy segura. Eso es muy malo, ¿no?

—No. Todo el mundo piensa igual —responde despreocupado.

—¿En serio?

—Sí, de verdad. Yo también lo pienso. Es difícil no hacerlo cuando ves cómo están las cosas. Lo jodido que está el mundo, quiero decir.

—Hum, sí —estoy de acuerdo. Pero la verdad es que ahora mismo, en este momento, el mundo me parece bastante increíble.

—Todos pensamos cosas que no deberíamos pensar a veces —continúa—. Como que a veces ni siquiera me gusta el baloncesto.

—Creía que vivías para el baloncesto.

—En realidad, a veces odio el baloncesto —dice riendo—. Si lo piensas, es una estupidez sin sentido. No haces nada ni ayudas a nadie. Básicamente es una gran pérdida de tiempo para todos. Odio que, por el mero hecho de ser bueno en algo, la gente piense automáticamente que eso es lo que te hace feliz, pero en realidad no es así, ¿sabes? No es tan sencillo.

—Sí —afirmo, un poco asombrada. Sabía que era inteligente, que sacaba buenas notas, pero no tenía ni idea de que pensara tan profundamente sobre las cosas, que tal vez fuera más complejo de lo que imaginaba, algo más que un chico simpático con unos ojos preciosos.

—Me han dado una beca de baloncesto y ni siquiera quiero ir a la universidad. Quiero tomarme un año libre. Viajar o algo así. Ni siquiera sé qué quiero estudiar, pero mis padres no me escuchan. Quieren que sea alguien importante. Un médico, un abogado o un director de empresa, algo de eso. Tampoco es que tengan ni idea de lo que hay que hacer; ninguno de ellos fue a la universidad. —Se ríe y luego dice—: Mis padres. —Y ya está.

—¿Qué pasa con ellos? —le pregunto.

—Nada, es que... —empieza a hablar, pero se detiene—. Sabes, la verdad es que no están en la boda de mi primo. Solo creen que es donde yo creo que están. —Reprime otra carcajada, de modo que solo le sale una corta ráfaga de aire de la boca—. Mi madre no sabe cómo borrar el historial de su navegador, por eso sé dónde están en realidad.

—Bueno, ¿y dónde están en realidad?

—En un retiro, supongo que se podría llamar una especie de terapia.

—¿Para parejas, quieres decir? —le pregunto, para que quede claro.

—De rehabilitación —dice rotundamente.

Los dos hacemos una pausa, ninguno sabe exactamente por qué el aire se ha vuelto de repente tan denso y pesado. Me doy cuenta de que mi mano ha dejado de tocar su brazo. Sus dedos han dejado de recorrer mi espalda. Contiene la respiración. Oigo su corazón a través de la camiseta, noto cómo se acelera.

—Mi padre —prosigue inseguro, respondiendo a la pregunta que yo le hacía en silencio— ha estado entrando y saliendo de rehabilitación durante... Bueno, desde que tengo uso de razón.

Levanto la cabeza para mirarle a la cara. Se queda mirando

al techo, su nuez sube y baja mientras traga saliva una vez, sin mirarme.

—No puede dejarlo. —Continúa como si mantuviera una conversación con otra persona, que solo él puede oír—. No entiendo por qué. Las cosas van muy bien durante un tiempo, a veces incluso durante un año o así, pero luego vuelve a las andadas. Nada funciona, esto tampoco funcionará.

—Rehabilitación —digo, como una imbécil dolorosamente poco preparada para el nivel de realidad que requiere de mí esta conversación—. ¿De qué tipo? —pregunto.

—No estoy seguro. Había tomado drogas antes, nada ilegal, cosas con receta. Quiero decir, no es que se las recetaran a él. —Se ríe amargamente—. Pero la bebida siempre ha sido su mayor problema, ¿entiendes?

—Ah —susurro.

—Recuerdo que una vez, cuando era pequeño, se suponía que mi padre estaba de viaje de negocios y estuvo fuera mucho tiempo. —Hace una pausa, como si lo estuviera recordando todo de nuevo—. Pero entonces oí a mi madre hablando por teléfono con mi tía, y dijo que mi padre estaba en una clínica. —Se ríe de nuevo—. Y yo pensé que estaba malo o algo así. Recuerdo que dibujé a mi padre con una venda en la cabeza y un termómetro en la boca —me dice, cortando el aire frente a su cara con la mano—. Y cuando se lo enseñé a mi madre, recuerdo que empezó a llorar y yo no sabía por qué. Supongo que fue entonces cuando comprendí por primera vez, de una forma muy vaga, al menos, que le pasaba otra cosa.

Ojalá supiera qué decir en este momento. Abro la boca, pero no tengo nada en la cabeza, así que le toco la cara, el pelo, intento que se relaje.

—El otro día estaba limpiando las hojas de los canalones —continúa— y encontré cinco botellas ahí escondidas. Llenas. Es que no lo entiendo, de verdad. Quiero decir, ¿cuándo? ¿Por qué? ¿Cuándo hizo eso? ¿Por qué en los canalones? ¿Quién hace eso?

—Uf, no lo sé —musito. Pero creo que quizá sí, que estaban allí por si acaso, y me asusta pensar que podría llegar a entenderlo.

—Supe que no podía ser nada bueno, así que se lo conté a mi madre, y luego me dijeron que se iban de la ciudad por una boda. Ojalá me contaran la verdad, ya no soy un niño. No es como si no supiera lo que está pasando. —Coloca su cuerpo contra el mío y, mientras le escucho, soy consciente de que nunca me había sentido tan poco amenazada en la vida—. Cuando me rompí la rodilla en segundo, me dieron unos analgésicos con receta y mi madre me obligó a ocultárselos. A mi propio padre.

Abro la boca. Estoy a punto de decir algo inútil, como que lo siento o que es una mierda, pero por suerte sigue hablando.

—La cosa es que —continúa—, cuando está sobrio, es genial. De verdad. Hacemos cosas juntos y todo, ya sabes: me lleva a partidos, a acampar, a pescar y todo ese rollo. Quiero decir, básicamente es un buen padre, pero hay una cosa que lo controla. Todos mis amigos dicen que les gustaría que fuera su padre. Por supuesto, yo nunca dejaría que lo vieran cuando está jodido. Así que, en el fondo, no saben una mierda de él.

Por algún motivo, cuando empezamos a hablar, yo estaba en sus brazos, y ahora es al contrario.

—Entonces, ¿por eso querías que me fuera cuando pensabas que estaba colocada, por tu padre?

—Pues puede ser —dice, como si no se hubiera dado cuenta de la relación—. Pero no es solo contigo. Tampoco me gusta estar cerca de mis amigos cuando hacen esas cosas. Ni siquiera me gusta estar con ellos cuando beben. Porque nunca sabes lo que puede pasar. La gente hace cosas y dice cosas que… Pueden perder el control rápidamente. Me pone… No sé, nervioso, o algo así —murmura.

—Quiero que sepas que yo no hago nada de eso. De verdad que no. Fumo, pero solo cigarrillos. Ni siquiera bebo.

—Siento haberlo pensado. Supongo que es lo primero que pienso cada vez que alguien está raro. Bueno, no es que estuvieras rara. Quiero decir, es solo que a veces pareces, no sé, distraída. Como si no estuvieras ahí de verdad, o algo así. Y así es como está él todo el tiempo… Con esa mirada en la cara, sabes que está en otra parte. Así es como te pones tú muchas veces.

—Ah.

—O como esta noche —continúa. No creo necesitar más ejemplos de mi rareza, pero sigue hablando—. No sé, me resultó familiar, eso es todo.

—Ah. —De repente, parece la única palabra que soy capaz de pronunciar.

—Perdona, seguro que lo estoy empeorando. No es eso. Solo intento explicártelo. No intento hacerte sentir mal. Lo siento, me voy a callar.

—No. Está bien. Lo sé. —Sé que me porto como un bicho raro, pero no pensé que había llegado a las proporciones de un circo de tres pistas. Lo suficiente para que la persona con la que he estado tonteando piense que estoy drogada.

—Vale. Lo siento —dice una vez más. Me besa la mano, que está apoyada en su hombro, y respira hondo. Exhala despacio y añade—: Sabes, nunca se lo había contado a nadie. A algunos de mis amigos los conozco desde el colegio, pero nunca he podido decírselo, y a ti solo te conozco desde hace un par de semanas. —Suelta una risa vacía.

—¿Por qué no puedes decírselo a tus amigos? —pregunto.

—A lo mejor no son mis amigos de verdad. No, no quiero decir eso —se corrige enseguida, como si hubiera cometido un sacrilegio contra el pacto divino de los chicos populares—. Solo es vergonzoso, eso es todo.

—No es vergonzoso.

Se encoge de hombros.

—Me alegro de que me lo hayas contado —susurro. Vuelvo a abrir la boca, las palabras casi listas, deseando salir. Toda esa sinceridad que satura el ambiente, llenando los silencios entre nosotros… hace cosas en mi cerebro, como una droga; me da ganas de decir la verdad. Me siento peligrosamente capaz.

—Yo también me alegro —responde en voz baja—. No se lo digas a nadie, ¿vale? Por favor —añade, con una debilidad en la voz que nunca le había oído antes.

Está de suerte, no sabe lo bien que se me da guardar los secretos.

—Nunca lo haré —susurro—. Te lo prometo.

Y así, a las 3:45 de la madrugada, después de varias horas de conversación, se levanta para apagar la lámpara y me da un beso de buenas noches. Cuando vuelve a recostar la cabeza en mi pecho, me dice:

—Te oigo el corazón.

Es una frase sencilla y dulce. Sonrío un poco. Pero entonces siento que mi corazón hace algo raro: el pum-pum-pum proverbial del órgano. Y en el momento en que la luna y el sol coexisten en el cielo, poniendo la habitación del revés con ese brillo pálido, misterioso pero tranquilizador, tengo un pensamiento terrible: me gusta. Me gusta muchísimo. Me encanta. Con todo mi corazón metafórico. Si me hicieran una radiografía, se vería una flecha clavada en el centro de esa masa muscular sangrante de mi pecho. Y sé, de alguna manera, que las cosas han cambiado entre nosotros.

—¡Muy bien! —dice Mara cuando entra en mi dormitorio ese fin de semana—. Vamos a hablar. Ya es hora de que empieces a soltarlo, Edy; se supone que soy tu mejor amiga, ¿no?

Cierro la puerta tras ella.

—¿Qué quieres decir? —le pregunto mientras se deja caer en mi cama y se quita el abrigo.

—Quiero decir, ¿voy a poder volver a verte alguna vez? Pasas cada minuto que estás despierta con Joshua Miller y no me has contado ningún detalle. Así que ya es hora de que desembuches.

—No sé. —Me encojo de hombros—. ¿Qué hay que contar?

—¡Montones de cosas! Vale, empecemos por dónde vais cuando estáis juntos todos los días. ¿Vas a casa de Joshua Miller? —pregunta, alzando las cejas.

Yo me río.

—Sí, incluso he estado en la habitación de Joshua Miller.

—No fastidies. La habitación de Joshua Miller —repite, asombrada.

—Vale, tienes que dejar de llamarle Joshua Miller, Mara. Es raro.

—Pero… es que es Joshua Miller, Edy.

—Soy consciente de ello. —Me siento en la silla de mi escritorio, y cuando la miro, está tan emocionada por mí que tengo que intentar con todas mis fuerzas no emocionarme yo también.

—¿Y cómo le llamas? ¿Cariño? ¿Bombón? ¿Amorcito? ¿Dios griego?

—Sí, Mara, le llamo dios griego. —Me río, tirándole una almohada a la cara—. Aunque normalmente basta con Josh.

—Josh… —repite, saboreando la palabra en la boca—. Entonces, ¿cómo es en persona?

—No sé. Es simpático. Es… es muy majo, la verdad.

—Y está buenísimo, no lo olvides —añade, como si pudiera olvidarlo—. Y entonces… Ya sabes… ¿Lo habéis hecho? —susurra.

Asiento con la cabeza.

—¡Ay, Dios! ¿Y cómo fue? ¿Cómo estuvo? —pregunta torpemente, acercándose al borde de la cama.

—No, no voy a hablar de eso.

—Vamos, necesito vivirlo a través de ti —suplica.

—Bueno, ¿y qué pasa con Cameron y contigo?

—Nada. —Lanza un suspiro—. Pero nada de nada. Seguimos siendo amigos. —Y de repente, por la forma en que me mira, siento que hay un océano entero entre nosotras, y que estamos en orillas opuestas, mirándonos desde los extremos más lejanos del mundo—. Venga, háblame de tu novio buenorro. ¡Por favor! —me pide, en lugar de reconocer la gran distancia que nos separa.

—No es mi novio —la corrijo.

—¿No quiere ser tu novio? —pregunta, arrugando la cara—. ¿Qué pasa, que solo quiere acostarse contigo y…?

—No. Soy yo la que no quiere ser su novia.

—¿Estás loca? —me pregunta en el acto.

—Puede ser. —Me río.

—Pero en serio, ¿es que se te ha ido la olla?

—Es que… no sé. No me gusta la idea, creo. No quiero estar atada. Obligada. Atrapada, ¿entiendes?

—Eso no tiene ningún sentido. Pero vale. Siempre y cuando él no esté tratando de llevarlo en secreto o algo así…

—No es eso. Te lo prometo. Y tampoco es tan malo querer un poco de intimidad.

—Lo que tú digas, Edy. Supongo que yo no tengo ni idea de lo que estamos hablando. —Al final se descubre, mostrando un indicio de algo parecido al resentimiento bajo la superficie. Pero enseguida lo devuelve al lugar del que vino y sonríe—. Entonces, ¿es bueno? ¿Y divertido? O lo que se supone que tenga que ser. —Se ríe, avergonzada—. ¿Es, ya sabes, amable contigo, cuando estáis juntos, quiero decir?

Afirmo con la cabeza.

Ella sonríe.

—Más le vale.

—Explícame otra vez —dice sin aliento, acariciándome el pelo con los dedos— por qué no puedes ser mi novia.

—¿Por qué? —gimoteo. Aunque es un encanto, puede ser muy pesado.

—Porque —murmura, con la boca contra mi cuello— no me gusta pensar en ti con otros tíos, ¿sabes? —Su voz se entrecorta, tragada por sus besos.

—Pues no lo hagas.

Se detiene y me mira con esa intensidad que a veces me aterroriza.

—No es tan fácil no pensar en ello.

No contesto. Sé que debo decirle que no tiene nada de qué preocuparse, que soy toda suya, que no hay otros hombres. Pero no puedo. En vez de eso, le digo:

—¿Cuándo iba a tener tiempo para irme con otro? Estamos juntos cada noche.

Él esboza esa sonrisa suya y creo que, de momento, va a dejarlo pasar. Sin embargo, al final, después de unas semanas, empieza la conversación que supongo que debe de haber tenido en mente desde que se dio cuenta de que mi nombre está escrito en todos los baños.

—Tengo curiosidad... —dice, jugueteando con un mechón de mi pelo.

—¿Sobre qué?

—¿Con quién más...? —Se interrumpe de nuevo.

—¿Qué?

—¿Con quién más has estado?

—¿Por qué? —le pregunto, y no de buenas maneras.

—No sé —murmura.

—¿Acaso importa?

—Supongo que no.

—Bien. —Porque no quería tener que pensar en ello, y mucho menos hablar de ello. Ni siquiera quería reconocer el hecho de que había habido alguien más.

—Pero... —empieza otra vez— sigo queriendo saberlo.

—Haz como si fueras el primero, ¿vale? —Eso es lo que estoy haciendo yo, al fin y al cabo.

—No me refería a eso. No es que me moleste ni nada. Solo era...

—A mí me molesta. —Pero qué bocazas soy, maldita sea. Me aparto de él y me voy a mi lado de la cama. Noto mis bragas debajo de las piernas. Me las pongo bajo las sábanas.

—¿Qué? ¿Por qué? No es que yo no haya estado con otras chicas.

—Ya lo supongo. —Aunque desde luego no es lo mismo. Me muerdo los carrillos por dentro para no decir nada más. Saboreo la sangre, muerdo más fuerte.

—No es para tanto, solo era por curiosidad. —Hace una pausa, dos, tres, cuatro, luego inspira y dice—: Entonces... ¿fue más de una persona?

—¡En serio, Josh! ¡De verdad, de verdad que no quiero hablar de eso!

—Está bien. —Pausa—. Te voy a contar la mía...

—No, no lo hagas. No me importa, ¿vale? No me importa. No quiero saberlo. —Claro que yo ya sabía la suya, porque nunca había sido discreto precisamente. Hasta que estuvo conmigo—. Y no quiero hablar más de esto. De verdad, lo digo en serio.

—Es que a veces siento que no sé nada de ti. Es raro.

—Y yo también. —Pero sé que esa no es toda la verdad.

Se limita a suspirar.

—Bueno, pregúntame cualquier otra cosa, de verdad, cualquier cosa y te la diré, ¿vale?

—Puf, tuvo que ser muy horrible, ¿no? —Giro la cabeza para mirarle; no encuentro otra manera de decirle lo incapaz que soy de hablar de esto—. ¿Qué? Solo digo que el tío sería un capullo. Sea quien sea.

—¿Por qué? —Sonrío con suficiencia—. ¿Por todas las cosas feas que hay escritas sobre mí en las paredes de los baños?

—¿Lo sabes? —pregunta en voz baja—. Eden, sabes que no me creo ninguna de esas cosas, ¿verdad? Quiero decir, sé la verdad.

La verdad. ¡La verdad! ¿La verdad? Él no sabe una mierda de la verdad. Abro la boca y estoy a punto de decírselo.

—No importa —murmuro en su lugar.

—¿Y ahora qué pasa? Solo intento… —Me alejo de él—. Vamos. Solo intento decirte que yo no haría eso. Creo que es una putada.

Fue una putada. En eso tiene razón. Pero no digo nada. Tenemos que dejar el tema inmediatamente. Creo que por fin lo entiende, porque por fin se queda callado. Callado durante mucho tiempo.

Miro el techo de su habitación. En su casa no se oye nada, como siempre: sus padres duermen o están en otra parte, no sé dónde. Me giro para mirarle, tumbado, todavía vuelto hacia mí.

—Cuéntame un secreto —susurra. Siempre tengo la sensación de que sabe que guardo un secreto. Uno oscuro y profundo—. Ya sabes, algo que no sepa de ti, un secreto.

—Claro. —Sonrío, intentando borrar lo que acaba de pasar—. Porque no sabes nada de mí… —Me burlo de él a medias.

—Lo sé —dice, acercándose y cubriendo mi boca con la

suya—, por eso quiero que me digas algo. —Me pregunto qué diría si se lo contara. Qué haría. Si le contara mi oscuro, profundo y negro secreto, el que tiene el potencial de tragarse el universo entero.

—Bueno, mi segundo nombre es Marie. —Mentira. Mi segundo nombre es Anne—. Y ahora tú.

—Eso no es un secreto. Me refería a algo real. —Me da un beso—. Matthew.

—¿Qué?

—Matthew —repite—. Joshua Matthew Miller.

—Ah. —Otro beso—. Me gusta. —Otro beso—. Dime algo más.

—No, es tu turno, Eden Marie McCrorey. —Sonríe con esa sonrisa oblicua suya y apoya la cabeza en mi pecho, esperando que sea sincera, que le cuente alguna verdad, un detalle, cualquier cosa. Entonces debería haberle dicho que Marie no era mi segundo nombre. Pero parece que le gusta decírmelo, como si pensara que ese pequeño dato hace que me conozca un poco mejor, que le gusto un poco más.

—Antes tocaba el clarinete con la orquesta. —Cierto, aunque no es un secreto en sí.

Levanta la cabeza y me sonríe.

—No es verdad.

—Que sí, te lo prometo —le digo, poniéndome la mano sobre el corazón—. Hasta puedes consultar el anuario. Pero espera, no lo hagas, porque el año pasado salí como una auténtica pardilla.

Se ríe, todavía mirándome como si no me creyera del todo.

—¿De verdad?

—Y además estuve en un club de lectura —confieso.

—No tienes pinta de estar en el club de lectura —dice, mirándome con suspicacia.

—¿No? —pregunto, fingiendo sorpresa—. De hecho, fui yo la que fundó el club con la señorita Sullivan. —Me río.

Una sonrisa se dibuja en su cara cuando se da cuenta de que estoy diciendo la verdad.

—Qué mona —dice finalmente, con una sonrisa más amplia—. Es muy mono.

—No, no lo es —murmuro.

—No, tienes razón. De hecho, es bastante sexi. —Entonces me besa en serio, profundamente, con el tipo de besos que llevan a alguna parte. Pero se detiene y me mira con ternura—. Eres muy guapa, Eden —susurra.

Normalmente no me gusta oír cosas así, cosas bonitas, pero quizá sea el tono de su voz o la expresión de su cara. Sonrío. No a propósito, pero es que mi cara no me permite no sonreír.

—Sabes, ya me he acostado contigo —intento bromear—, así que no tienes por qué decir esas cosas.

—Calla, lo digo en serio. —Y entonces se inclina y me besa

los labios, con mucha dulzura. A veces usa las palabras como armas para romper mi gélido exterior, y a veces puede atravesar la capa levemente descongelada que hay debajo. Pero también hay veces en las que se topa con un iceberg sólido. Por ejemplo, sabe lo que hace cuando dice—: Y además deberías sonreír más.

Aparto la mirada, avergonzada. No tiene ni idea de que a veces me duele físicamente sonreír. De que a veces una sonrisa puede parecer la mayor mentira que he dicho nunca.

—No, me encanta tu sonrisa —me dice con los dedos en mis labios, lo que amplía mi sonrisa. Solo que esta vez no me duele—. Eden Marie McCrorey… —empieza, como si fuera a dar una lección magistral sobre mí—, siempre tan seria y sombría… —el discurso de mi funeral, tal vez—, pero luego tienes esa preciosa sonrisa que nadie puede ver nunca. Espera, ¿te estás sonrojando? —se burla—. No me lo puedo creer. He hecho que Eden Marie McCrorey se sonroje.

—¡No es verdad! —Me río y me pongo las manos en las

mejillas. Pero él toma mis manos entre las suyas y las aparta suavemente de mi cara.

—¿Sabes lo que pienso? —me pregunta.

—¿Qué piensas? —replico.

—Creo que… —Hace una pausa—. No eres tan dura… En el fondo, no eres tan dura como pareces —dice con seriedad, su sonrisa se desvanece—, ¿verdad?

Se me acelera el corazón cuando me mira con más intensidad. Porque tiene razón. Las chicas duras no se sonrojan. Las chicas duras no se ponen nerviosas cuando un chico guapo les dice que son guapas. Y me aterroriza que vea a través de la dura capa del iceberg y no descubra a una chica dulce y tierna, sino un desastre horripilante debajo.

Me aparta el pelo de la cara y me pasa el dedo índice por la cicatriz de cinco centímetros que tengo sobre la ceja izquierda.

—¿Cómo te lo hiciste? —me dice—. Me lo he estado preguntando, pero, cada vez que me doy cuenta, estamos ocupados con otra cosa. —Sonríe—. Y se me olvida preguntar.

Me toco la cabeza. Sonrío, recordando lo absurdo del accidente.

—Venga, cuenta. Tiene que ser algo embarazoso…

—Fue cuando tenía doce años. Me caí de la bici y me tuvieron que dar quince puntos.

—¿Quince? Son muchos. ¿Solo por caerte de la bici?

—Bueno, no exactamente. Mara y yo íbamos en bici por una cuesta muy empinada, ya sabes, la que hay al final de mi calle.

—Ajá —murmura, escuchándome como si estuviera diciendo las cosas más interesantes que ha oído en su vida, prestando gran atención a cada palabra que sale de mi boca.

—Y están esas vías de tren al fondo, ¿verdad? —continúo.

—Oh, no.

—Bueno, supongo que en algún momento me solté del manillar y rodé cuesta abajo, eso es lo que dijo Mara. Realmente no lo recuerdo, creo que me desmayé. Sin embargo, mi cara amortiguó la caída al chocar con las vías.

—¡Tuvo que ser horrible! —dice, aunque se está partiendo de risa.

—No, fue ridículo. Haces bien en reírte de mí. Yo soy la razón por la que el Ayuntamiento tuvo que poner vallas al final de todas las calles de mi barrio.

Eso le hace reír aún más. A mí también.

Entonces empiezo a pensar en todo lo que vino después.

Ese fue el día en que me enamoré de Kevin, o lo que yo creía que era enamorarse, de la persona que creía que era. Y él también lo sabía. Y lo usó para llegar a mí. Ese fue el día al que desearía volver, el día que tengo que deshacer para evitar que suceda todo. Hacía tanto calor y el aire era tan denso que parecía que mis pulmones no podían respirarlo. Mara y yo no éramos más que dos niñas de doce años con nuestros absurdos bikinis, que no dejaban ver nada porque básicamente no teníamos nada, dibujando con tiza en la acera de mi entrada, con un sándwich de helado goteando por nuestros brazos y piernas.

Dibujábamos soles con caras sonrientes, arcoíris, árboles y flores horrendas y sin gracia. Jugamos al tres en raya varias veces, pero era aburrido porque ninguna ganaba nunca. Hicimos una pista de rayuela, pero el cemento estaba ardiendo, demasiado caliente para saltar sobre él. A lo largo del camino de entrada, escribí con enormes letras redondeadas de color rosa:

A MARA LE GUSTA CAELIN

Solo lo hice para avergonzarla. Entonces Mara se pasó las dos largas trenzas por los hombros y se agachó con un grueso trozo de tiza azul pastel. En enormes letras mayúsculas escribió:

A EDY LE GUSTA KEVIN

Aquello me hizo gritar a pleno pulmón y lanzarle una tiza blanca, pero fallé, claro, y se rompió en mil pedacitos que a partir de entonces no sirvieron para nada, pero daba igual, porque el blanco siempre era aburrido de todos modos. Y entonces dije:

—Mara, deberías casarte con Caelin. Así seríamos hermanas, ¡y sería genial!

—Supongo que sí. —Frunció el ceño—. Pero creo que Kevin es más mono.

—No lo es. Además, Kevin no es mi hermano, así que, si te casaras con él, no seríamos hermanas.

—Lo dices para poder casarte con Kevin.

—Bueno, es que no puedo casarme con mi propio hermano, ¡sería asqueroso!

—Ah, sí —dijo al darse cuenta, como si ellos dos fueran nuestras únicas opciones en el mundo. Nuestro mundo era pequeño, demasiado pequeño, incluso para unas niñas de doce años.

—Entonces, tú te casas con mi hermano y yo me caso con Kevin, y nosotras seremos hermanas, y Kev y Cae serán hermanos. Tiene sentido, porque todo el mundo cree que lo son.

Ella se lo pensó un momento y luego dijo:

—Sí, vale.

Ahora que ya teníamos nuestras vidas resueltas, le pregunté:

—¿Quieres montar en bici?

—Sí, vale.

Intentamos que nuestros pies no tocaran el pavimento ardiente mientras entrábamos en casa para ponernos los pantalones cortos y las chanclas. Ese verano, el padre de Mara se marchó para siempre. Hubo muchas peleas en su casa. Por eso pasaba la mayoría de los días en la mía, aunque era la suya la que tenía la piscina. Casi todo le parecía bien con tal de que la mantuviera fuera de su casa y lejos de sus padres. Así que, cuando le dije que se casara con mi hermano, dijo que vale. Cuando le dije que fuéramos a montar en bicicleta, dijo que vale. Y cuando le dije que bajáramos lo más rápido posible por la cuesta empinada que había al final de mi calle para ver si pasaba un tren por las vías, dijo que vale.

Reconozco que no fue una de mis ideas más brillantes. Lo último que recuerdo haber oído antes de caer en picado hacia la muerte fue el grito de Mara. Lo último que vi fue la madera gris podrida de las traviesas del ferrocarril, acercándose a mi cara a gran velocidad. Mi cráneo se estrelló contra la barandilla de acero con un ruido sordo. Y entonces todo se oscureció.

Cuando mis ojos se abrieron, estaba mirando hacia arriba, a un cielo increíblemente brillante, y mis piernas estaban enredadas en mi bicicleta. Mis gafas habían desaparecido. Y sentí que me caía agua por la cara. Levanté el brazo que aún era capaz de mover. Estaba cubierto de tierra y cientos de pequeños cortes. Me toqué la cabeza. Agua roja. Mucha agua roja. Y entonces oí que decían mi nombre desde muy lejos. Volví a cerrar los ojos.

—¿Qué puñetas estabais haciendo? —Era la voz de Kevin, fuerte, cercana.

—Queríamos ver pasar un tren. —Mara, inocente.

—Edy, ¿puedes oírme? —Kevin, sus manos en mi cara.

—Eh… —fue lo único que pude gemir. Abrí los ojos el tiempo suficiente para verle quitándose la camiseta y presionarla contra mi cabeza. Sentí sus manos en una de mis piernas. No sabía cuál.

—Edy, Edy, intenta mover la pierna, ¿vale? Si puedes moverla, es que no está rota. Inténtalo —me dijo.

—¿Se mueve? ¿Se mueve? —creo que pregunté en voz alta. No oí respuesta.

Y entonces sentí que me levantaba. Me llevó cuesta arriba y luego me tumbó en la hierba. Incluso llamó a la ambulancia.

Los daños: una fractura en la muñeca izquierda, un esguince de tobillo, miles de rasguños y moratones, un meñique roto, quince puntos de sutura en la frente y una bicicleta de diez velocidades totalmente destrozada. Y, por supuesto, un grave delirio sobre la clase de persona que era Kevin en realidad. «Tuviste mucha suerte y fuiste muy tonta», me dijeron una y otra vez aquel día.

—¡Tuviste suerte de que no pasara un tren! —La voz de Josh me devuelve al presente. Mis ojos se enfocan en el techo de su habitación. Todavía se está riendo. Yo había dejado de hacerlo.

—¿Tú crees? —digo sin querer. Si hubiera pasado un tren, me habría matado o, al menos, me habría herido grave e irreparablemente. Y 542 días después, habría estado en una tumba o en un hospital, pudriéndome o conectada a unas máquinas, y no en mi cama, con Kevin en la habitación de al lado, y yo pensando que era la mejor persona del mundo, incapaz de hacerme daño de ninguna manera, porque, después de todo, me había salvado aquel día. Quizá no habría tonteado con él mientras jugábamos al Monopoly esa misma noche. Y tal vez habría gritado cuando lo encontré en mi cama a las 2:48 de la mañana, en lugar de no hacer nada en absoluto. Y quizá todo era culpa mía por actuar como si me gustara, por gustarme de verdad.

—Claro que la tuviste —oigo decir a una voz tenue a través de la niebla de mi mente. Pero ahora tiene la cara seria. No recuerdo qué fue lo último que dijimos.

—¿Que tuve qué? —pregunto.

—¡Suerte! —responde impaciente.

—Ah, claro. Sí, ya lo sé.

—¿Entonces por qué dices eso? No tiene gracia.

—Lo sé.

—De verdad que no. Odio que digas cosas así.

—¡Vale, lo sé! —replico bruscamente.

No dice nada, pero me doy cuenta de que está enfadado. Enfadado porque siempre me enfado con él sin motivo, porque digo cosas horribles o porque, en general, soy rara. No dice nada más. Se da la vuelta y se queda tumbado junto a mí. Ahora es él quien mira al techo y yo estoy de lado, frente a él, queriendo que me mire. Apoyo la cabeza en su pecho, intento fingir que todo sigue yendo bien, que no soy un bicho raro. De mala gana, me rodea con el brazo. Pero no soporto el silencio, no soporto la idea de que esté enfadado.

Así que le susurro:

—Cuéntame otro secreto.

Pero se calla. Después de un rato, un rato dolorosamente largo, pienso que tal vez se ha dormido, así que yo también finjo estar durmiendo. Pero entonces siento que aprieta su cara contra mi pelo y respira. En voz baja, casi inaudible, susurra:

—Te quiero. —Su gran secreto. Cierro los ojos todo lo que puedo y finjo no oírlo, finjo que no me importa.

Cuando estoy segura de que se ha dormido de verdad, me voy haciendo el menor ruido posible.

—¿Y qué vamos a hacer este año por tu cumpleaños, Edy? —me pregunta Mara al día siguiente, en mi taquilla después de clase.

—No lo sé. Podemos salir a cenar o algo así —le digo mientras recojo mis cosas para hacer luego los deberes.

—Dios mío, Edy. Mira, mira, mira —cuchichea Mara sin apenas mover la boca, golpeándome en el brazo una y otra vez.

—¿Qué? —Me doy la vuelta. Josh está caminando por el pasillo, dirigiéndose directamente hacia nosotras—. Ay, madre —murmuro en voz baja.

—¡Edy, cállate y sé amable! —musita Mara cuando él se acerca lo suficiente para oírnos. Lo mira con una sonrisa enorme en la cara—. ¡Hola!

Él le dedica una de sus sonrisas cautivadoras y ella suelta una risita, una risita de verdad.

—¡Hola! —Él le devuelve el saludo con el mismo entusiasmo. Luego se vuelve hacia mí y solo dice un aburrido «Eh».

No sé qué hacer. Dos mundos totalmente opuestos están a punto de chocar en este momento, y yo estoy atrapada en medio.

—Así que, Joshua… Miller, ¿verdad? —dice Mara, como si no se refiriera siempre a él por su nombre completo.

—Sí, bueno, Josh. ¿Y tú eres?

—Mara —responde ella.

—Ah, claro, Mara. Encantado de conocerte por fin.

—Igualmente.

Los dos me miran, como si yo supiera qué hacer para salir de este embrollo. Como no digo nada, Mara toma el relevo:

—Josh, estábamos hablando de lo que vamos a hacer mañana por el cumpleaños de Edy.

—¿Mañana es tu cumpleaños? —pregunta, sus ojos buscan los míos.

Mara frunce el ceño.

—Edy, ¿no le habías dicho que mañana es tu cumpleaños?

—No, Edy ha debido de olvidarlo —responde Josh—. Igual que se olvidó de despedirse antes de salir huyendo de mi casa anoche —añade en un tono que me dice que no va a dejarlo pasar, que esta vez no se va a quedar de brazos cruzados.

—Bueno —empieza Mara, incómoda—, supongo que debería estar en algún sitio, así que… —Pausa—. Me voy ya. Ha sido un placer conocerte, de verdad —le dice a Josh con una sonrisa dulce y sincera.

—Sí, lo mismo digo —contesta él, como si lo dijera de verdad.

Mientras se va, gira la cabeza para mirarme con los labios apretados y los ojos muy abiertos, y me señala con el dedo, en plan: «¡Será mejor que no la cagues!».

—Me alegro de haber conocido por fin a una de tus amigas.

—Bueno, ¿y qué haces aquí? —pregunto, haciendo caso omiso de su comentario.

—Sabes, estoy muy harto de tus reglas, ¿vale? Tenemos que hablar. Y tenemos que hablar ahora.

—Bueno. ¿Podemos ir a algún sitio un poco más privado, al menos? —Miro a mi alrededor, fijándome en toda la gente que nos observa.

Me coge de la mano. Yo me aparto de él involuntariamente. Me mira como si le hubiera hecho daño, pero me sujeta con más fuerza y nos lleva por el pasillo. Nos detenemos en el hueco de la escalera y él se sienta en uno de los escalones. Tengo miedo. Tengo mucho miedo de que esté a punto de dejarme. Y más todavía porque no quiero que lo haga.

—¿Quieres sentarte?

Mi corazón y mis pensamientos se aceleran, aullando juntos en una cacofonía de «¿por qué, por qué, por qué?».

—¿Por qué? —Finalmente lo digo en voz alta, con voz temblorosa que traiciona la expresión de calma y serenidad que intento mantener en mi rostro.

—Ya te lo he dicho. Quiero hablar contigo. Es en serio.

Contengo la respiración mientras me siento a su lado. Se vuelve para mirarme, pero le interrumpo antes de que pueda empezar.

—Dímelo ya: ¿vas a cortar conmigo?

—¡No! Para nada. Pero es que no puedo seguir así. No puedo permitir que esto sea todo lo que hay. Tenemos algo más. Tienes que darte cuenta, ¿no?

—Ya te lo he dicho antes, no… no me siento cómoda con eso de ser novios…

—¡Y yo te digo que tampoco me siento cómodo, Eden! —interrumpe él, alzando la voz, enfadado de repente. Luego, más tranquilo, añade—: No me siento cómodo con que durmamos juntos todas las noches, y después hagamos como si no nos conociéramos en el instituto. No quieres salir conmigo ni conocer a mis amigos. Está claro que no quieres presentarme a tus amigas. Nunca hemos estado juntos en ningún sitio excepto en mi habitación. Quiero decir, ¿por qué no podemos al menos ir a tu casa alguna vez? —Hace una pausa, cogiéndome la mano—. ¿Por qué siempre tengo la sensación de que vamos a escondidas?

—No lo sé —digo en voz baja, sintiéndome vulnerable.

—Sí lo sabes, así que sé sincera conmigo.

—¿Qué quieres decir?

—Quiero saber si hay alguna razón por la que tengamos que escondernos —dice, soltando al fin su verdadera pregunta.

—¿Qué razón?

Me mira como si fuera una idiota.

—¿A qué te refieres, a otra persona? —pregunto para aclararlo.

—Sí, a otra persona.

Le miro a los ojos y deseo ser capaz de hacerle entender. Todo lo que ha pasado, todo lo que pienso y siento sobre él, sobre mí, sobre nosotros juntos. Que mi corazón, ese estúpido y frágil órgano, sufre violentamente por él. Pero es demasiado para expresarlo con palabras, así que solo pronuncio esa sílaba, la que más importa en este momento:

—No.

Suspira como si hubiera estado conteniendo la respiración.

Es evidente que esa no era la respuesta que esperaba.

—Entonces, si no hay nadie más, ¿por qué tiene que ser así?

—No lo sé, porque entonces todo se complica y se fastidia y…

—Pero es que esto ya es complicado —dice levantando un poco la voz—. Es una mierda. —Luego, más bajo—: De verdad.

No puedo negarlo, así que me miro las manos en el regazo.

—Oye, no quiero discutir ni nada, pero… Es que me preocupo por ti. De verdad. —Me besa los labios y luego, en voz baja, con la boca junto a mi oído, susurra—: Es lo que intento decir.

Debería decirle lo mismo. ¡Yo también me preocupo por ti! Me importas, joder, me importas. Quiero gritarlo.

—Me… Me… —Me importas, dilo de una vez.

Levanta la cabeza, con un pequeño brillo de esperanza en los ojos.

—Mira, tú no lo entiendes. Esto no es fácil para mí, no puedo... No puedo... —Mi voz suena chirriante, como la de un ratón, mientras intento que mi cerebro y mi boca funcionen a la vez. Siento las lágrimas en la garganta, inundándome los ojos. Él parece confuso, preocupado y casi aliviado creo, aliviado de que en el fondo no sea tan dura, tan fuerte.

—Vale —susurra, estupefacto ante esta repentina muestra de emoción sin precedentes—. Cariño, no... —dice suavemente—. Ya lo sé. No pasa nada, ven aquí. —Me atrae hacia él y me dejo caer contra su costado. Y ni siquiera me importa quién nos vea ahora. Me aferro a él con todas mis fuerzas. Todo lo que se ha interpuesto entre nosotros parece disolverse y, por una vez, no me siento una completa mentirosa. Por una vez me siento tranquila, segura. Terroríficamente segura.

—Oye, deja que te invite a cenar por tu cumpleaños o algo así.

—Vale —me oigo contestar enseguida.

—¿En serio? —pregunta, separándose de mí, sujetándome los hombros a distancia—. Voy a tener que ponerlo por escrito. —Alarga la mano hacia su mochila como si fuera a coger papel y boli.

—Para —digo riendo, dándole un golpe en el brazo—. He dicho que sí.

—Vale, ¡pues mañana salimos!

Sus manos recorren mi cuerpo con fluidez.

—Ya sabes..., después de tanto hablar... —murmura mientras me besa el cuello—. ¿Quieres venir luego a mi casa?

—Mañana, ¿vale? Después de cenar, ¿sí? —Sonrío.

Él gime como si fuera una agonía, pero luego sonríe y susurra:

—Vale.

Cuando llego a mi taquilla a la mañana siguiente, me recibe la obra de Mara. Se ha esmerado en decorarla. Era una tradición. Ha pegado globos, papel de seda, lazos, cintas rizadas y un cartel que dice: «FELIZ 15 CUMPLEAÑOS». Me estremezco.

Rompo el cartel lo más rápido que puedo, pero tengo la sensación de que ya lo ha visto. Disimuladamente, tiro el trozo de papel a la basura de camino a clase. Oigo pasos detrás de mí y respiro hondo porque sé que son los suyos, y sé que él también lo sabe de alguna manera. Me agarra por el codo y me arrastra hasta el baño de los chicos con una expresión salvaje en la mirada.

—¡Fuera! —le grita al chico que está meando en uno de los urinarios de la pared. A la derecha de la cabeza del chico veo unas letras negras que me miran fijamente, con las luces fluorescentes rebotando en los azulejos de color azul empolvado:

«EDEN MCPUTA ES» y algo ilegible, garabateado con un rotulador que no era lo bastante opaco. En cuanto el chico salió corriendo de allí, olvidándose incluso de subirse la cremallera de los pantalones, Josh se encara conmigo.

—¿Cómo has podido hacerme esto? Después de todo, ¿cómo puedes seguir mintiéndome? Dijiste que tenías dieciséis años. Yo tengo dieciocho, ¡y lo sabías! ¡Confié en ti!

—Yo no... —Iba a recordarle que, técnicamente, nunca se lo dije, pero veo que no está dispuesto a oírlo. Se limita a caminar de un lado a otro, despotricando, echando humo.

—Quiero decir, ¿catorce? ¿Catorce? ¡Catorce! —grita, subiendo el volumen con cada repetición.

—Cálmate. No es para tanto. —No esperaba que se pusiera así, la edad no es algo de lo que hubiéramos hablado. Además, hay muchos chicos mayores que salen con chicas de primero, lo que supondría la misma diferencia de edad, si no más. A nadie le importan esas cosas.

—¡Sí que es para tanto, joder! Todas esas noches, en mi

cama, tenías catorce años. ¿Verdad? —Sus palabras son tan ácidas que escuecen—. ¿Verdad? —repite.

—Sí, ¿y qué?

—¿Te das cuenta de que podrían acusarme de violarte? Estupro, Eden, ¿has oído hablar de eso?

Me echo a reír. Error.

—¡No tiene ni puñetera gracia! Esto es serio, estamos hablando de mi vida. Soy mayor de edad, ¿vale? ¡Legalmente adulto! ¿Cómo puedes reírte? —me grita, horrorizado.

¿Cómo puedo reírme? Puedo reírme porque sé lo que es un auténtico delito. Sé que el tipo de mal del que habla no es nada. Sé que no tiene por qué preocuparse. Por eso puedo reírme.

—Oye, lo siento —le digo, evitando que mi boca forme una sonrisa—, pero estás haciendo el ridículo. Tú no —bajo la voz, inspiro, exhalo, vuelvo a inspirar—, tú no... me has violado. —Ya está, lo he dicho. La palabra en la que he estado gastando tanto tiempo y energía en no decir, ni siquiera en pensar en ella.
Por supuesto, él no puede saber lo que me ha costado pronunciar esa grotesca palabra de siete letras en voz alta. Continúa con su diatriba, que no hace más que aumentar de intensidad.

—Eso ya lo sé, pero no importa. Tus padres podrían denunciarme, Eden.

—Pero no lo van a hacer. Ni siquiera saben que... —«Que existes», iba a decir, pero vuelve a interrumpirme.

—No lo entiendes. Estoy hablando de tener antecedentes penales. Podrían detenerme, incluso mandarme a la cárcel, perdería mi beca de baloncesto y todo. Todo podría irse a la mierda. —Se detiene. Lo veo respirar entrecortadamente, observándome, esperando—. ¿Y bien? —dice al fin, moviendo el brazo en mi dirección.

—¿Cómo que «Y bien»? —pregunto, con la voz tan ronca como la suya.

—¿Es que no te importa? —grita. Luego, más bajo—: ¿No te importa nada? ¿Yo? —Me clava la mirada, intentando descubrir si recuerdo algo de lo que pasó ayer en la escalera. Claro que lo recuerdo, pero como soy muy buena fingiendo, le devuelvo la mirada, lo atravieso con la mirada. Mi cara es una piedra. Mi cuerpo es una piedra. Mi corazón es una piedra.

—No. —Esa sílaba. La mentira más grande. La peor de todas.

—¿Qué? —murmura.

—No —respondo con calma—. No me importa. —Mis palabras son como cuchillos que destruyen todo lo que habíamos creado—. No me importa —repito con gélida precisión.

Por cómo me mira, cualquiera diría que le acabo de dar un puñetazo en la cara. Pero eso solo dura un segundo, dos, tres… y medio, y luego reaparece su ira.

—¡Pues muy bien, genial! Es fantástico. Porque no podemos volver a vernos, espero que lo sepas, Eden. No podemos…

—Por favor. —Me echo a reír con amargura—. Oye, lo hemos pasado bien, pero esto se había acabado igualmente, ¿no crees? —Otra persona se ha apoderado de mi cerebro y le grito que se calle, que deje de hablar ya. Pero si esto se ha acabado igualmente, y así es, no puedo dejar que piense que está al mando. Soy yo la que está al mando, maldita sea.

Su cara es un poema. Parece tan derrotado que casi empiezo a disculparme, casi empiezo a rogarle que no me abandone, porque estoy sola en el mundo, y sí me importan las cosas, sobre todo él. Pero entonces se endereza y dice entre dientes:

—Sí. Está claro que esto se ha acabado.

Lo dejo en el baño. Atravieso la puerta sin esfuerzo, caminando tranquila y erguida, y él se queda allí de pie, negando con la cabeza.

Caelin y Kevin vuelven a casa en Nochebuena. Entran por la puerta principal cargados de bolsas de lona, sacos de ropa sucia y mochilas llenas de deberes y libros de texto. Mamá y papá se lanzan sobre ellos.

—Edy, ¿puedes ayudar a los chicos con el equipaje? —me preguntan los dos más de una vez. Pero yo me quedo de pie en el salón, cruzada de brazos y observando.

Pasan unos minutos hasta que se calma el alboroto, antes de que ninguno de ellos se percate de mi presencia. Caelin cruza la habitación hacia mí, con los brazos extendidos, pero algo lo detiene en seco y, durante una fracción de segundo, su sonrisa da paso a un gesto de confusión mientras me mira.

—Edy. —Lo dice despacio, casi como una pregunta. No se dirige a mí, sino como si quisiera asegurarse de que soy yo.

—¿Sí? —respondo, pero sigue mirándome.

—No, es que... —Se obliga a sonreír—. Pareces... —Gira la cabeza para mirar a nuestros padres. Luego vuelve a mirarme a mí—. Estás... Estás...

—Preciosa —interviene mamá sonriendo, aunque estoy segura de que sigue tan asustada como yo por lo de la bofetada que ninguna de las dos ha vuelto a mencionar.

Caelin me rodea con los brazos, como si no quisiera acercarse demasiado a mis pechos.

—Estás muy mayor. ¿Cuánto tiempo hace que me fui?

—dice riendo, antes de apartarse incómodo. Me mira como si quisiera decir algo más, pero se va llevándose las maletas a su habitación.

Y ahora Kevin está delante de mí, a metro y medio quizá, mirándome fijamente. Dirigiéndome la mirada secreta que debe de haber estado perfeccionando durante el último año. La mirada que se supone que debe desinflarme, hacer que me encoja, me marchite y retroceda. Y aunque siento las piernas débiles y blandas, como si fueran a ceder en cualquier momento, y mi corazón se acelera y noto que mi piel está ardiendo, no me inmuto, no huyo, esta vez no retrocedo. Quiero creer que, en algún lugar, bajo esa mirada como un cuchillo, puede ver lo mucho que he cambiado, lo diferente que soy de la niña que conocía. No muevo ni un músculo, hasta que él se marcha primero.

—¡Muy bien, Edy! —Mi madre da dos palmadas—. Tenemos que ponernos a trabajar. Los abuelos vendrán por la mañana, así que hay poco tiempo. Tenemos que adelantar todo lo que se pueda.

La sigo a la cocina, temiendo las próximas ocho horas de mi vida. Está en plan maníaco, aparentemente alegre, pero al borde de un ataque de nervios; hay algo en la llegada de los abuelos que siempre la pone nerviosa. Observo cómo se dirige hasta el lavadero y despliega la escalera de mano en forma de A delante del armario de los trastos. Ya sé lo que viene después. Saca su antigua radiocasete con reproductor de cedés por el asa y la deja sobre la encimera de la cocina.

—Jolín, mamá, ¿es necesario? —gimoteo. No puedo soportarlo: cocinar todo el día escuchando música navideña.

—Sí, es necesario. ¡Nos animará!

Empiezo a picar cantidades ingentes de apio, cebolla y ajo. Después, la calabaza. Justo cuando estoy intentando cortarla en daditos como quiere mamá, se interrumpe el ritmo de su cuchillo.

—¡Por el amor de Dios! —grita.

Casi me corto la punta del dedo corazón.

—¿Qué?

—¡Maldita sea! —*Noche de paz* suena de fondo suavemente—. Sabía que me olvidaba de algo. El maldito crémor tártaro. ¡Siempre lo olvido! Lo último que necesito ahora es pelearme con la gente en el supermercado el día antes de Navidad.

—¿De verdad nos hace falta?

—Sí. —Se apoya en la encimera y respira hondo, cerrando los ojos—. Sí que hace falta. Vale, cambio de planes. Voy a ir corriendo a la tienda. Tú sigue cortando. Y cuando termines con la calabaza, ponla en el cuenco grande del armario de encima de la nevera. Y luego, ¿puedes fregar esos platos para que no se amontonen mientras intentamos cocinar?

Ya se ha puesto la chaqueta (encima del delantal) y se ha colgado el bolso al hombro.

—¡Caelin! —grita—. ¿Caelin?

—¿Sí? —le oigo contestar, con la voz apagada desde el otro lado de la casa.

—¿Puedes venir aquí, por favor? —responde ella, haciendo uso de toda su contención para no enloquecer y empezar a chillar—. No voy a gritar por toda la casa —dice en voz baja mientras se rodea el cuello con la bufanda.

Él aparece en la cocina.

—¿Qué estáis haciendo ahora? —le pregunta mamá mientras se pone los guantes.

—Nada. Estamos jugando a un juego. Está en pausa. ¿Qué necesitáis?

—¿Dónde está tu padre?

—Roncando. En el sofá —responde él.

—Vale. Mira, necesito que vayas al garaje y busques una caja en la que pone «Decoración de Navidad», donde está el mantel bonito, y los manteles individuales y el centro de mesa que usamos el año pasado. Voy a la tienda. ¿A alguien se le ocurre algo más que necesitemos?

Caelin y yo negamos con la cabeza. Y ella se va.

—Por Dios. Este año se ha vuelto loca antes de tiempo. ¿Es una especie de récord, o qué? —Se ríe él.

—Ya, qué me vas a contar… —Intento actuar como si todo fuera como antes, pero creo que los dos sabemos que no es así—. ¿Puedes apagar eso, por favor? —le pregunto señalando la radio.

Él se acerca y la apaga.

—¿Qué has estado haciendo? —pregunta, apoyándose en la nevera—. Aparte de crecer demasiado rápido. Este año no he sabido mucho de ti. —Me sonríe, cruzándose de brazos mientras espera mi respuesta. Pero le conozco. Y sé que es una sonrisa falsa, una sonrisa incómoda.

—Bueno, yo tampoco he sabido mucho de ti. —Suena más desagradable de lo que pretendía.

—Sí, supongo que sí. —Frunce el ceño.

Empiezo a llenar el fregadero, echando el jabón como si fuera una ciencia exacta que requiere toda mi atención.

—Lo siento —continúa, en vista de que no digo nada. Tiene que levantar la voz por encima del ruido del agua—. Ni te imaginas lo agobiado que he estado. Este trimestre me está matando.

Afirmo con la cabeza. No sé qué se supone que tengo que responder. ¿Que está bien? No, no lo está. Y no está bien que haya traído a Kevin aquí… otra vez.

—Bueno, vale, supongo que será mejor que vaya a buscar esas cosas.

—Sí. —Después de oír que se cierra la puerta del garaje, cierro el grifo y meto las manos en el agua caliente. Por algún motivo, me siento tranquila, en paz. La música apagada, la televisión a bajo volumen en la habitación de al lado, el repiqueteo de los platos bajo el agua. Entonces oigo unos pasos lejanos. Es Kevin. Como si mi cuerpo lo supiera antes que mi cerebro, mis sentidos se agudizan de repente, mi piel se calienta y empieza a picarme. Como si fuera alérgica a él. La proximidad de su cuerpo al mío me provoca una repulsión física real, como una señal de advertencia, luces de neón parpadeantes: PELIGRO-PELIGRO-PELIGRO. Aléjate de él, me dice el cuerpo. Pero es difícil alejarse de alguien como él.

Antes de que pueda girar la cabeza para mirar, siento sus gruesas manos alrededor de mi cintura, siento su cuerpo apretándose contra mi espalda... Y después su voz, su aliento en mi oído, susurrante:

—Tienes buen aspecto, Edy. —Luego baja las manos por la parte delantera de mis vaqueros, las sube por la parte delantera de mi camisa, por todo mi cuerpo, con la boca abierta contra mi cuello.

—Para —murmuro—. ¡Para! —Saco las manos calientes y enjabonadas del agua, pero no puedo detenerle. Me tiene inmovilizada contra el fregadero. Y sus manos pueden hacer lo que quieran. Me planteo coger el cuchillo de pelar que utilicé para cortar el ajo del fregadero y clavárselo en el corazón. Pero al final me suelta y retrocede mientras me mira de arriba abajo.

Sonriendo, dice:

—¿Lo estás haciendo por mí?

Debería haberle matado, debería haberle hecho un millón de cosas, pero en lugar de eso mi voz temblorosa solo alcanza a preguntar:

—¿Que qué?

Sin embargo, él no contesta, sigue sonriendo, mirándome de arriba abajo, y mi corazón late tan fuerte que puedo oírlo. Claramente, me había vuelto demasiado atrevida. Había olvidado el poder que tenía. Me lo está recordando. Luego se va en silencio, tal como entró, dejándome absolutamente aterrorizada.

A la 1:17 de la madrugada (ya es oficialmente el día de Navidad), me despierto con el sonido del metal. Mi corazón se acelera porque sé que es él, que ha vuelto para hacerlo de nuevo. Es él girando el pomo de la puerta.

—¿Edy? —susurra alguien.

—¿Quién es? —respondo con voz ahogada.

—Soy Cae. Venga, Edy, déjame entrar —dice entre un susurro y un grito.

Me acerco a la puerta y pego la oreja a la madera.

—¿Estás solo? —pregunto finalmente.

—¿Si estoy solo? Sí.

Giro el pomo y abro la puerta lo justo para ver que de verdad es mi hermano, y que de verdad está solo.

—¿Qué?

—Tengo que hablar contigo —susurra—. ¿Vas a dejarme entrar?

Me hago a un lado, cerrando la puerta tras él.

—¿Qué, estás durmiendo en el suelo? —pregunta, pasando por encima de mi saco de dormir.

—Es por mi espalda —miento.

Cuando se sienta en el borde, la cama cruje. Siento una opresión en el estómago.

—Edy, siéntate —me dice, dando una palmada en el espacio vacío que hay a su lado. Yo cojo la silla de mi escritorio.

—¿Qué? —Suspiro, cruzándome de brazos y mirándole fijamente.

—Edy, Kevin y yo hemos salido con unos chicos esta noche. —Hace una pausa como si yo tuviera que decir algo—. Algunos de los chicos con los que solíamos jugar al baloncesto. —Hace otra pausa, esperando alguna reacción por mi parte—. Algunos de ellos están en último curso ahora.

Puedo ver hacia dónde se dirige la conversación, pero voy a presionar para que lo diga, que pronuncie cada palabra.

—Sí, ¿y...?

—Pues que algunos dijeron cosas. Sobre ti, me refiero. Mentiras, por supuesto. Pero solo quería asegurarme de que nadie ha estado, no sé, ¿acosándote o algo así? —pregunta, inseguro.

—¿Por qué? ¿Qué dijeron?

Abre la boca, pero se echa a reír.

—No puedo creer que te esté contando esto. Quiero decir, es una locura, una estupidez. Decían… decían que hay rumores de que eres una especie de… —se detiene y murmura— zorra o algo de eso. Pero mira, no te preocupes, yo te defendí. Ya sabes, les dije que tú no eres así. —Mueve la cabeza de un lado a otro, todavía sonriendo por lo absurdo del asunto—. Joder, quiero decir, ni siquiera conoces a Joshua Miller, ¿verdad?

—Sí lo conozco —respondo.

—¿Qué? —dice, con voz vacilante.

—Lo conozco bastante bien, de hecho. —Sonrío.

Se le va el color de la cara y luego le vuelve bruscamente. Se ríe de nuevo.

—¡Madre mía, pero si estás de broma! Estás de broma. Joder, por un momento me has dado un susto de muerte. —Sigue riéndose nerviosamente mientras observa mi cara.

No me río, no sonrío. Inexpresividad total.

—Espera. Estás de coña, ¿verdad?

Le miro fijamente, sin emoción ni arrepentimiento. Su sonrisa se desvanece.

—Por favor, dime que estás de broma, Eeds. Por favor —me suplica, esperando que esta sea otra de esas veces en las que no me entiende.

Niego con la cabeza, me encojo de hombros. No es para tanto.

Y silencio.

Mucho silencio.

No me molesta. De hecho, empieza a gustarme el silencio.

Se ha convertido en mi aliado. Las cosas suceden en silencio. Si no dejas que te afecte, puede hacerte más fuerte; puede ser tu escudo, inexpugnable.

—No puedo... Edy, ¿cómo se te ocurre? —me acusa, golpeándose la sien con el dedo índice—. Me voy durante un año y de repente eres... No puedo creerlo... ¡Si solo eres una cría, por el amor de Dios!

—¿Una cría? —repito en tono burlón—. Anda ya.

—No, Eden, no puedes hacer eso.

—¿En serio? ¿Quién eres tú para decirme lo que no puedo hacer? —le desafío.

—¡Soy tu hermano, vale! ¡Eso soy! Pero a ver, ¿tienes idea de lo que dicen de ti? —susurra, apuntando con el pulgar a la puerta de mi habitación, como si todos los tíos que me llamaban puta estuvieran metidos en el salón como sardinas, justo al otro lado de la pared.

—No me importa —miento.

—No —declara, como si su «no» cambiara las cosas—. Tú no eres así, Edy —dice, agitando la mano en mi dirección—. No, no. —Lo repite como si su negativa fuera el fin absoluto de todas las cosas sobre mí que no encajan con su idea de quién se supone que soy.

—A lo mejor sí —replico. Pone cara de no entender—. Sí soy así —aclaro—. ¿Cómo vas a saberlo? Te has ido.

Obviando la pregunta, sigue exponiendo sus exigencias.

—Mira, te prohíbo que vuelvas a verlo. Miller es demasiado mayor para ti. Lo digo en serio, Edy. Tú tienes catorce y él dieciocho. Son cuatro años de diferencia. Piénsalo, sería casi como si Kev y tú...

—¡Cállate ya! —No puedo dejar que termine la frase—. En primer lugar, ya tengo quince años. Y segundo, no voy a volver a verle de todas formas, pero solo porque no quiero. —Mentira—. Pero veré a los chicos que quiera y haré lo que quiera con ellos, ¡y no necesito que me des permiso!

—Sabes que solo te están utilizando, ¿verdad? —me suelta—. Quiero decir, no puedes estar tan ciega como para creer que…

—¡Nadie me está utilizando! No tienes ni idea de lo que estás hablando. Nadie me está utilizando, Cae. Nadie.

—Venga, Edy, pues claro que sí. Solo te lo digo porque me importa, ¿vale? Esos cerdos se aprovechan de las chicas como tú. Edy, tienes que…

—¿Las chicas como yo? Anda, genio, dime cómo soy.

—Ingenua e inocente, tonta… Eso es lo que buscan, ¿entiendes? Te mastican y te escupen. No tienes ni idea, Edy. Te tiran a la basura cuando acaban contigo. Lo sé porque los he visto hacerlo un millón de veces. A esos tíos les da igual todo. ¿De verdad crees que les importas una mierda? ¡Porque no es así!

—No fue así. Josh no era como… —Pero me detengo—. ¿Qué te hace pensar que quiero que les importe una mierda? ¿Qué te hace pensar que no soy yo la que los está utilizando, eh? —No es que haya habido otro aparte de Josh, todavía, pero eso no tiene nada que ver con la cuestión.

Él arruga la frente como si le estuviera hablando de física nuclear o algo por el estilo.

—¿Utilizarlos para qué?

—¿No está claro, Caelin? —digo, devolviéndole su tono patentado de «eres lo más tonto que hay sobre la faz de la tierra».

Entonces se calla. Mueve un poco la cabeza, como si pudiera borrar las imágenes de su cabeza, igual que con un Telesketch.

—Mira —dice al fin—, no sé qué es lo que te pasa, pero te vas a meter en un lío si sigues así.

—Sal de mi habitación ahora mismo, por favor —le digo, totalmente calmada.

—Edy, prométeme que por lo menos estás siendo cuidadosa. ¿Has hecho que se pongan…?

—Por favor, Caelin, no soy una completa idiota.

—Solo me preocupo por ti, Edy —dice muy afligido.

Su sinceridad prende un pequeño fuego en mi caja torácica.

—¿Ahora te preocupas? —Se extiende a mis órganos vitales, envuelve mi corazón y mis pulmones en un espeso humo negro—. Vaya, qué buen momento para empezar a preocuparte por mí —me oigo gruñir—. ¡Muchas gracias, pero eso no me sirve de nada ahora!

—¿Qué se supone que significa eso?

Pero ya he hablado demasiado.

—Preocúpate por ti. —Me cuesta un mundo no añadir «gilipollas» al final de cada frase que le digo—. Métete en tus asuntos. —Gilipollas—. Puedo cuidar de mí misma, ¿vale? —Gilipollas—. Vete. Ahora. ¡Fuera!

Levanta las manos y se levanta. Cuando llega a la puerta, se da la vuelta, con la mirada perdida, y dice tajante, con rotundidad:

—Sabes, ya ni siquiera te reconozco.

Y se va.

Cierro la puerta tras él, giro el pomo, le doy la vuelta, vuelvo a girarlo y tiro.

—Oye —me susurra un tío al oído—, he oído que eres muy guarra.

Me doy la vuelta para mirarle. Es Deportista. Recuerdo que estaba con Josh ese día en el pasillo, en este mismo lugar, de hecho, cuando me dio la nota al lado de mi taquilla. Pero no está solo, son dos. Al otro también lo reconozco: un estudiante de último curso, y aunque no hace deporte, también está en el grupo de Josh. Es más bien un modelo de la página dieciséis del catálogo de Abercrombie; los suyos son músculos de gimnasio, no de hacer deporte.

Hoy es el primer día después de las vacaciones de Navidad. No hay nadie más en el pasillo. Es tarde, después de clase. Me he quedado para ayudar a la señorita Sullivan a catalogar un cargamento de libros nuevos.

—¿Qué has dicho? —consigo preguntar, pensando que seguro que lo he oído mal.

—He dicho que te gusta mucho follar, ¿no? —responde Deportista, intentando tocarme la mejilla. Retrocedo, cierro la taquilla de golpe, paso los brazos por las correas de la mochila y empiezo a andar. PELIGRO-PELIBRO-PELIGRO: mi piel se calienta y me pica otra vez.

El otro, el guapito, dice:

—No huyas. Solo queremos hacerte una pregunta.

—Sí, ¿cuál? —replico secamente, tratando de parecer valiente, tranquila y dura mientras avanzo por el pasillo, alejándome de ellos, hacia la puerta principal del instituto, tan rápido como puedo.

Guapito responde:

—Queríamos saber si te gustaría salir en nuestra película.

Entonces interviene Deportista:

—Vamos a hacer una película de bajo presupuesto, y nos han dicho que tienes mucha experiencia en ese… género. Hemos pensado que podrías ser la protagonista.

El cerebro humano es un órgano realmente asombroso, porque, a pesar de todos los pensamientos nauseabundos que atacan mis neuronas en este momento, en algún lugar de sus oscuros pliegues y recovecos, me impresionó que utilizara bien la palabra «género».

—Te alegrará saber que tienes muy buenas referencias —añade con rapidez Guapito, antes de soltar una carcajada que me salpica de saliva.

A medida que el miedo se apodera de mí, camino lo más rápido que puedo sin llegar a correr, con los pies cada vez más pesados. Ellos me siguen, riendo y bufando.

—Espera, ¿estás haciéndote la dura? Porque se dice que en realidad eres bastante fácil. —Deportista se ríe, poniéndose a mi lado. Guapito se pone al otro—. Vamos —continúa Deportista—, ¿no quieres ser una estrella? ¿Que te paguen por lo que haces? Te forrarías.

¿Dónde está el conserje cuando se le necesita?

—No, era una broma, no hay película. Pero ya sabes —dice Guapito, pasándome el brazo por el hombro, enroscando los dedos en un mechón de mi pelo, su boca cerca de mi oreja—, si me dejas follarte, seré muy dulce, te lo prometo.

Y entonces se parten de risa.

Solo oigo la voz de Caelin en mi cabeza: «Te mastican y te escupen». Las chicas como yo. Las chicas como yo, dijo. Y entonces, Guapito se lame los labios como si fuera a devorarme. ¿Por qué no estoy gritando? ¿Por qué no estoy gritando, corriendo y luchando por mi vida? No me van a hacer nada, ni en el instituto, ni en un lugar público. Podría haber alguien cerca, nadie al que pueda ver ni oír, pero tiene que haber alguien en alguna parte, ¿verdad? ¿Verdad? Mi corazón está a punto de explotar, a punto de implosionar. Siento esa bala enterrada en lo más profundo, clavándose, atravesando un poco más de carne fresca y caliente dentro de mí. ¿Cómo es posible que esté pasando esto?

—Dejadlo ya, ¿vale? ¡No me toques! —grito al fin, intentando apartar sus dedos de mi pelo. Mi voz resuena en el pasillo, mezclándose con el sonido de sus risas.

—¡No me toques! —me imita Guapito—. Eso no es lo que le dijiste a Josh.

Empiezo a correr, pero solo doy unos pasos antes de que me alcance de nuevo.

—¡Déjame en paz! —termino por chillar.

—¿O qué, harás que venga tu hermano mayor y me pegue a mí también? —dice Guapito—. No lo creo. —Me agarra la mochila y me para en seco.

—Tío, vamos —lo reprende sutilmente Deportista.

De repente dejo de sentir el cuerpo, como si estuviera anestesiada de pies a cabeza, tanto que siento que estoy a punto de desmayarme. Él me da la vuelta, me agarra de los brazos con fuerza y se acerca tanto que temo que me bese. Intento zafarme, pero no puedo moverme ni un centímetro.

—Tranquilo, si a ella le encanta —le dice al otro—. ¿Verdad?

—¡Venga, hermano! —exclama Deportista, acercándose—. ¡Tenemos que irnos! Vámonos ya de aquí, ¿vale?

La sonrisa malvada de Guapito se desvanece. Se aparta un poco, y luego, vacilante, por fin me suelta. Me alejo de él a trompicones, apoyándome en las taquillas, y percibo un movimiento en sus ojos parecido al remordimiento, como un tic nervioso. Supongo que hasta un gilipollas psicótico como él puede darse cuenta de que estoy aterrorizada.

—Venga, McPuta —me da una palmada en el hombro—, si

solo nos estábamos quedando contigo —dice despreocupadamente, mirando a Deportista.

—Sí, solo era una broma —repite Deportista, tranquilizando a Guapito, o a sí mismo quizá, pero no a mí.

—No te pongas así —añade Guapito, reanudando al instante su falsa chulería y pasándose una mano por su pelo perfecto.

—Déjame en paz —intento decir con la mayor firmeza posible, a pesar de que tiemblo sin control y mi voz apenas alcanza un susurro.

—No puedes dejar que tu hermano luche todas tus batallas por ti —dice Deportista, sonriendo mientras me levanta la barbilla con el nudillo. Me dan ganas de escupirle a la cara.

Se van por el pasillo arrastrando los pies, riéndose y chocando los cinco por el trabajo bien hecho.

Prácticamente corro todo el camino hasta casa. Resbalo en el hielo al menos una docena de veces porque no tengo ningún cuidado. Mi cerebro es como unos huevos revueltos. Josh no les habría dicho que hicieran eso, sé que no.

Caelin seguía en casa por vacaciones, e iba a sacarle respuestas aunque tuviera que ponerle un cuchillo en el cuello. Está claro que ha hecho algo para empeorar las cosas. Abro la puerta de golpe y él se sobresalta, encorvado en el sofá, viendo un ridículo *reality show*.

—¿Qué demonios, Edy? —se queja.

—¿Qué has hecho? —exijo saber, corriendo hacia él, sin molestarme en quitarme las botas, arrastrando la sucia y húmeda aguanieve sobre la alfombra.

—Edy, quítate los zapatos, joder, ¡estás estropeando la alfombra!

—¿Qué has hecho? —repito, arrebatándole el mando de la mano. Casi se lo tiro a la cara, pero me detengo en el último segundo y lo tiro al suelo. Se rompe y las pilas salen volando en direcciones opuestas.

Se pone de pie para demostrarme que es mucho más grande y fuerte que yo. Como si pudiera olvidarlo. Como si el mundo entero no estuviera organizado para asegurarse de que nunca olvide, ni siquiera por un segundo, que cualquier chico, en cualquier lugar, incluso mi propio hermano, podría conmigo.

—¿Qué narices te pasa? —me grita finalmente, mirándome.

—¿Qué has hecho? —digo, con la voz ahogada por el llanto.

—¿De qué estás hablando?

—¡Ni siquiera sabes lo que has hecho! ¡Lo has estropeado todo! Te dije que no te metieras y ahora todo ha empeorado. ¿Te das cuenta de lo que has hecho? ¿Acaso te importa? Dios, te odio. —Las lágrimas corren por mi cara, mis palabras se desvanecen en la nada mientras mi voz se esfuerza por hacerle comprender todo el daño que me ha hecho—: Te odio, te odio, te odio tanto, te odio, te odio, te odio, joder... Te odio... Te odio... Te odio... —Veo que mueve la boca, pero apenas oigo las palabras que me grita. Ahora quiero luchar. Es ensordecedor, cegador. Quiero luchar con todas mis fuerzas. Hasta la muerte.

—¡Edy, déjalo ya! ¡Para! —repite una y otra vez. Me doy cuenta de que rodea mis muñecas con sus manos. Y es porque había estado golpeando mis puños contra su pecho—. ¿Quieres calmarte, sentarte y contarme qué coño ha pasado? —Me tira al sofá, pero no me suelta los brazos. Miro sus manos agarrándome; sus nudillos rojos e hinchados, la piel rasgada y en carne viva. Así que se peleó con él, con Josh, eso es lo que querían decir.

—Entonces, ¿qué, le diste una paliza?

—Edy, no entiendes lo que pasó...

—No, no lo entiendes tú. ¡No entiendes lo que pasó! —sollozo.

—Edy, tuve que hacerlo —continúa, ignorando cada palabra que sale de mi boca, como siempre.

—¡No, no tenías que hacerlo! ¿Por qué no dejaste que me

ocupara yo? Ya había pasado. Todo iba bien, y ahora… —Pero ¿cómo podía admitir lo que acababa de pasar? Porque si hubieran querido, podrían haber hecho cualquier cosa. Y yo no era fuerte. Era débil. Tan débil, joder, como siempre he sabido, como siempre lo ha sabido todo el mundo. Es demasiado humillante—. ¿Cuándo lo viste? —pregunto en su lugar.

—En Nochevieja. Estábamos en una fiesta, bebiendo y eso, y entonces unos tíos empezaron a decir gilipolleces, cosas que él les había contado, Eden… ¡Cosas que no quiero oír sobre mi hermana pequeña, por cierto! Y luego apareció él, bebiendo y diciendo toda esa puta mierda… Y nos enzarzamos, ¿vale?

—Nos enzarzamos… ¿Qué se supone que significa eso? Suéltame… ¡Suéltame!

—¡No, me das miedo! —brama—. ¡Tengo miedo de ti! Estás loca. No voy a soltarte.

—Suéltame ahora mismo. —Sacudo los brazos con cada palabra.

—No lo hagas. No me pegues otra vez. Lo digo muy en serio, Edy —murmura mientras me sujeta. Nos miramos a los ojos, rebosantes de una especie de rivalidad profundamente arraigada que está a punto de ahogarnos a los dos, y entonces por fin me suelta las muñecas.

—¿Qué te dijeron que había dicho, Caelin? —Me quito el abrigo y me seco los ojos con la manga de la camisa.

Él se echa hacia atrás, cruzándose de brazos, enfurruñado como un niño.

—Ni siquiera puedo repetirlo.

—Si es tan malo, entonces no vino de él. Él no es así, ¡tú no lo conoces! Ni siquiera bebe. No le gusta estar rodeado de borrachos. ¿Estaba ahí de verdad, o tuviste que ir a buscarlo?

—Edy. —Me mira y sonríe—. Vamos, solo tenía que decirles una cosa a esos gilipollas. Salió de él, no importa lo que dijera en primer lugar. Y sí que estaba allí, más ciego que las ratas, ¿vale? Dios, eres tan ingenua —dice riendo.

—¡Tú eres el ingenuo! ¿De verdad creías que iban a dejar pasar algo así?

Eso le llama la atención: la idea repentina de que no es todopoderoso, de que ya no lo controla todo.

—¿Alguien te ha dicho algo? ¿Ha tenido el valor de volver a hablar contigo?

—No, él no. Ni siquiera lo he visto hoy en el instituto.

—¿Entonces quién? —exige saber—. ¿Quién?

—¿Por qué, quieres hacerlo diez millones de veces peor? ¿Hacer que me maten o algo así? Eso te gustaría, ¿no? Así no tendrías que avergonzarte tanto de mí.

—Venga, Edy, no digas eso. —Intenta acercarse a mí—. Sabes que no es… Edy… —me llama.

Pero ya me he ido.

Cierro la puerta de mi habitación con todas mis fuerzas.

Giro el pomo y me dejo caer al suelo.

Y de repente, todo mi cuerpo se relaja. Mi mente se queda en silencio. Como si hubiera agotado todas las emociones, todas las reacciones, todos los pensamientos, y no me quedara nada que ofrecer, ni a Caelin, ni a mí misma.

Le oigo gritar al otro lado de mi puerta, aporreándola.

—Edy. ¿Edy? ¡Eden! —Pum, pum, pum—. ¡Abre la maldita puerta! —Gira el pomo, intentando entrar—. ¿Edy? ¿Estás bien? Joder, Edy.

No digo nada. No hago nada. No siento nada.

—Edy, por favor —dice en voz baja, casi con tristeza—. Por favor, Edy. —Le oigo respirar al otro lado de la puerta, de un modo extraño, como irregular. Pero no, no es solo su respiración, me doy cuenta poco a poco. Está llorando. Y me arrodillo al otro lado de la puerta, que bien podría ser el otro lado de la galaxia, sintiéndome tan vacía, tan muerta por dentro. Intenta mover el pomo una vez más y luego no oigo nada. Hasta que se cierra la puerta principal y se oye el sonido de su coche en la entrada.

Más tarde, no me presento a la cena familiar, donde solemos interpretar los papeles de una familia cariñosa y funcional (sin la hermana pequeña, que no tiene suplente). Después de que mamá y papá (que hacen el papel de afectuosos padres) se vayan a la cama, Caelin (el hermano mayor sano y amoroso) me saca de mi habitación utilizando como anzuelo mi comida favorita. El famoso bocadillo de pizza de Caelin McCrorey, que es exactamente lo que parece: un bocadillo relleno de ingredientes de pizza (salsa de tomate, toneladas de queso, *pepperoni*, champiñones y aceitunas negras y verdes), calentado en la sandwichera hasta alcanzar la perfección. Pecaminosamente delicioso y una ofrenda de paz que nunca falla. No puedo resistirme.

Nos quedamos despiertos hasta tarde como cuando éramos niños, con la tele encendida a bajo volumen, burlándonos de los publirreportajes y de los horribles vídeos musicales de los noventa, pasándolo bomba con los ridículos dibujos animados. Y cuando me quedo dormida en el sofá, me cubre con la vieja manta del armario del pasillo, rasposa, con olor a polvo, pero increíblemente cálida. En cualquier caso, es una tregua temporal.

Al día siguiente, por fin veo a Josh en el instituto. Parece bastante desmejorado: tiene un moratón verde violáceo bajo el ojo derecho, el pómulo izquierdo raspado y un moratón amarillento en la mandíbula. Me mira atentamente mientras camino hacia él, como si le estuviera hablando y se esforzara por escuchar lo que digo. Voy a decirle que no tuve nada que ver con lo que le hizo mi hermano. Quiero que me diga que no tuvo nada que ver con lo que me hicieron sus amigos. Quiero pedirle perdón. Quiero hacer las paces. Quiero, incluso, decirle lo mucho que le he echado de menos y lo mucho que quiero volver a estar con él, pero esta vez de verdad. Voy a decirle todas estas cosas. Se lo voy a decir.

Pero de repente, Deportista aparece a su lado burlándose de mí, se tapa la boca con la mano y tose la palabra «zorra», dándole un codazo a Josh en las costillas. Con una sonrisa de oreja a oreja, mira a Josh, luego a mí y de nuevo a Josh. Dejo de caminar. Espero su reacción, como la espera Deportista. No te rías, por favor, no te rías, por favor, le ruego en silencio.

Apenas oigo su voz entre la jungla de ruidos, pero lo veo mirar a Deportista, veo que su boca forma las palabras: «¡No hagas eso, tío, es una estupidez!». Deportista parece avergonzado, enfadado conmigo. Muy enfadado conmigo. Hace mutis por la izquierda, como un perro rabioso con el rabo entre las piernas.

Entra en escena por la derecha una preciosa morena con minifalda y jersey ajustado, inexplicablemente bronceada a pesar de estar en pleno invierno; entrelaza sus dedos de manicura francesa con los de Josh, se pone de puntillas para besarle la mejilla, su sonrisa rebosa ternura. Supongo que ella es mi sustituta, y sin duda es mejor que yo. Apoya la cara en su brazo como una especie de adorable gatita de raza, pero cuando sus ojos se cruzan con los míos, esa dulce sonrisa se vuelve salvaje y llena de dientes. Me asusta más que las toses insultantes, casi tanto como las emboscadas secretas después de clase.

Obviamente, he caído de bruces en el lado equivocado de la invisible pero siempre presente cuerda de terciopelo. Ni siquiera Josh es inmune a estas crueles taxonomías. Abre la boca como si fuera a decir algo, a llamarme, como si hubiera estado esperando para decir algo, igual que yo. Pero entonces, recordando el orden de las cosas, se detiene, mira a la chica que tiene a su lado. Las cosas tendrían que quedarse sin decir. Así que pongo mi cara externa, mi nueva cara, mi cara de tía dura, y me voy.

PARTE III

Tercer año

—Te acuerdas del plan, ¿verdad? —me pregunta Mara cuando llegamos a la gasolinera en su flamante coche viejo. Su padre le ha regalado su antiguo Buick marrón por su dieciséis cumpleaños. Es el que había tenido desde que éramos pequeñas. Pero básicamente era un regalo culpable por ser un padre de mierda, por tener novia, por cancelar sus fines de semana con Mara todo el tiempo.

—¿De verdad crees que va a funcionar? —Compruebo mi pintalabios en el espejo retrovisor una vez más.

—Creo que sí. Si esa chica de segundo lo ha conseguido, seguro que nosotras también —me recuerda. El primer día de clase oímos a una chica presumir de que había conseguido cerveza de un tío que trabaja por las noches en esa gasolinera—. Actúa con naturalidad —susurra Mara mientras cruzamos la puerta.

Un timbre suena sobre nuestras cabezas. El aire acondicionado nos golpea de lleno y las luces fluorescentes zumban en el techo. Veo al tío que está detrás del mostrador. Sonríe y nos mira a las dos de arriba abajo, al mismo tiempo, y luego de abajo arriba, desde nuestros tacones, pasando por nuestras piernas aún bronceadas por el verano que pasamos en la piscina de Mara, hasta nuestras faldas y nuestras camisas demasiado ajustadas.

—Hola —dice Mara en su dirección, sobreactuando un poco—. Un momento —me dice a mí—, tengo que coger un par de cosas. —Se va a la parte trasera de la tienda, a la sección de congelados, y me echa una mirada por encima del hombro.

Yo me acerco al mostrador, como estaba previsto.

—¿Me pones veinte en el surtidor cuatro? —le pregunto al tío, deslizando el billete hacia él. Mara dice que tenemos que asegurarnos de que sabe que vamos en coche, así pareceremos mayores—. ¿Me das también un paquete de mentolados *light*, por favor? —añado, acordándome de sonreír.

Me mira de cerca, con una sonrisa cómplice, levanta la mano por encima de la cabeza y saca un paquete de cigarrillos de un estante que no veo.

—¿Algo más? —pregunta, tirando la cajetilla entre nosotros sobre el mostrador. Me vuelvo para mirar a Mara, que avanza por el pasillo con una caja de cervezas en cada mano.

—Va todo junto —le dice ella mientras deja la cerveza—. Y esto también —añade, cogiendo un paquete de ambientadores en forma de árbol de la fila de productos de todo tipo que hay en el mostrador. Sigue pensando que el coche es la clave de todo, y no nuestros pechos, labios y piernas desnudas. Sin embargo, el tío no hace ninguna pregunta. Se reserva el derecho de mirarnos sin necesidad de ocultarlo.

Noto que Mara contiene la respiración mientras pagamos. Noto que contiene la respiración mientras se guarda los árboles y el paquete de cigarrillos en el bolso. Contiene la respiración mientras salimos a toda prisa de la tienda. No nos atrevemos a hablar ni a mirarnos hasta que estamos dentro del coche.

—Madre-mía-Edy —susurra, apenas moviendo los labios mientras pasamos por delante del escaparate y saluda con la mano al tío, que sigue mirándonos—. ¡Joder, no me puedo creer que lo hayamos conseguido! —dice riendo en cuanto sale a la carretera—. ¡Has estado increíble! —grita con los ojos muy abiertos.

—¡Y tú también!

—He estado bien, ¿verdad? —Saca el brazo por la ventanilla—. ¡Este va a ser el mejor año de nuestra vida, Edy! —exclama, mirándome con una enorme sonrisa. Sube tanto el volumen de la radio que ni siquiera me oigo reír.

—¿Dónde decías que vamos?

—¿Qué? —me chilla ella.

—¿Adónde vamos? —repito, con la voz ronca.

—¡Es una sorpresa! —Y avanza por las carreteras de toda la vida, pasando ante las iglesias, las cadenas de comida rápida y el túnel de lavado. Y en la señal del límite de la ciudad, justo cuando espero que gire a la izquierda, sigue recto. Cada vez que llegamos a una intersección, espero que dé la vuelta y retroceda. Pero no lo hace.

Bajo el volumen de la radio.

—Ahora en serio, ¿adónde vamos? —le vuelvo a preguntar.

—Es una sorpreeesa —canturrea.

—¡Estoy segura de que no hay nada en esta ciudad que pueda sorprenderme! Es una copia literal de la nuestra, salvo que se tardan unos once minutos en conducir de un extremo a otro en vez de diez. —Me río—. Es tan sosa y aburrida como...

—No tan deprisa, mi pequeña cínica —me interrumpe Mara, agitando el dedo en mi dirección con una sonrisa, mientras gira el volante una y otra vez, conduciéndonos por calles cortas y oscuras—. Bueno. —Por fin apaga la radio—. ¿Te resulta familiar? —pregunta mientras estaciona en un aparcamiento cubierto de grava.

—No puedo creerlo. Me había olvidado por completo de este sitio, Mara —le digo, abriendo la puerta del coche antes de que se detenga por completo.

Antes creía que este era el lugar más mágico del mundo. Ahora parece más pequeño que cuando éramos niñas, pero sigue siendo maravilloso. Siempre lo hemos llamado el parque gigante, pero es mucho más que eso. Tiene un castillo de madera del tamaño de una mansión de Hollywood, con torres, puentes, torreones y pasadizos secretos. Elaborados columpios en forma de caballos de tamaño natural, con monturas de goma negra.

—Sabía que te encantaría. —Mara sale detrás de mí con la cerveza—. Vale, ¿cuántas normas estamos infringiendo ahora mismo? —pregunta cuando nos acercamos a la señal de normas del parque—. Ya es de noche, así que el parque está oficialmente cerrado. No se puede fumar, número dos. Llevamos alcohol, número cinco, y al mismo tiempo infringimos la norma número siete: nada de recipientes de cristal. No está mal, la verdad. —Se echa a reír.

Cruzamos el foso de arena por el puente levadizo de madera y subimos al nivel superior. Nos sentamos en uno de los puentes que conectan las dos torres más altas del castillo. Apoyamos la espalda en los listones de madera que forman los laterales del puente y miramos hacia arriba mientras nuestros ojos se adaptan al cielo estrellado.

—¿Recuerdas cómo rogábamos a nuestros padres que nos trajeran aquí cuando éramos pequeñas? —pregunta Mara, abriendo una cerveza para cada una.

—¡Sí, y siempre nos decían que estaba demasiado lejos! No tenía ni idea de lo cerca que está esto. ¿Cuánto se tarda en llegar? ¿Quince minutos? ¡Siempre creí que estaba a horas de distancia!

—Otra mentira. —Mara resopla y toma un trago de cerveza—. Igual que Papá Noel, el Ratoncito Pérez… —Otro trago—. El matrimonio —añade, mirando al infinito—. En fin. Sí. No tenía ni idea de que seguía existiendo esto; me trajo mi padre para enseñarme a conducir en el aparcamiento.

—Mis padres ni siquiera me dejan sacarme el permiso de conducir. Tú al menos tienes carné y coche. ¿Quieres cambiarte conmigo? —intento bromear.

—Da igual. —Se encoge de hombros y enciende un cigarrillo.

Quiero recordarle que sus padres nunca fueron felices. Que se hicieron desgraciados el uno al otro, y a ella también. Que han pasado más de tres años. Y tiene que aceptarlo. Pero sé que esas cosas están prohibidas, así que enciendo mi propio cigarrillo y miro nuestro pequeño reino.

—Sabes, cuando éramos pequeñas me subía ahí arriba —señalo con la botella—, a la torre más alta. Fingía que era una especie de princesa. Atrapada, esperando —le digo, exhalando una nube de humo.

Ella se vuelve y sonríe.

—¿Esperando qué?

—No lo sé. ¿Que empezara la vida? ¡Que pasara algo! —grito, oyendo el eco de mi voz.

—Pero ¿qué dices? ¡Todavía lo estamos esperando! —grita ella al cielo nocturno.

—Bueno, vale, puede que sigamos esperando, pero ¡ahora lo hacemos con coche! —Me río, levantando mi cerveza en el aire.

—¡Y alcohol! —grita Mara, y brindamos. Se cae de la risa y su cerveza se derrama por todas partes. Y yo me río con ella, sin motivo, más de lo que me he reído en toda mi vida, creo. Hasta que parece que me van a estallar los pulmones. Hasta que me siento libre.

—¡Eh! ¿Quién está ahí arriba? —grita alguien desde abajo. Se oye el crujir de unos pasos entre las virutas de cedro que cubren el suelo, cada vez más cerca.

—Silencio —susurra Mara, pasándose el dedo por los labios—. ¿La poli? —pregunta, volviéndose hacia mí, con los ojos muy abiertos por el miedo.

Aprieto la cara contra los listones de madera y veo a dos figuras oscuras, una de las cuales utiliza su teléfono como linterna. La poli no haría eso.

—No son policías, son dos tíos —le susurro a Mara.

Ella se pone a mi lado y los mira.

—Ya verás —murmura. Entonces se lleva dos dedos a las comisuras de los labios y suelta un silbido estridente, que revienta los tímpanos. Recuerdo el verano en que su padre le enseñó a hacer eso: no paró durante meses. Era su respuesta ante cualquier situación. Aunque estoy segura de que su padre no pretendía que se emborrachara, entrara en sitios sin permiso y silbara así a los desconocidos.

El del teléfono apunta la luz en nuestra dirección.

—¿Quién ha sido? —grita.

Mara se levanta y se inclina sobre la barandilla, agitando su cerveza en el aire.

—¡Aquí arriba! —exclama.

—¡Mara! —digo, intentando bajarla. Pero ella me agarra del brazo y me levanta.

—¡Hola, chicas! —grita el otro—. ¿Queréis compañía?

—¡Subid! —responde Mara.

—¿Qué haces? —Me río.

—¡Por fin está pasando algo! —cuchichea—. Vamos a divertirnos, ¿vale?

Me llevo la botella a la boca y me acabo la mitad de la cerveza de un trago.

—Vale —respondo, limpiándome los labios con el dorso de la mano. Vemos cómo suben a la torre para unirse a nosotras, susurrando y riendo, igual que nosotras. Algo cambia en mi interior, en mi cabeza, en mi corazón y en mi estómago (una ligereza, una ingravidez se apodera de mí), y siento que se me levantan las comisuras de los labios—. Vale —repito.

Mara se coloca la mano en la cadera y ajusta la postura varias veces, echándose el pelo hacia atrás con la otra. Cuando se acercan, los miro mejor. Parecen de nuestra edad. Tienen cara de niños, nada amenazadores.

—Hola —dice el primero, pasándose el pelo demasiado largo por detrás de las orejas—. Yo soy Alex. Él es Troy —nos dice señalando al otro.

Troy levanta la mano y dice:

—Hola.

—Yo me llamo Mara. Y ella es E…

—Eden —la interrumpo. Nada de Edy con estos tíos.

—Genial —dice Troy, asintiendo con una sonrisa ridícula. Los dos van vestidos como si les diera igual su aspecto, desaliñado y *grunge*. Me gusta. De alguna manera, me quita presión.

Alex nos mira de cerca y pregunta:

—Vosotras dos no vais al Central, ¿verdad?

—No —responde Mara—. ¿Cómo lo sabes?

—Porque el Central está lleno de subnormales —dice Troy.

—Menos nosotros, claro —añade Alex.

—¿Qué hacéis aquí? —les pregunto, que resulta que es lo mejor que se me ocurre.

—Este es nuestro sitio —contesta Troy—. ¿Qué hacéis vosotras aquí?

—Estamos celebrando mi cumpleaños —dice Mara.

—¡Anda! Pues feliz cumpleaños —responde Alex—. Resulta que tenemos el regalo de cumpleaños perfecto. —Le da un codazo a Troy, que se mete la mano en el bolsillo trasero y saca una caja pequeña, plana, rectangular y plateada. Mara me mira enarcando las cejas. Nos inclinamos hacia él mientras la abre, mostrando una fila de porros bien liados—. Entonces, ¿podemos unirnos a la fiesta? —se ríe, señalando nuestro alijo de cerveza.

Mara sonríe y se sienta. Alex se sienta a su lado. Troy y yo nos sentamos frente a ellos. Me sonríe de una manera tonta y tranquila, y creo que ya debe de estar un poco colocado. Mara reparte botellas para cada uno. Y Troy enciende un porro. El humo dulce y penetrante se extiende sobre mí como una ola. Le da una calada y me lo pasa. Lo sostengo entre los dedos un momento, pensándomelo.

—¿Qué, no fumas? —pregunta Troy, como si fuera la cosa

más absurda del mundo. Alex coloca su teléfono en medio de nuestro círculo y pone música.

—No sé —murmuro encogiéndome de hombros. Miro a Mara. «¿De verdad vamos a hacer esto?», intento preguntarle sin palabras.

—Lo que quiere decir es que... la cumpleañera va primero. ¿Verdad? —dice mientras me quita el porro.

Me da igual quedar como una pardilla; tampoco quiero que fume ella.

—Mara... —empiezo a decir, pero es demasiado tarde. Cierra los ojos mientras inhala y luego exhala una bocanada de humo. Abre los ojos, me mira con una sonrisa y asiente. Se lo pasa a Alex, que me mira fijamente.

Me observa mientras fuma y luego se lo pasa a Troy.

—Le da miedo —dice Alex, aguantando el humo en los pulmones, sonriendo.

Todos giran la cabeza hacia mí.

—No me da miedo —miento.

—Yo estoy bien —me dice Mara. Luego se vuelve hacia Alex—: Estoy de maravilla. —Y empiezan a reírse como locos.

—Te ayudará a relajarte, ya verás —dice Troy en voz baja, pasándomelo de nuevo—. Pruébalo. Ve despacio.

Coloco el cilindro de papel entre mis labios e inhalo.

—Vale —me indica Troy—, ahora aguanta. Solo un segundo. Vale. Suéltalo.

Y exhalo. Le paso el porro a Mara, que sigue riéndose. Recorre el círculo de una persona a otra, como a cámara lenta.

—¿Cómo te sientes? —pregunta Troy.

—No lo sé —digo, arrastrando las palabras. Hasta yo puedo oír el pánico en mi voz—. Mareada, atontada...

—¡Anda, no te rayes! —dice Alex como si estuviera molesto.

—No te estás rayando —me asegura Troy—. Toma, inténtalo otra vez.

No tengo ni idea de por qué lo hago, pero lo hago. Entonces Mara me lo quita.

—El corazón me late muy deprisa —le digo a Troy, llevándome la mano al pecho.

—Eso es normal —dice, y me coge la mano y la pone sobre su corazón—. ¿Ves?

—Pero a ti no te late deprisa —le digo.

—Ni a ti tampoco —se ríe.

—¿Qué? —le pregunto—. Eso no tiene ningún sentido —le digo, notando que mi boca se abre en una sonrisa.

—¿Seguro? —se ríe otra vez—. Pensaba que sí.

De repente, todo esto me parece lo más divertido que me ha pasado nunca, así que empiezo a reírme yo también, hasta que apenas puedo respirar.

En un momento veo a Mara y a Alex riéndose, pero cuando vuelvo a mirar, ya no están.

—¿Dónde han ido? —le pregunto a Troy.

—Por ahí —dice despacio, señalando hacia abajo. Él la empuja en el columpio gigante con forma de caballo. Se están riendo despacio.

—¿Mara? —la llamo.

—¡Holaaa! —responde ella, agitando el brazo por encima de la cabeza.

—Esto es muy raro —susurro.

—Sí —Troy asiente con una sonrisa y se tumba, estirándose a lo largo del puente.

Lo siguiente que recuerdo es abrir los ojos y ver a Mara sacudiéndome el hombro. A Alex detrás de ella, sus voces mezclándose:

—¡Despierta! ¡Levanta! ¡Levántate!

—¡Arriba, tío! ¡Vamos, Troy!

—Edy, son las tres de la mañana, ¡tenemos que irnos de aquí!

—Jo, tío —murmura Troy, sacando el brazo de detrás de mi cuello.

Me separo lentamente de los brazos de este perfecto desconocido.

—¿Qué ha pasado?

—Nos hemos quedado todos dormidos —responde Mara—. ¡Ahora tenemos que darnos prisa y volver a casa antes de que nos castiguen hasta los veintiuno! —dice tirándome del brazo.

Recogemos nuestras cosas a toda velocidad, bajamos corriendo las escaleras y cruzamos los puentes con los zapatos en la mano.

—Ay-madre-ay-madre-ay-madre —reza Mara entre dientes durante todo el trayecto hasta el coche.

—¡Adiós! —se despiden los chicos desde arriba.

—¡Estamos jodidas, pero mucho! —grita Mara cuando entramos en el coche.

—Bueno, tranquila. Tiene que haber una mentira perfecta que pueda explicarlo todo. Pensemos. Tú dijiste que te quedabas en mi casa. Yo dije que me quedaba en la tuya. Pues ha habido un cambio de planes. Nos quedamos en casa de Megan.

—¿Quién es Megan? —chilla mientras salimos del aparcamiento.

—Eso da igual —le digo, pensando rápidamente—. Era tarde y lo estábamos pasando bien hasta que se puso borde, discutimos y nos fuimos. Por eso volvemos a casa en mitad de la noche. ¿Lo ves? No estamos tan jodidas, ¿vale?

—¿Crees que se lo tragarán? —me pregunta, desesperada.

—Sí. Tú cíñete a esa versión y haz como si fuera la verdad. ¿Recuerdas lo bien que lo hiciste con el tío de la gasolinera? —le digo.

—Pues… —murmura, como si fuera a echarse a llorar.

—Pues es lo mismo. Pero más fácil, porque mis padres se lo creen todo. Confía en mí —la tranquilizo.

Llegamos a mi casa en solo once minutos. Mara y yo entramos de puntillas por la puerta principal y nos detenemos, atentas a cualquier señal de que nos puedan pillar. Cierro la puerta sin hacer ruido y nos dirigimos a mi habitación lo más rápido que podemos. Presiono suavemente la puerta con la mano para encajarla en el marco. Me doy la vuelta y miro a Mara, que está de pie en medio de la habitación, con las manos en alto y la boca abierta.

—¿En serio lo hemos conseguido? —pregunta despacio, cierra la boca en una sonrisa y me agarra las manos.

—¡Creo que sí! —cuchicheo.

—¡Joder! —chilla Mara, dando saltitos.

—Chist —digo, riéndome en silencio.

Nos quitamos la ropa que apesta a hierba y nos ponemos el pijama. Desenrollo el saco de dormir en el suelo mientras Mara se mete en mi cama. Me tumbo y respiro hondo.

—Somos la leche, ¿sabes? —susurra Mara.

Noto que sonrío.

—Buenas noches.

—A ver, explicadme cómo llegasteis aquí anoche —dice papá, de pie junto a Mara en la mesa de la cocina. Hace solo unas horas que entramos a hurtadillas. Mara me mira con cautela mientras coge una cucharada de cereales y se la lleva a la boca. Era el quinto tazón de cereales para cada una.

—Ya se lo he dicho a mamá —miento—. Megan empezó a meterse con nosotras y decidimos irnos. Ahora que Mara tiene coche. —Le sonrío.

—Además, Megan nunca me ha caído bien —añade Mara.
Y no podemos evitarlo, estallamos en carcajadas.

—Qué miedo, vosotras dos al volante —dice, soplando su café. Se va al salón negando con la cabeza.

—¿Ves? —le digo a Mara

—Date prisa, Edy. Quiero ir a hacer una cosa —me susurra.

Veinte minutos después estamos sentadas en el coche de Mara, en el aparcamiento de un sórdido centro comercial que nunca había visto. Hay una licorería, un taller de reparación de relojes, una tienda de hidroponía y otra de todo a un dólar.

—Bueno, Mara, estoy intrigada. ¿Qué narices hacemos aquí?

—Mira —dice ella, señalando un edificio independiente al fondo de la plaza. En el cartel pone: «SKIN DEEP: ARTE CORPORAL ALTERNATIVO».

—Repito: ¿qué hacemos aquí?

—Ya sabeees... —canturrea, quitándose el cinturón.

—¿Sigues colocada? —le grito.

—¡Es mi cumpleaños! —responde.

—No, tu cumpleaños fue el jueves. ¿Recuerdas? Te regalaron el coche y salimos a comer. Y venga, también fue tu cumpleaños el viernes, lo reconozco. Y compramos alcohol. Y luego nos emborrachamos con dos completos desconocidos de nuestro instituto rival. Pero ahora es sábado. Ya no es tu cumpleaños, Mara. Y no voy a dejar que hagas nada de lo que puedas arrepentirte, ¡si estás pensando en lo que creo que estás pensando!

—Vale, mamá —dice riendo, saliendo del coche.

Abro la puerta de mi lado.

—¡Espera! —la llamo. Se da la vuelta y sonríe, retrocediendo unos pasos. Corro para alcanzarla—. Vale, espera un momento. Este sitio me parece muy sospechoso, Mara.

—¡No es sospechoso! Cameron trabaja aquí. No pasa nada —me dice, haciéndome señas con la mano mientras me adelanta.

—¿Otra vez él? —gimo—. Mara, por favor.

—Otra vez no. Nunca se fue. Mira, es mi amigo, Edy. No es mal tío. No sé por qué le odias tanto.

—¡Él también me odia a mí! —intento defenderme.

—¡No es verdad! —replica, acercándose a la puerta—. Por favor, Edy, sé amable con él. Quiero que estés conmigo en esto, ¿vale?

—Vale, vale. Pero dime que no te vas a hacer un tatuaje.

Ella sonríe.

—Un pendiente en la nariz.

Le devuelvo la sonrisa.

—Bueno. Vamos dentro. —Incluso le sostengo la puerta, para demostrarle lo bien que me parece.

—¡Eh, hola! —saluda Cameron desde el fondo de la sala, caminando hacia nosotras con una sonrisa. Bueno, caminando hacia Mara con una sonrisa.

—Te lo dije. En cuanto cumpliera los dieciséis años. Y aquí estoy.

—Espera, ¿en realidad no hay que tener dieciocho años? —pregunto.

—Dieciséis con el consentimiento de los padres —corrige Cameron.

—Pero tú no tienes el consentimiento de tus padres —le digo a Mara.

Cameron pone los ojos en blanco y la mira como si yo fuera la tía más cuadriculada del mundo.

—Bueno, anoche tampoco teníamos el consentimiento de nuestros padres —dice Mara, riendo.

Cameron le sonríe.

—¿Qué hicisteis anoche?

—No te parecería bien, Cam —le dice Mara—. Fuimos unas chicas malas.

—Entonces no me lo cuentes —dice él, fingiendo taparse los oídos—. Pero no creo que pudieras hacer nada malo. —La mira con tanta dulzura que casi parece que le gustara por fin. Luego me mira a mí—: En cambio, Edy…

Pongo los ojos en blanco.

—Es broma, Edy. —Pero sé que no—. Bueno, venid conmigo —dice, y nos guía por un pasillo hasta una habitación pequeña—. Siéntate —indica con un gesto lo que parece un sillón de dentista. Todo es muy clínico y estéril. Huele a alcohol o a yodo, algo así. Me deja un sabor químico y amargo en la boca.

—¿Estás segura de que quieres hacerlo? —le pregunto mientras se sienta en la silla—. Es tu cara, ¿sabes?

—¿Me va a doler? Dime la verdad —le pregunta a Cameron en lugar de responderme.

Él le frota la fosa nasal izquierda con un bastoncillo y sonríe mientras la mira a la cara.

—No te voy a mentir: duele mucho. Pero son dos segundos y se acabó, te lo prometo.

—Vale —susurra ella. Luego me mira y me coge la mano.

—Oye, Cameron, ¿de verdad sabes lo que estás haciendo? —le pregunto—. No es por ser borde, te lo prometo. Pero sabes lo que estás haciendo, ¿verdad?

—Sí, Edy. Lo hago todos los días. De verdad. No pasa nada.

—Cameron va a ser tatuador —dice Mara.

«Sí, claro», me gustaría responder.

—Vale, pero ten cuidado.

—Lo tendré —dice en voz baja, agarrándole la fosa nasal con unas pinzas plateadas de aspecto espeluznante—. Te van a llorar los ojos, pero no pasa nada. Es totalmente normal —le explica, poniéndole un pañuelo en la mano—. Muy bien, Mara, gira la cabeza hacia mí y cierra los ojos.

Entonces acerca la aguja más grande que he visto en toda mi vida a su pequeña fosa nasal. Le aprieto la mano más fuerte de lo que ella aprieta la mía.

—Vale, respira hondo —dice Cameron. Lo hago. —Y ahora, suelta el aire. —Cierro los ojos y siento que todo el cuerpo de Mara se tensa. Pero no hace ningún ruido—. Pues ya está, ahora solo voy a poner el pendiente. Respira otra vez. Vale. Y suelta. ¡Hecho! ¡Enhorabuena, ya lo tienes! —Se ríe.

Abro los ojos. Mara lleva un pequeño brillante en la nariz. Se le saltan las lágrimas, pero mira a Cameron con una sonrisa de oreja a oreja.

—¿Eso es todo? —le pregunta.

—Sí, mira. Toma —le dice él, tendiéndole un espejo.

—¡Hala! —exclama ella, incorporándose. Me mira a mí, después al espejo y de nuevo a mí—. ¿Te gusta?

—¡Me encanta! —le digo, y lo digo en serio.

—¡Es el mejor día de mi vida! —dice, echando los brazos al cuello de Cameron. Él sonríe, se inclina y le devuelve el abrazo. Luego, Mara se suelta y me abraza a mí también. Cameron y yo nos sonreímos, de verdad, por primera vez.

A la semana siguiente, en el instituto, vamos caminando por el pasillo, Mara a mi lado con su pendiente en la nariz y el pelo recién teñido de color arándano. Parece que ha crecido diez centímetros. Algo irradia de su interior. No sé qué, ni cómo. Pero me gustaría que se me pegara algo de eso.

El jueves, después de clase, la espero en su taquilla para volver juntas a casa. Pero llega tarde. Doy vueltas por el pasillo, mirando el teléfono. No estoy prestando atención cuando, de repente, alguien me embiste el hombro como un jugador de fútbol americano, haciéndome dar vueltas. Levanto rápidamente la vista. Abro la boca para disculparme, pero me paro en seco. Porque es Amanda la que me está mirando.

—Cuidado —gruñe, fulminándome con la mirada.

Abro la boca de nuevo, buscando las palabras para ponerla en su sitio, pero se va antes de que pueda pensar en nada.

—Que te jodan —le digo a la espalda.

Me siento en el suelo junto a la taquilla de Mara y observo cómo se comporta todo el mundo. Veo cómo me miran los chicos (tanto los deportistas como los frikis), preguntándose cuál es la verdad, si realmente soy todo lo que han oído. Y las chicas también me miran, como si tuviera algo contagioso, sin importarles la verdad.

Le escribo a Mara: Dónde estás?

Me contesta enseguida: De camino... 5 min.

Pero, justo cuando estoy a punto de responderle, recibo otro mensaje. Es de un número que no conozco: Eden, entonces mañana fiesta?

Quién eres?

En serio???

Me levanto y camino por el pasillo, mirando hacia las aulas, asegurándome de que no hay nadie acechándome, riéndose de mí.

Sí, en serio. Quién eres?

Troy.

Cómo has conseguido mi número?

Me lo diste tú! Jeje.

???

Dijiste que te avisara para la fiesta en mi casa mañana por la noche. No te acuerdas?

No recuerdo haberle dado mi número a ese tío. No recuerdo nada sobre una fiesta. Casi no me acuerdo de ese tío.

—¡Lo siento, Edy! —me llama Mara desde el final del pasillo—. Me he puesto a hablar con Cameron después de clase.

—No pasa nada, ven aquí. Mira esto —le digo, tendiéndole mi teléfono—. Es ese chico del parque, Troy. Al parecer le di mi número. Y al parecer hay una especie de fiesta mañana. Pero no sé, no me acuerdo de nada de eso. ¿A ti te suena?

Mara me coge el teléfono y escribe: Mmmm..., no me acuerdo, jeje. Pero háblame de esa fiesta...

Guay. Te mando un mensaje con la dirección. No olvides traer a tu amiga :)

Ok.

—Ya está —me dice, devolviéndome el teléfono con una sonrisa—. ¿Sabes que me besé con ese chico, Alex?

—¡Serás fresca! Pues yo... no tengo ni idea de lo que hice con el otro.

—No hiciste nada —se ríe, dándome una palmadita en el brazo—. Sinceramente, creo que os desmayasteis el uno encima del otro —murmura, aunque no hay nadie más cerca. No lo reconocería nunca, pero sé que aún le resulta raro que me haya acostado con alguien. O quizá solo sea porque sabe que la gente piensa que soy una zorra, que la gente habla de mí como si fuera una zorra. Sobre todo, porque ella está conmigo, y no lo es.

—Entonces, ¿qué pasa con Cameron, exactamente? —le pregunto mientras caminamos hacia su coche.

Ella levanta los brazos.

—Ni puta idea, Edy. Te lo juro por Dios. Me está volviendo loca. A veces creo que solo le gusto como amiga. Otras veces siento que está a punto de besarme. No lo sé, no lo sé, ¡simplemente no lo sé! —grita.

—Ya, en el sitio del *piercing* parecía que le gustabas, por cómo te miraba y hablaba contigo. Y porque ha venido a buscarte todos los días solo para preguntarte cómo llevas la nariz. Pero ¿luego no te invita a salir ni nada?

—¡Exacto! —exclama, abriendo la puerta del coche—. Pues ya me he cansado de esperarlo. Ha tenido casi dos años para darse cuenta..., ¡dos años! —me dice, mirándome desde el otro lado, echando fuego por los ojos.

—Eso es —respondo con cautela—. Haces bien, Mara. No tienes que esperar a nadie.

—¡Exacto! —repite, pero esta vez con convicción, cerrando de un portazo.

—¿Estás bien para conducir? —le pregunto, confundida por este enfado repentino.

—Ja, estoy más que bien, ¡estoy genial! —Se ríe y pone el coche en marcha.

Yo no sé si reírme o preocuparme, así que le digo en voz baja:

—Vale.

—A lo mejor me apetece salir con ese tal Alex. A ver qué le parece. —Como no contesto, me mira—. ¿No?

—Sí. Supongo que sí. Pero... —empiezo a decir.

—Pero ¿qué? —me interrumpe.

—Pues no sé, que esos tíos tendrán su gracia para echar un rato o lo que sea, pero está claro que son unos fumetas. Desde luego, para novios no valen. Para ti no. —Me mira como si estuviera aplastando todos sus sueños e ilusiones—. Creo. Quiero decir, no los conozco. A lo mejor me equivoco.

—Pero vamos a ir a la fiesta, ¿no?

—Claro.

—Bien.

Mara sonríe y enciende la radio.

Nos equivocamos cincuenta veces antes de llegar a esa casa en medio de la nada. A medida que nos acercamos a la entrada, va aumentando el ruido. Es una casa enorme, de al menos tres plantas, y todas las ventanas están iluminadas.

—Así que esto es una fiesta de verdad, ¿eh? —me dice Mara, agarrada a mi brazo mientras subimos la escalinata con nuestras faldas y camisas exiguas.

—Ya lo veremos.

El olor a alcohol nos envuelve al traspasar la puerta abierta. Nos encontramos en lo que antes era un salón, pero que ahora parece un vertedero. El suelo de madera está cubierto de basura: patatas fritas, palomitas, pizza, botellas de cristal, vasos de plástico. Música, cuerpos, gritos, empujones. Es como si los animales se hubieran escapado del zoo.

Mara y yo nos miramos, ninguna de las dos sabe qué se supone que debemos hacer a continuación. Solo habíamos estado en la clase de fiestas que se celebran en pistas de patinaje y hamburgueserías.

—Escribe a Troy, Edy. Dile que estamos aquí —me pide Mara.

Saco mi teléfono, pero un tío empuja a otro, que está a punto de derribarme, y se me cae de las manos.

—¡Cuidado! —le grita Mara al tío que pasa, pero apenas puedo oírla por encima de la música a todo volumen.

—¿Estás bien? —Alguien me habla por detrás y me pone

las manos en los hombros. Me doy la vuelta rápidamente y un tío me agarra las manos, me pone los brazos a los lados y me mira de arriba abajo—. Yo te veo muy bien —me dice ese tipo de voz suave y sonrisa peligrosa mientras recoge mi teléfono del suelo y me lo entrega.

Me vuelvo hacia Mara, que está ojeando al chico misterioso. Sin duda atractivo, sin duda mayor que nosotras. Sonríe cuando me vuelvo hacia él. Una sonrisa que parece decir mucho. Mara se acerca y me grita:

—¿Buscamos a Alex y a Troy?

El chico nos mira a Mara y a mí, confuso.

—¿Para qué los queréis? —dice riendo, dirigiéndonos hacia el interior de la casa con una mano en mi espalda y la otra en el hombro de Mara.

—Nos han invitado ellos —le explica Mara mientras nos conduce por el salón hasta la cocina, convertida en un enorme bar con un barril de cerveza y un sinfín de botellas.

—¿Os han invitado ellos? —pregunta, deteniéndose, mirándonos alternativamente, repitiéndose con la misma entonación que la primera vez—. Un momento. ¿Os han invitado ellos?

—Sí —responde Mara inocentemente. Y él se echa a reír.

—Vale —dice, moviendo la cabeza—. ¡Hay que reconocerles el mérito! Oye —llama a otro chico que está llenando un vaso de plástico del barril—. Oye, tío, ¿por qué no traes unos vasos para estas encantadoras señoritas, amigas de Troy y su apéndice, Alex? —Y los dos se parten de risa.

Mara me mira como si no lo entendiera. Está claro que Alex y Troy no son de lo mejorcito que hay por aquí. El del barril nos da a Mara y a mí sendos vasos de plástico llenos de cerveza, mientras sigue riéndose.

—No son amigos nuestros —rectifico, dejando el vaso sobre la barra—. Ni siquiera los conocemos —añado, pero no me escuchan.

Miro a Barril, que también es mayor. Miro a nuestro alrededor. Todos son mayores. Esto no es una fiesta de instituto. Está claro que es una fiesta universitaria.

—La única razón por la que están aquí es porque Troy es mi hermanito pequeño. Los encontraréis en la piscina, serán las cabezas pegadas a la pipa —dice riendo, señalando en dirección a la puerta trasera, despreciándonos como si fuéramos niñas tontas—. ¡Venga, id a coceros para que tengáis algo de lo que hablar el lunes en el colegio!

Mara echa a andar, imperturbable. La sigo a través de la puerta corredera y, efectivamente, allí están, en medio de una nube de humo y rodeados de un pequeño grupo. Todos ríen y hablan despacio. Levantan la vista y Alex grita:

—¡Hola, ya estáis aquí! Venid con nosotros. —Se desliza sobre el banco en el que están sentados, haciéndonos sitio. De repente, ya no me parecen tan guais. Quiero darme la vuelta e irme.

—Se me ha olvidado la bebida —le digo a Mara, pero ya me ha dejado atrás para sentarse con ellos, sonriente y femenina, repuesta de nuestra humillación en la cocina. Me vuelvo para coger mi cerveza, lo único que podría hacer esto soportable. El chico aún está apoyado en la encimera junto a su amigo y me sigue con la mirada cuando entro en la habitación.

—Perdona —le digo bruscamente—. Mi vaso. Estás delante de él. —Tengo que acercarme y rodearle. Pero entonces me lo quita y lo levanta por encima de mi cabeza.

—Primero, dime de quién eres. Tengo que saberlo —dice agitando el vaso en el aire.

Alzo la vista y veo la sonrisa que tiene en la cara. Me mira como si fuera una cría a la que puede tomar el pelo. Que es todo lo contrario a como me miró en la puerta hace cinco minutos, como si le gustara lo que veía, antes de saber que estaba relacionada con Troy. Me cruzo de brazos.

—No soy de nadie. Y no voy a saltar por eso, así que puedes dejar de ponerte en evidencia —le digo, mirando a mi alrededor como si me avergonzara por él. Sueno más dura de lo que he sonado nunca en mi vida. De hecho, me siento más fuerte de lo que me he sentido nunca: invencible.

—¡Toma ya! —se ríe Barril.

—No lo sabía —dice él, y su expresión cambia de divertida a intrigada—. Perdona. —Por fin me da el vaso. Entorna los ojos y me pregunta—: ¿Vas al instituto con mi hermano?

—No. Nos acabamos de conocer. Nos habló de esta fiesta y hemos pasado a echar un vistazo. No es gran cosa —añado, mirando a mi alrededor como si nada de lo que ocurre por aquí me interesara lo más mínimo.

—¿Cuántos años tienes? Dime la verdad… —Sonríe.

—¡Lolita! —masculla Barril fingiendo toser, y le golpea en el hombro antes de salir corriendo y dejarnos solos en la cocina.

—La verdad —repite él.

La verdad. Le doy un buen trago al vaso. Sus palabras resuenan en mi cabeza. La verdad. ¿Y qué es eso, a fin de cuentas? No existe.

—¿De qué vas? —contesto, segura de sonar aburrida como una ostra—. Tengo dieciocho años. —Aunque no es la verdad. Es una mentira cochina.

—Vale, vale. Solo estaba de coña. —Y entonces me sonríe como en la puerta—. Así que no es gran cosa, ¿eh? —pregunta.

—No demasiado. —Me encojo de hombros.

—¿No quieres volver ahí fuera con tu amiga? —señala más allá de la puerta corredera que da al patio, donde está Mara sentada entre Alex y Troy, riéndose con la cabeza echada hacia atrás.

—No es mi rollo —le digo.

—¿Ah, no? ¿Y cuál es tu rollo? —me pregunta, rodeándome la cintura con el brazo y acercándome a él. Siento que se me acelera el corazón y las comisuras de mis labios se curvan hacia arriba cuando le miro.

—No sé —le respondo. Y esa es la verdad.

—Vale, ¿y si te enseño la casa? —pregunta—. ¿Qué clase de anfitrión sería si no?

—De acuerdo —acepto. Miro a Mara una vez más antes de seguirle a través de la cocina. Ella se lo está pasando bomba. Está bien. Él me lleva por las escaleras hasta el segundo piso.

—A lo mejor podemos encontrar algo que te emocione un poco más —dice, volviendo la cabeza para mirarme.

—A lo mejor —replico, sin saber quién está hablando por mí en este momento. Me coge de la mano cuando llegamos al rellano y me lleva al final del pasillo, pasando por delante de gente que fuma y bebe, ríe y se besa. Luego subimos otro tramo de escaleras. Cuando llegamos arriba, noto que me tiemblan las piernas. Hay un pasillo corto con solo dos puertas a cada lado, ambas cerradas. No hay nadie en esta planta.

—Esto está muy tranquilo, aquí arriba —digo, sintiendo que mi confianza decrece al darme cuenta de lo lejos que estoy de todo el mundo, de lo lejos que ha llegado todo esto.

—Exacto. Esto es solo para invitados especiales. —Saca un llavero de su bolsillo mientras se acerca a la puerta.

—Invitados especiales, ¿eh? —repito, siguiéndolo de cerca. Entonces se da la vuelta, me pone las manos en la cintura y, de repente, estoy contra la puerta, él me besa con urgencia y me recorre con las manos. Siento un torrente de energía que me sube desde los dedos de los pies hasta la cabeza y las yemas de los dedos. Y ahora lo beso como él me besa a mí. Muevo mis manos sobre él como él lo hace conmigo. Despreocupada, dura, peligrosa. Tantea para abrir la puerta. Entramos a trompicones en la habitación a oscuras. Apenas tengo oportunidad de mirar a mi alrededor para ver dónde estamos, porque todo sucede muy rápido. Hay una cama, una cómoda, un espejo. Es lo que puedo distinguir antes de que cierre la puerta tras nosotros, se vuelva hacia mí y yo ni siquiera pueda respirar.

Estamos en la cama. El peso de todo su cuerpo sobre mí. La fría hebilla metálica del cinturón presionándome el estómago. Las manos levantándome la falda. Las bragas bajándome por las piernas. La hebilla del cinturón rozando mi piel al desabrocharse. El sonido de una cremallera. Respiración pesada.

Se acaba antes de que pueda creer qué está sucediendo. Antes de haber decidido que iba a hacerlo. Y me quedo aquí tumbada mirando al ventilador del techo, con ese chico jadeando a mi lado. Ni siquiera sé su nombre. Él no sabe el mío. Nos quedamos así durante lo que parece mucho tiempo, pero no puedo estar segura de cuánto pasa en realidad.

Por fin suelta un suspiro y se incorpora despacio. Se alisa la camisa y se abrocha los pantalones, y me mira como si hubiera olvidado que estoy aquí.

—Gracias —dice en voz baja—. Ha sido divertido.

—Sí —susurro, poniéndome las bragas de nuevo.

No hablamos mientras bajamos las escaleras para volver a la fiesta. Y me doy cuenta de que me encuentro un poco rara, fuera de mi cuerpo como nunca me había sentido antes. De una manera que es mucho mejor que beber demasiado, o incluso que aquella noche en el parque cuando nos colocamos. Mejor que cualquier otra sensación que haya tenido. Vacía y llena, todo al mismo tiempo.

Localizo a Mara, que sigue sentada fuera, riendo igual que cuando me fui. Es como si nunca me hubiera ido, como si el tiempo se hubiera detenido. Me llaman, mi nombre resuena en el aire. Sacudo la cabeza y me acerco al borde de la piscina azul cristalina. Me siento despacio, me quito los zapatos y sumerjo los pies en el agua fresca. Hago girar las piernas en ochos una y otra vez mientras miro las estrellas, mientras la cálida brisa flota a mi alrededor. No sé quién soy ahora mismo. Pero sé quién no soy. Y eso me gusta.

Es difícil evitar a alguien y al mismo tiempo utilizarlo. Ese es Troy. Sé que ha estado enamorado de mí estos últimos tres meses. Y yo he estado tratando de no engañarlo. No demasiado. Aun así, nos avisa de todas las fiestas que hay en un radio de cincuenta kilómetros. Y yo no le cuento que me acosté con su hermano mayor en septiembre.

No es que me gusten mucho las fiestas. Pero me gusta perderme. Y siempre hay alguien allí con el que perderse. Preparado, esperando. Esperando que pase algo. Como yo. He aprendido a elegirlos de inmediato. A encontrar a ese alguien. Que no sea una mala persona. Que solo quiera lo mismo que yo. Desconectar. Por un tiempo, al menos. De uno mismo, sobre todo. Eso creo. Aunque en realidad no puedo saberlo, porque nunca hablamos de esas cosas. No es que me importe en realidad.

En eso pienso, tumbada en este incómodo futón junto a un tío cualquiera. La ventana de la habitación está abierta y el aire invernal entra sin obstáculos, refrescándome todo el cuerpo. Casi puedo ver mi respiración.

—Tú eres esa chica —me dice, apoyándose en el codo mientras se enciende un porro—. Ni siquiera me di cuenta cuando empezamos a hablar.

Me vuelvo hacia él y veo que me mira con una sonrisa.

—¿Qué chica? —le pregunto.

—Digamos que la gente sabe quién eres en nuestro instituto —me explica mientras exhala una nube de humo—. La gente habla de ti —dice, sus palabras se ralentizan—. Mucho. —Me ofrece una calada, pero niego con la cabeza. No he fumado hierba desde aquella vez en el parque con Troy. Resulta que colocarme no es mi rollo. Este es mi rollo.

El humo empieza a llenar la habitación y me marea. Cierro los ojos e intento sumergirme un poco más en este momento (mi cuerpo, mi mente), tanto que pueda salir por el otro lado y olvidar cómo he llegado hasta aquí. Oigo los gritos y la música detrás de la puerta. Pero, de algún modo, no pueden tocarme aquí dentro.

—Ya sabes —me dice el chico, apartándome el pelo de la cara, arrancándome de esta sensación con su voz. Abro los ojos e intento concentrarme en él—. No sé si eres muy guapa —prosigue con sinceridad, una suave sonrisa en la cara—, o muy fea.

Es como cuando te caes en un sueño y te despiertas, devuelta a la realidad por el golpe de tu cuerpo contra la cama. Eso es lo que me hacen sentir sus estúpidas y torpes palabras.

Y en ese instante, una imagen se forma en mi cabeza, rápida y fugaz.

Josh. Veo su sonrisa. Siento su ternura. Sus brazos rodeándome. Solo un momento, solo un destello. Desaparece casi de inmediato. En cuanto recupero la conciencia, se va. Pero estuvo allí el tiempo suficiente y con la claridad suficiente para sacudirme, para conmocionarme con una nueva oleada de dolor. Me deja con la extraña sensación de estar bajo el agua, peligrosamente cerca de ahogarme. Josh nunca me diría algo así, ni siquiera después de cómo le he tratado.

Me incorporo rápidamente. Busco mi camisa y mis pantalones. Me visto. El tío está ahí tumbado, mirándome, sonriéndome.

—¿Adónde vas? —pregunta, tardando demasiado en darse cuenta de lo que estoy haciendo.

—¿Tú qué crees?

—No lo sé —dice lentamente.

—Mira, me doy cuenta de que estás colocado, pero ¡no se le dicen esas cosas tan horribles a una chica con la que acabas de acostarte!

—¿Qué he dicho? He dicho que eres muy guapa, ¿no?

—¡No, eso no es lo que has dicho! —Salir a toda prisa era más fácil en los meses más cálidos. Ahora llevo capas que no quiero perder. Tiro de los cordones de mis botas con fuerza mientras los ato en un nudo doble.

—Ah. —Se ríe.

Le miro antes de irme. Está ahí tumbado, sin camiseta, sonriendo ajeno a todo.

—¿Sabes? No sé si eres muy gilipollas o muy imbécil.

Se ríe a carcajadas.

—Qué graciosa eres —me dice mientras cierro la puerta y salgo de nuevo al ruido.

Vete a la mierda, anda.

Hay demasiada gente hacinada en esta casa. Mientras me escurro entre los cuerpos, la gente me mira y me pregunto si todos me conocen también como «esa chica». Encuentro a Mara en el sótano. Está sentada entre Troy y Alex en un viejo y polvoriento sofá. Mara está hablando. Alex no la escucha. Ella hace como si le gustara cuando estamos en estas fiestas (le deja que le pase el brazo por el hombro, le toca la pierna con el pie, le da un beso de despedida antes de irnos), pero creo que también lo está utilizando. La única vez que menciona su nombre es cuando está cerca de Cameron. Aun así, después de todos estos meses de fiesta, no han hecho nada aparte de besarse.

—Oye —llamo a Mara, apenas capaz de encontrar un lugar vacío donde estar de pie—. ¡Me voy! —exclamo, señalando hacia la puerta.

—Espera —dice ella, despegando el brazo de Alex de su hombro—, espera, voy contigo.

Nos abrimos paso contra la pared de cuerpos, sorteando

las cajas de cerveza apiladas en el suelo de la cocina como en un laberinto. Cuando abro la puerta principal y salgo al frío de la noche, nos rodea un silencio acogedor y siento que puedo volver a respirar.

—¿Qué pasa? —pregunta Mara.

—Nada.

Me mira atentamente.

—No, pasa algo.

—No es nada. Estaba con un idiota y… me dijo algo malo. Pero no pasa nada. Quiero decir, que da igual. No pasa nada. No me importa. —Me encojo de hombros, tomando una profunda bocanada de aire helado, dejando que me llene los pulmones antes de soltarlo.

—¿Qué te dijo?

—No importa —respondo, mirando al cielo.

—Vámonos.

—¿De verdad? ¿No quieres quedarte? ¿Y Alex?

—No importa —dice riendo—. Sinceramente, no creo que se dé cuenta.

Conducimos hasta ese Denny's veinticuatro horas que está justo entre nuestra ciudad y la de Troy y Alex. Solo son las diez y media. Yo me pido un desayuno gigante y Mara un enorme *banana split*.

—Dime qué te ha dicho ese tío —insiste ella mientras coge la guinda de un remolino de nata montada—. Quiero saberlo.

—Vale. La verdad es que tiene su gracia. Me dijo que no sabía si era muy guapa o muy fea —confieso al fin.

—Tienes que estar de coña, ¿no? —Su rostro se debate entre la sonrisa y el ceño fruncido.

—No. Esas fueron sus palabras exactas, Mara.

—¡Es horrible!

—Ya. —Me río—. Pero lo peor es cómo lo dijo, con mucha dulzura, ¡como si fuera un cumplido o algo así! No es el tipo de cosa que quieres que te diga un tío justo después de acostarte con él.

—No, supongo que no —responde Mara. Su risa se desvanece—. ¿Lo haces a menudo, Edy? —me pregunta incómoda, mirando su *banana split*, como si estuviera contando las bolas de helado una y otra vez: vainilla, fresa, chocolate, vainilla, fresa, chocolate, vainilla, fresa—. Quiero decir, ¿con tíos que no conoces? —concluye.

—A veces. —Me encojo de hombros—. No sé, supongo que depende.

—¿Y crees...? No sé, ¿crees que es buena idea? Quiero decir, es un poco peligroso, ¿no?

Muerdo un triángulo de tostada caliente con mantequilla. No sé cómo tener esta conversación con Mara. No sé cómo explicárselo.

—¿Es más peligroso que emborracharse con un grupo de desconocidos?

Se queda con la boca abierta. Se siente insultada porque intente comparar las dos cosas.

—No digo que eso tenga nada de malo, sabes que yo también lo he hecho, solo digo que es más o menos lo mismo, ¿no crees?

—No, no creo que sea lo mismo en absoluto —dice ella, hundiendo la cuchara en el montón de helado de fresa, que se está ablandando—. ¿No se supone que el sexo es especial? Ya sabes, ¿si lo haces con alguien especial?

—¿Quién lo dice? Se supone que muchas cosas son especiales y en el fondo no lo son.

—Supongo, Edy —responde, no muy convencida.

—Además —continúo—, no es que haya mucha gente especial por ahí, de todos modos.

—Aun así, siento que debo decirte que estoy preocupada, pedirte que dejes de hacer eso.

—Sé lo que hago. —Me inclino sobre la mesa y le robo una cucharada de helado de chocolate—. No hay motivo para preocuparse, te lo prometo. Sinceramente, no es para tanto. De verdad.

Menea la cabeza y se encoge de hombros, volviendo a centrar su atención en el *banana split.*

—¿Crees que Alex y Troy dejan de estar colocados en algún momento? —pregunta, intentando cambiar de tema.

—No que yo haya visto —contesto riendo.

—Aunque al menos son majos —señala.

Asiento con la cabeza. Tomo otra cucharada de helado.

—Le hice algo un poco feo a Troy, Mara.

—Oh, no, ¿hiciste... eso... con él? —pregunta—. ¿Cuándo?

—No, con él no. Me acosté con su hermano mayor —confieso—. En aquella fiesta de hace tiempo, en su casa, que en realidad era la fiesta de su hermano. Cada vez que le veo me siento más culpable.

—¿Por qué lo hiciste? —quiere saber ella.

—Bueno, no lo planeé ni nada. No significó nada. Ni siquiera volví a hablar con él después de eso. ¿Por qué me miras así? —Su expresión se vuelve más horrorizada con cada palabra que digo.

—Perdona. No te estoy juzgando. Solo estoy sorprendida, no sabía que había pasado. Eso es todo.

—Bueno, pues pasó. Pero no significó nada. De hecho, ni siquiera sé por qué te lo estoy contando.

—No, quiero que me lo cuentes. No quiero que me ocultes tantos secretos.

—No te oculto nada —miento.

—De acuerdo. —Empuja el *banana split* a través de la mesa—. Tienes que ayudarme a terminarlo, se está derritiendo.

—«*It's beginning to look a lot like mmm-mmm…*» —canturrea mamá, subida a una de las sillas del comedor con una ristra de guirnaldas verdes en cada mano—. Edy, pásame una chincheta —me dice mientras me revuelvo en el asiento, comiéndome las uñas, contando los minutos que faltan para que llegue Caelin. Saco el teléfono del bolsillo. No hay nada. Ni llamadas, ni mensajes, ni distracciones.

Estoy desesperada.

Le mando un mensaje a Troy: Podemos quedar dentro de un rato? Necesito relajarme un poco ;)

—¡Edy! —vuelve a llamarme mi madre—. Vamos, hija.

—Ah, claro. Perdona. Toma —le digo, tendiéndole una mano llena de chinchetas de metal.

—Gracias. —Sonríe, mirándome a los ojos—. Sabes, es agradable tenerte por aquí para variar. Nunca te vemos desde que Mara empezó a conducir. Siempre tenéis algo que hacer, algún sitio en el que estar. —Suspira.

El teléfono me vibra en el bolsillo. Es Troy: Claro. Por ti... siempre.

—Eso me recuerda algo —digo, pensando rápido—. Sé que Caelin vuelve a casa esta noche, pero tengo que ir a hacer unas compras de última hora al centro comercial. Mara viene a recogerme —miento.

—¡Edy! —dice frunciendo los labios, con la mano en la cadera—. Tienes que organizarte mejor.

—Lo sé, solo olvidé un par de cosas.

Le respondo: Gracias. A las seis en el parque?

—Bueno, será difícil que encuentres algo decente dos días antes de Navidad. —Chasquea la lengua y niega con la cabeza—. ¿Por qué no te llevo ahora, antes de que llegue Caelin?

Troy: Qué ganas :)

—Pero, mamá, tú odias el centro comercial. Además, Mara también tiene que ir. Y estás en medio de —miro a mi alrededor, a las montañas de adornos y nieve de mentira—, ya sabes, todo esto.

—Vale —cede—. Pero vamos a tomárnoslo con calma las próximas dos semanas, ¿eh? Tu hermano no puede venir tan a menudo como nos gustaría, tan a menudo como le gustaría, así que tenemos que hacer un esfuerzo para pasar buenos ratos juntos, ¿de acuerdo?

—¿Por qué me dices eso? Él es el que va a pasar todo el tiempo con Kevin.

—Bueno, Kevin no se unirá a nosotros este año, así que no tienes que preocuparte por eso.

Me meto el teléfono en el bolsillo.

—¿Qué quieres decir? ¿Se ha congelado el infierno?

—Edy, para. —Pone los ojos en blanco—. No sé. Caelin acaba de decir que Kevin se quedará allí, en casa de los Armstrong. Es lo único que sé —dice, levantando las manos.

—Pues me alegro.

—Tampoco es para alegrarse. Pero supongo que es normal. Quiero decir, técnicamente son su familia.

—Eso es lo que he estado diciendo siempre.

—Bueno —empieza a decir ella. Pero eso es todo. Solo «bueno».

Me planteo escribir a Troy para decirle que lo olvide. Pero entonces siento una opresión en el pecho ante la idea de ver a Caelin, incluso sin su otra mitad.

Le mando otro mensaje a Troy: Qué tal a las 17:30?

Y

Mara me ha dado otra llave del coche por si surge algún imprevisto mientras ella y su madre pasan la semana en casa de su abuela. Su madre se volvería loca si lo supiera. Mis padres se volverían locos si lo supieran. Sobre todo porque acabo de obtener mi permiso de conductora novel y se supone que no debo conducir ningún coche. Pero esto es lo más legal que planeo hacer esta noche, así que realmente no me importa.

Troy ya está allí cuando entro en el aparcamiento.

—¡Hola! —le grito mientras salgo del coche de Mara—. ¿Llevas mucho tiempo esperando?

—No —dice en voz baja, moviendo el brazo—. No pasa nada.

Me acerco a él. Lo veo diferente, aquí fuera al atardecer, mientras acaba el día. Nunca lo había visto a la luz del sol. Pero hasta su manera de moverse, cómo me mira, todo parece distinto por algún motivo.

—¿Qué pasa? —pregunto, de pie frente a él. No me había dado cuenta de que éramos de la misma altura. Aunque, en realidad, creo que nunca habíamos estado así, cara a cara. Siempre estaba sentado, en un sofá, en el suelo, en algún sitio, encorvado, fumando.

—¿Qué? No pasa nada —me dice, encogiéndose de hombros mientras se pasa el pelo por detrás de las orejas. Un pensamiento terrible se aloja en mi mente: se ha enterado, alguien le ha hablado de mí y de su hermano.

—¿Y entonces por qué estás así?

—¿Así cómo? —repite, mirando a su alrededor, confuso.

—Pues raro. ¿Estás enfadado conmigo por algo? —le pregunto.

—No, claro que no —dice, sonriendo despacio—. ¿Es que has fumado ya? Estás paranoica, chica —se ríe. Y hasta eso suena diferente.

—No, es que parece que hay algo… ¿diferente?

—Bueno, no voy ciego, ¡supongo que por eso no parezco normal! —Se ríe otra vez—. Este no es mi estado natural. Te estaba esperando.

—Ah. —Ni siquiera había pensado en eso. Ni siquiera había considerado que pudiera existir sin estar bajo el influjo de la maría—. Ah. —Me río—. Vale. Eso lo explica todo.

—Tenías ganas de relajarte, ¿verdad? —Sonríe. Luego se inclina hacia delante y me pone una mano en cada hombro, amasándome los músculos hasta el cuello, mirándome a la cara con una concentración que nunca había visto en él. Se acerca. Yo retrocedo. No puedo dejar que me bese. Ahora no. Miro hacia abajo. Luego vuelvo a mirar hacia arriba. Él también baja la mirada, avergonzado.

—Vamos al coche —dice frotándose las manos—. Hace mucho frío aquí fuera.

—Gracias por quedar conmigo —le digo mientras enciendo la calefacción.

—No es nada. —Se encoge de hombros y se coloca uno de sus porros perfectamente liados entre los labios. Lo enciende e inhala—. ¿Por qué estás tan tensa? —me pregunta, mirándome de reojo, aguantando el humo en los pulmones mientras me lo pasa.

Le doy una calada rápida, todavía un poco asustada por lo que pueda pasar. Y exhalo.

—Mi familia.

—Te entiendo. —Suspira. Enciende la radio y la pone al volumen justo.

Nos pasamos el porro varias veces, sin hablar. Luego reclina el asiento del copiloto hasta quedarse casi tumbado. Mira la puesta de sol por el parabrisas tras el castillo de madera. Sigo su mirada y observo cómo se mezclan los colores, desparramándose como en un sueño. Este no es el mundo en blanco y negro en el que creía estar. Este mundo está vivo y vibra. Y yo estoy viva en él, y eso es increíble.

Me da un codazo. Miro hacia abajo. Me pasa el porro. Y oigo sus palabras, su ritmo lento, mientras inhalo y se lo devuelvo.

—¿Siempre has tenido ese aspecto? —me pregunta.

—¿Cuál? —Mi voz suena con una especie de retardo. Da una última calada profunda, casi dejando que le queme los dedos antes de tirarlo por la ventanilla.

—Tan guapa —dice, levantando la vista hacia mí, deseando cerrar los ojos.

Siento que mi boca le sonríe. Entonces me inclino lentamente, todo se mueve muy despacio, y le beso. Sus manos me tocan la cara con suavidad, de una forma que me hace pensar demasiado en Josh. Parece que nos besamos durante una eternidad. Lo hace con ternura, dulce como la miel, nada que ver con su hermano.

—Espero acordarme de esto —susurra, y los dos empezamos a reírnos sin parar.

Lo siguiente que recuerdo es una luz tenue que quiere que abra los ojos. Acto seguido, siento un movimiento a mi lado. Y alguien me quita los zapatos. Alguien me saca los brazos del abrigo. Unos pasos me rodean. Abro los ojos. Miro al techo de mi habitación; la lámpara de mi escritorio proyecta un cálido resplandor dorado sobre todo.

Vuelvo a cerrar los ojos. Entonces veo una imagen fugaz de mí misma aparcando el coche de Mara en su entrada. Yo caminando por la nieve en la oscuridad. Yo metiendo la llave en la puerta. La televisión del salón parpadeando.

Abro los ojos de nuevo. Caelin está delante de mí.

—¿Caelin? —me oigo murmurar.

—Estás bien —me dice—. Apestas a hierba, Edy —susurra, con las manos firmemente plantadas en las caderas.

—¿Por qué estoy en mi cama? —le pregunto, apartando las mantas—. No quiero estar en mi cama.

—Calla —dice, volviendo a levantar las mantas—. ¡Ni siquiera quiero saber cómo has llegado a casa, ni dónde estabas, ni con quién, ni qué coño estabas haciendo! —susurra encima de mí.

—Calla tú —replico tapándome los oídos. Al menos, creo que digo esas palabras.

—¡Entraste por la puerta y te desmayaste, Edy! Mamá y papá no lo saben. Ya están en la cama.

—Vete —gimo.

—Duerme la mona, anda.

Después, la oscuridad.

—Hola, Mara —dice Cameron, acercándose a nuestra mesa en la biblioteca. Me mira mientras se sienta. Llevo los auriculares puestos, así que no se molesta en hablarme. Le hago un gesto con la cabeza y bajo el volumen al máximo para poder escuchar sus susurros. Hojeo distraídamente las páginas de una enorme guía para el examen de acceso a la universidad que me trajo la señorita Sullivan cuando vio que estaba leyendo una revista en lugar de estudiar. Desde que volvimos de las vacaciones de Navidad, aquí hay fiebre de selectividad. De repente, todo el mundo está muy serio, tomando bebidas energéticas y dándole demasiada importancia a sus vidas.

—¡Hola! —responde ella, sonriendo con todo el cuerpo.

—¿Qué estás haciendo? ¿Estudiar? —pregunta él.

—Intentándolo, al menos. —Mara suspira, dejando caer la cabeza entre las manos—. ¡Esto es horrible! —Se abanica con las páginas del libro, perdiendo por donde iba.

—Bueno, ¿y si estudiamos juntos? —pregunta él—. ¿Qué haces mañana por la noche? Steve va a venir a estudiar a mi casa. Deberías venir tú también. Será como un grupo de estudio. Apoyo moral, ¿sabes? —Se ríe—. Hasta puede venir ella si quiere —añade, haciéndome un gesto. Paso otra página.

—Gracias por el ofrecimiento. Pero mañana por la noche tenemos planes. Las dos. O eso creo, al menos. Voy a una fiesta con Alex, el chico con el que estoy saliendo, así que… —Siempre que habla con Cameron, se refiere a Alex como «el chico con el que estoy saliendo». Y él se encoge de manera más evidente con cada mención de su nombre. Ella sabe exactamente lo que hace, igual que yo sé lo que hago. La mayor parte del tiempo, al menos.

Levanto la vista. Cameron está mirando a Mara a los ojos, sin decir nada.

—¿Qué? —pregunta inocentemente.

—Avísame cuando te canses de eso. —Le pone la mano en el hombro un momento mientras se levanta. Y después se va. Mara se da la vuelta en su asiento y lo mira marcharse.

Me quito los auriculares justo cuando se vuelve hacia mí, con los ojos muy abiertos.

—Dios mío —susurra, y me agarra de los brazos—. ¿Qué ha pasado? ¿Te has enterado de eso?

—Sí.

—¿Qué se supone que tengo que hacer? ¿Voy detrás de él? ¿Está enfadado conmigo? —pregunta hablando rápido—. ¿Debería seguirlo?

—No, se supone que no debes seguirlo. Y no está enfadado. Está celoso. —Sonrío—. Enhorabuena.

—¿Qué quieres decir? —pregunta con la cara desencajada.

—Vamos, ¿no era ese el propósito de Alex? —Cierro el libro: esta conversación va a ocupar el resto de la hora, si no el resto de nuestras vidas—. ¿Darle celos a Cameron?

—No. No, en realidad no. Quiero decir, no del todo. —Pero a medida que el pensamiento se asienta, una lenta sonrisa se forma en su rostro—. Eso es bueno, ¿no? —pregunta.

—Bueno, teniendo en cuenta que has estado enamorada de él durante los últimos tres años, y ahora por fin ha reaccionado…, sí, yo diría que es bueno. —Me río.

—Por fin ha reaccionado —repite asombrada.

Nunca habría pensado que pasaría un viernes por la noche en casa de Cameron, en la sala de estar de Cameron, con su madre, su padre y su shih tzu entrando y saliendo, trayéndonos aperitivos y bebidas. Nunca habría pensado que Cameron, con sus *piercings* y tatuajes ocultos que Mara jura que están ahí, su estilo punk y su infame pelo azul, era el producto de un hogar tipo la Tribu de los Brady.

Nos sentamos con las piernas cruzadas sobre unos cojines gigantes que su madre insistió en darnos, Cameron y yo frente a frente en una gran mesa redonda de madera brillante. Mara se excusa para ir al baño, quizá para aplicarse brillo de labios por enésima vez. Un cuadro de un barco que navega tranquilamente bajo un puente cuelga sobre el sofá, delicados colores neutros adornan todas las superficies, un jarrón de suaves tulipanes amarillos está perfectamente centrado encima de una mesita que no podría servir para otra cosa que para sostener un jarrón lleno de suaves tulipanes amarillos.

—¿Cómo se llama? —le pregunto a Cameron mientras su perrita acaricia mi mano con el hocico.

—Jenny.

—¿Por qué Jenny? —Levanto las cejas, divertida de que haya elegido un nombre tan normal para un perro tan normal, pero sobre todo divertida de su vida tan normal.

—No lo sé —murmura—. Supongo que porque, cuando tenía ocho años, que es cuando la compramos, estaba enamorado de una chica que se llamaba Jenny. Era el mejor nombre que se me ocurrió. —Se encoge de hombros.

—¿Y ahora estás enamorado de una chica llamada Mara?

—Sí, supongo que sí —dice en voz baja—. Oye, finge que soy otra persona por un segundo, ¿vale? —susurra, inclinándose hacia mí sobre la mesa de café, sin quitar un ojo de la puerta—. Eres su mejor amiga. ¿Qué posibilidades crees que tengo? Quiero decir, ese tal Alex parece un pringado total.

—No tengo ni la menor idea —miento—. Mara es una persona muy especial, lo sabes, ¿verdad?

Suena el timbre de la puerta. Su madre grita: «Abro yo» desde la habitación de al lado.

—Sí, claro que lo sé —susurra.

—Vale. Bueno, entonces, yo diría que tienes una oportunidad. Quiero decir, está aquí, ¿no?

—De acuerdo. Gracias, Edy —me dice, muy serio.

Justo entonces aparece un chico en la puerta.

—Steve está aquí —anuncia la madre de Cameron.

Cameron rompe al instante el contacto visual conmigo mientras se levanta de un salto.

—¡Hola, tío! —Le da ese apretón de manos tan masculino, agarrando ligeramente la mano de Steve mientras se acerca para abrazarlo brevemente con el otro brazo—. Entra, siéntate, ponte cómodo. —Luego se dirige a mí—: Edy, ya conoces a Steve.

—Eden —le corrijo—. Hola.

—Hola —dice Steve despacio, mirándome fijamente—. Vaya, no sabía que estarías aquí —añade, pasando la vista de mí a Cameron.

—Sí, te mandé un mensaje —responde Cameron—. Mara también está aquí. Acaba de irse al cuarto de baño.

Steve se sienta en el suelo entre Cameron y yo, el único sitio libre que queda.

—Supongo que no vi tu mensaje —murmura entre dientes.

Miro a Cameron. Luego vuelvo a mirar a Steve. Está claro que a Steve no le gusta que esté aquí. Le observo con atención. Casi no lo reconozco. Ha cambiado tanto que casi me pregunto si de verdad es Stephen Reinheiser, alias el Gordo. Lo miro de nuevo. No está gordo, ni parece torpe ni desgarbado. No es Stephen. Tal vez sea el Stephen de algún universo alternativo. Stephen Steve. No se parece en nada al chico que siempre se ponía de mi parte en las discusiones del club de lectura. No es el mismo chico tímido, atontado, cuatro ojos que una vez se sentó conmigo en la mesa de mi salón, para poner a parir a Cristóbal Colón. Ahora casi podría ser guapo. Ha crecido. No está delgado, pero tiene una buena complexión. Está en forma. Razonablemente seguro de sí mismo. Aunque con una mirada melancólica, como esperando que suceda algo. Si no lo conociera mejor, casi podría ser alguien con quien me enrollaría en una fiesta.

Cameron aspira una bocanada de aire y se aferra a ella, balanceando los brazos delante de él y cerrando nerviosamente el puño derecho con la mano izquierda una y otra vez. Cojo una galleta del plato de queso y galletas que nos ha traído su madre. Nadie dice nada. Solo oigo a Jenny jadear levemente en mi regazo y la galleta crujir entre mis dientes. Por suerte, Mara vuelve justo entonces, con los labios perfectamente rosados y brillantes.

—¿Qué me he perdido? —pregunta sonriéndonos alegremente a todos, tocando la espalda de Cameron mientras pasa detrás de él para ocupar su sitio en el suelo entre nosotros, frente a Steve.

—Bueno, Steve está aquí —dice Cameron.

—¡Ya lo veo! Hola, Steve —le dice ella.

—Y tú también estás aquí —responde él con una sonrisa juguetona y amistosa, como si se sintiera aliviado al verla. De repente me siento como una completa extraña.

—Cameron —dice su madre, de pie en la puerta, colocándose un pendiente—, tu padre y yo vamos a salir; tenemos entradas para esta noche, ¿recuerdas?

—Sí, vale, mamá —contesta él.

—Llama si necesitas algo. Volveremos pronto a casa —dice, y juro que me mira al hacerlo como si tal vez supiera, como sabe todo el mundo en al menos dos distritos escolares, que soy «esa chica».

—Adiós —se despiden Cameron y Steve.

—Que os divirtáis —dice Mara.

Oigo cerrarse la puerta principal. Respiro demasiado fuerte. Todos me miran.

—¿Hay alguna posibilidad de que haya algo de beber por aquí?

Cameron me pasa una lata de refresco.

Miro a Mara como diciendo: «Será una broma, ¿no?».

—Venga, Edy —se ríe ella—, que tenemos que estudiar.

—En ese caso, voy a necesitar un cigarrillo, por lo menos —les digo, poniéndome de pie.

—Tienes que hacerlo fuera —me advierte Cameron al instante.

—Iba a salir, no te preocupes. —Miro al techo mientras me pongo el abrigo.

El patio trasero está tan impecable y ordenado que me da miedo moverme porque dejaré demasiadas pisadas en su impoluta nieve blanca. Me enciendo el cigarrillo e intento que dure lo máximo posible. No le había preguntado a Mara qué le dijo a Alex para justificar nuestra ausencia de esta noche. Aunque tampoco es que me importe demasiado. No quiero volver a ver a Troy. Sobre todo, después de nuestra dulce y emporrada sesión de morreos en el coche. Sobre todo, porque todavía no he encajado todas las piezas para entender cómo acabó aquella noche. Cierro los ojos y lo intento una vez más, pero no lo consigo. Lo que veo en su lugar es a Caelin, al día siguiente, de pie junto a mí en mi habitación, interrogándome. Su voz enfadada sigue resonando en mi cabeza: «... la has cagado, Eden... no está bien... no mola... ¿me estás escuchando...? ... podría pasarte algo gordo... graves problemas... ¿por qué te ríes...? ... esto no tiene gracia... ¿me estás escuchando...?».

—¿Eden?

Giro la cabeza. Mi cigarrillo se ha consumido por completo, las cenizas aún mantienen su forma. Steve está ahí de pie.

—¿Qué? —le contesto.

—Eh, hola. Te he traído el teléfono; no paraba de sonar, así que... —Se detiene a mitad de la frase, extendiendo el brazo para dármelo, sin acercarse.

—Gracias. —Lo cojo. Él se queda parado y se mete las manos

en los bolsillos. Enciendo otro cigarrillo. En la pantalla siguen apareciendo, en orden inverso, una serie de mensajes de Troy:

Estás enfadada conmigo?

Quiero verte...

Hola, guapa, cuánto tiempo. Vienes esta noche?

Miro a Steve, que se mira las zapatillas. Es evidente que ha visto los mensajes. Me guardo el móvil en el bolsillo sin responder.

—¿Quieres uno? —le pregunto, tendiéndole el paquete de cigarrillos.

—No —dice levantando la mano—, pero gracias, supongo. —Intenta sonreír. No sé muy bien de qué va ahora. Lleva una camiseta con una especie de superhéroe de cómic sobre una camiseta térmica de manga larga. Tiene el pelo un poco despeinado, pero sus ojos son brillantes, claros y enfocados, nada que ver con los de Troy ni con los de ninguno de los chicos con los que he estado últimamente.

—¿Es que te caigo mal o algo así? —le digo al cabo de un rato.

—No. Creía que era al revés. —Me mira directamente a los ojos; es más atrevido de lo que recordaba.

—¿Por qué ibas a caerme mal? —pregunto, en lugar de responderle.

—No tengo ni la menor idea —dice, cruzándose de brazos—. ¿Por qué no te caigo bien?

—Nunca he dicho eso —replico—. No me caes mal.

Asiente con la cabeza y mira al cielo. Abre la boca para decir algo, pero Cameron se asoma por la puerta y nos interrumpe, gritando impaciente:

—¡A ver, de verdad, es hora de empezar a estudiar esta mierda! En serio. —Luego vuelve a meter la cabeza y da un portazo.

—De acuerdo. —Steve se ríe—. Supongo que es hora de empezar a estudiar esta mierda —repite, burlándose un poco de Cameron, como si en realidad yo no fuera tanto una extraña. Apago el cigarrillo y le sigo dentro.

PARTE IV

Cuarto año

He estado con quince tíos diferentes. Algunas veces me parecen demasiados, otras me parecen insuficientes. Pero cada uno me lleva un poco más lejos. Ahora estoy tan lejos que a veces siento que tal vez es casi suficiente. Porque, sinceramente, ya no queda ni el más mínimo rastro de aquella niña de pelo encrespado y cara pecosa, que tocaba el clarinete y estaba asustada y no hacía ruido. Y su gran secreto ya no es para tanto. Fue hace tanto tiempo que es como si nunca hubiera sucedido.

Al fin y al cabo, solo me falta un mes para cumplir diecisiete años, veintidós días para ser exactos, lo que significa que casi tengo dieciocho, lo que significa que soy prácticamente una adulta. Lo que significa que se me permite saltarme la última clase del día. Lo que significa que no pasa nada porque esté haciendo lo que estoy haciendo con este chico en la parte trasera del viejo y destartalado Dodge Caravan de alguien, que huele a zapatillas de deporte mordisqueadas por un perro. Y qué más da si la cagué en los exámenes de acceso a la universidad. De hecho, todo está bien así, genial.

Abro la puerta lateral y bajo de un salto a la acera húmeda.

Le miro una vez, intentando recordar su nombre antes de cerrar la puerta de un portazo. De todos modos, me da lo mismo. Atravieso el aparcamiento de estudiantes con las botas chirriando al ritmo de mi corazón, que late con fuerza por el subidón de enrollarme con un chico al que no conozco ni me importa, incapaz ya de evocar su cara en mi cerebro. Parece que estoy volando. Miro la hora en el teléfono y acelero el paso. Sé que Mara me está esperando.

Sonríe cuando me ve llegar.

—¡Hola! —exclamo mientras me coloco a su lado, apoyada sobre el lado del conductor de su coche. Y, como todos los días, me tiende un cigarrillo ya encendido, con la marca de su pintalabios en el filtro. Esperamos a que se aligere el flujo de coches antes de entrar en la refriega.

—¿Dónde has estado, nena? —Suelta una vaharada de humo y se ríe, porque ya sabe dónde he estado.

Me encojo de hombros.

—No sé. En ningún sitio, la verdad.

—Ya —murmura a través del cigarrillo que le cuelga de la boca mientras se quita unas pelusas del jersey—. ¿Con alguien especial, quizá? —pregunta con voz ligera y esperanzada, pensando que por fin había encontrado a alguien, como ella.

—Nadie especial, eso seguro. —No sé por qué lo digo; me arrepiento al instante. Esto no es una conversación de aparcamiento.

—Bueno, ya sabes que… —empieza, pero mira hacia otro lado, sin terminar. Se echa el pelo por encima del hombro y clava los ojos en el aparcamiento; había dejado atrás el color arándano y ahora llevaba unas mechas rosas bajo el pelo castaño. De algún modo, ha conseguido dejar de ser una pardilla para convertirse en una chica guay, artística y peculiar.

Y yo, bueno, antes era una chica, y luego llegaron los rumores sobre la chica, pero ahora solo está la chica, porque los rumores ya no son solo rumores, son la realidad: son la chica.

—Edy, sabes que el amigo de Cameron… —vuelve a intentarlo, pero la interrumpo antes de que pueda continuar.

—No, Mara.

Da golpecitos con el cigarrillo sobre el espejo lateral una y otra vez, sin mirarme.

—Lo siento, es que no me interesa. Gracias de todos modos.

—Vale. Sí, lo sé. No pasa nada. Da igual. —Desliza sus gafas de sol desde la parte superior de la cabeza hasta los ojos, dejando que el flequillo le caiga sobre la cara—. ¿Qué quieres hacer esta noche?

—Pensaba que estarías ocupada con Cameron, ¿no habéis quedado?

—No. Esta noche sale con Steve. —Hace una pausa—. Sabes, Edy, Steve es muy buen tío, y le...

—Sí, lo sé —vuelvo a interrumpirla—. No estoy buscando eso, de verdad. Con nadie. Y menos con Stephen Reinheiser, ¿vale?

—Bueno, bueno. ¿Noche de chicas, entonces? —Sonríe, alzando las cejas—. Hace siglos que no lo hacemos, lo pasaremos genial. Podemos pedir comida para llevar y hacer un maratón de películas. —Se ríe, mirando el aparcamiento vacío—. Qué guay, ¿no? —pregunta, asintiendo con la cabeza mientras se mete en el asiento del conductor y cierra la puerta del coche.

Como siempre, nos fumamos otro cigarrillo y ponemos la música lo bastante alta para ahogar nuestros pensamientos, para silenciar las cosas que deberíamos estar diciéndonos la una a la otra.

Cuando llegamos a mi casa, se vuelve para mirarme.

—¿Y si vienes después de cenar? No sé, a lo mejor podrías traer... algún refresco —me insinúa con una sonrisa.

—Cuenta con ello —le aseguro. El tío de la gasolinera se ha vuelto más fan mío que de Mara desde que se puso el pendiente en la nariz y las mechas rosas; supongo que sus gustos son un poco más convencionales.

Mi casa está tranquila. El sonido del coche de Mara saliendo de la entrada se desvanece en el silencio. Y todo se queda demasiado quieto, demasiado vacío. Una casa vacía, encantada.

No por fantasmas, sino por nosotros, por nuestra propia historia, por las cosas que han pasado aquí.

Cojo del armario la taza de cerámica agrietada (una con flores que ya no usa nadie) y la lleno hasta la mitad con la ginebra que guarda Vanessa al fondo del cajón de las especias, como si las hojas de menta, la cayena y el crémor tártaro pudieran ocultar la botella de cristal grueso, o su contenido, o el motivo por el que necesita tenerla ahí en primer lugar. Llevo mi taza agrietada al salón, pongo la televisión a todo volumen, cierro los ojos y empiezo a flotar.

Cuando vuelvo a abrir los ojos, las sombras de la habitación han cambiado. La taza está casi volcada, mi mano flácida rodea su cuerpo cilíndrico. Me incorporo para ver el reloj: las 17:48. Vanessa y Conner llegarán a casa en cualquier momento. Tomo el último trago de ginebra y me lo paso por toda la boca. Enjuago la taza con cuidado y la meto en el lavavajillas. Luego tiro los libros de la mochila al suelo de mi habitación, me cambio de ropa, me cepillo los dientes, me peino y me maquillo. Cojo el bloc de notas de la mesa de la cocina, donde sigue estando la nota de Vanessa del fin de semana pasado, escrita con bolígrafo azul:

He ido a la tienda. Hay sobras en la nevera.
Besos, mamá

Arranco la página y empiezo una nueva. Últimamente se ha convertido en nuestro método de comunicación preferido.

DUERMO EN CASA DE MARA. TE LLAMO POR LA MAÑANA.
E.

Recuerdo muy poco de anoche. No pedimos comida para llevar. No vimos películas. Nos sentamos en el suelo de la habitación de Mara y bebimos. Y bebimos. Y bebimos hasta que no quedó nada.

—Buenos días —murmura Mara mientras me incorporo demasiado rápido.

—Ay, Dios, mi cabeza. No grites tanto —refunfuño. No recuerdo si me quedé dormida o me desmayé.

Se levanta del suelo, tambaleante, y se pone delante del espejo lamiéndose la mano y limpiándose las manchas de rímel de debajo de los ojos. Salgo de su habitación detrás de ella y bajo las escaleras hasta la cocina como una sombra.

—¿Tienes hambre? —me pregunta, abriendo y cerrando las puertas de los armarios, en busca de algo comestible.

—Supongo que un poco.

Lleva un surtido de cajas de cereales a la mesa. Cojo los cuencos, las cucharas y la leche desnatada del frigorífico.

—Tengo una idea, un plan. Piénsalo al menos durante diez segundos antes de decir que no, porfa —me dice cuando nos sentamos en el pequeño rincón para desayunar que construyó su padre cuando éramos niñas.

Me sirvo unos Cap'n Crunch con bayas crujientes. El tintineo de las pequeñas esferas rosáceas y la amalgama de maíz y avena con forma de almohada resuena en la cocina vacía al caer sobre el cuenco de cerámica.

—¿Edy?

—Perdona, ¿qué decías? —Hago como si no lo hubiera oído; estoy demasiado ocupada echando la leche desnatada.

—He dicho que quiero que escuches la idea que tengo.

Me meto la cuchara en la boca. Mastico. Mastico, mastico, mastico. Trago.

—Sí, vale, te escucho.

—Bien. Quiero que salgas con nosotros esta noche.

Dejo de masticar. Dejo de parpadear. Dejo de respirar.

—¿Eh? —murmuro con la boca llena de cereales. Trago con fuerza, lo intento de nuevo—. ¿Nosotros?

—Sí, con Cameron y conmigo. Vamos al centro comercial. —Sonríe como si no fuera lo más absurdo que ha dicho nunca.

Tardo unos segundos en recuperarme.

—¿Con Cameron al centro comercial? Estás de broma, ¿no?

—Sé que no es nada del otro mundo, Edy, pero vamos a ir al cine, y solo habría que recorrer una pequeña parte del centro comercial para llegar, ¿vale? Una parte pequeñísima.

—¿Por qué, Mara? Ya lo hemos intentado otras veces. Cameron y yo no nos llevamos bien. Acéptalo ya, por favor.

—Bueno, no es solo eso —añade despacio—. También viene Steve.

Me pregunto a qué sabrían los Cap'n Crunch con un chorrito de vodka, o quizá con la mitad de la botella.

—Entonces, ¿vas a venir, Eeds? ¿Porfi, porfi, porfiii? —Junta las manos y me pone su mejor carita de pena.

—Pero sería como una cita, ¿no? Estás intentando organizarme una cita. En el cine. Qué patético. ¿Es que estamos en el colegio?

—¡En serio, creo que lo pasaríamos genial! —Me sonríe como si de verdad creyera lo que está diciendo.

—Vale, Mara. Mira, ya no salimos de fiesta como antes, ni nos juntamos con chicos malos. De hecho, ya casi ni te veo. He pasado por muchos aros para complaceros a ti y al pequeño

Cameron, por ejemplo, soportar a Steve. Pero, por favor, te lo ruego, al centro comercial no. Ni en un millón de años.

Su sonrisa se desvanece y arruga la cara de frustración.

—Pero si es superguay, majo y simpático, ¿vale? Y guapo, así que deja de juzgarlo de esa manera.

—Dios mío. —Suspiro.

—Es la verdad —insiste—. Y es perfecto para ti.

—No sé por qué seguimos hablando de esto. Ya te lo dije, no me interesa.

—¿Por qué? —pregunta ella, fingiendo sorpresa.

—Porque no pienso tener una puta cita doble contigo y con el puto Cameron, ¿vale, Mara? —Mi tono es demasiado duro, lo sé. Pero no puedo evitarlo.

—Bueno, perdona... ¡Jolín, Edy, a veces eres muy mala! Pero sabes qué, ya le prometí a Steve que vendrías. Y, además, me lo debes.

—¿Cómo que te lo debo?

—Por favor, si he dado la cara por ti más veces de las que recuerdo, ¡seguro que más de las que crees!

Me levanto con el cuenco de cereales en la mano; voy al fregadero y tiro el resto de leche por el desagüe.

—No puedo. Lo siento.

—Pues muchas gracias, Edy. Menuda amiga eres. Nunca te pido nada. —Se cruza de brazos y se echa hacia atrás en la silla, haciendo pucheros como si tuviera doce años.

Me quedo ahí de pie, intentando calcular lo seria que está, lo mucho que se enfadaría si no fuera.

—Madre mía —gimo—. Vale, iré con vosotros, pero, por favor, deja muy claro que no va a ser una cita.

Pone los ojos en blanco.

—Vale.

—Me tengo que ir.

—Espera, no te vayas —dice, levantándose como si fuera a intentar detenerme.

—No puedo, le dije a Vanessa que iba a ayudarla con una cosa. —Pero es mentira. Tiro los cereales blandos al cubo de basura que hay debajo del fregadero—. Llámame luego y dime a qué hora quedamos.

—¿Estás enfadada conmigo?

—Perdona. —Me aplaco, dándome cuenta de lo desagradable que estoy siendo—. No estoy enfadada. Es solo que tengo resaca, ya sabes, necesito un cigarrillo, me duele la cabeza.

No me molesto en vestirme, ni en cepillarme el pelo, ni siquiera los dientes. Simplemente cojo mi mochila y mi chaqueta y salgo por la puerta lo más rápido posible. La casa de Mara es el único lugar en el mundo del que nunca he tenido prisa por salir. Pero las cosas cambian todo el tiempo. A medida que me alejo de ella, la acera parece un poco inestable bajo mis pies. Atravieso dos patios traseros y tengo que esquivar a un terrier rabioso para no pasar por delante de la casa de Kevin…, la casa de Amanda.

Espero fuera de donde están todos los restaurantes, puntual (una ofrenda de paz para Mara), para demostrarle que no me importa ir al centro comercial si de verdad significa tanto para ella. Me siento en el borde de una enorme jardinera de hormigón cerca de la zona de entregas y enciendo un cigarrillo. Noto que me tiembla la mano al llevármelo a los labios. Me siento rara. Nerviosa. Esta noche me da pavor. Es demasiado sana y absurda. Me paso el cigarrillo de mano, pero esta tiembla tan frenéticamente que se me escapa entre los dedos. Tengo que ponerme de pie de un salto para que no me caiga en el regazo y me queme.

Al mismo tiempo que me estoy quitando la ceniza de la manga del abrigo, la voz de Mara me sobresalta:

—¿Estás bien?

—¡Ah! —exclamo—. Hola. Sí, se me acaba de caer… Da igual, no importa… Hola.

—Hola. —Cameron levanta la mano que no está unida a la de Mara, con las uñas pintadas de esmalte negro descascarillado—. Me alegro de que hayas podido venir —miente. La luz de la calle se refleja en una bola de metal dentro de su boca cuando habla, en los aros que rodean su labio inferior y su ceja izquierda—. Steve está aparcando.

Mientras esperamos, Mara hace una mueca con una sonrisa, como pidiéndome que me porte bien. Entonces veo a Steve andando rápido por el aparcamiento, con su chaleco de lana, la reluciente cadena de su cartera colgando del bolsillo trasero y sus zapatillas Converse demasiado limpias. Como si se hubiera vestido para una cita. Ni siquiera ha llegado y ya se está esforzando demasiado.

—¡Hola, Eden! —Me saluda con la mano mientras se acerca a nosotros, sonriendo de oreja a oreja.

—Hola. —Intento no suspirar demasiado alto.

Durante la película, Mara y Cameron se cogen de la mano. Ella apoya la cabeza en el hombro de él. Él le besa la frente y luego esboza una sonrisa torpe cuando me pilla mirando. Me vuelvo hacia Steve, que está a mi lado. Sonríe tímidamente y se concentra en la pantalla. Hay pocas cosas en este mundo que sean más patéticas que esto.

La película es en francés, con subtítulos. Supongo que Mara se olvidó de mencionar ese detalle. Después de los primeros cinco minutos, dejo de leerlos. En algún momento he cerrado los ojos. Y justo en ese espacio entre el sueño y la vigilia, oigo mi propia voz, quejumbrosa: «No, quiero ser el perro. Siempre soy el perro, Kevin».

Y es como si volviera a estar allí, pero no como yo misma. Estoy allí como otra persona, como un espectador sentado a la mesa con ellos, viendo cómo ella se desliza en la silla de enfrente. Es como si la estuviera viendo en una película, buscando señales de lo que va a ocurrir al cabo de unas pocas horas. Él extiende el brazo por encima de la mesa y coloca el perrito de metal delante de ella con una sonrisa. «Gracias», canturrea la niña. Noto que se sonroja, se ruboriza por él.

—Supongo que yo seré el sombrero —se resigna el chico.

—Puedes ser el zapato, el zapato es mejor. —Sus opciones eran bastante limitadas. Estaba claro que el perro era la primera opción de todos. Habían perdido el coche varios veranos antes, durante una desafortunada partida de Monopoly al aire libre que acabó en lluvia, así que solo les quedaban la carretilla, el dedal, el sombrero y el zapato. En la mente de la niña, el zapato era al menos un poco más importante que los demás: podía caminar. Al menos en teoría. Sombrero, dedal y carretilla le parecían demasiado arbitrarios.

—Vale. Si crees que el zapato es mejor, seré el zapato. —Sonrió a la niña al otro lado de la mesa. Colocaron sus fichas en la casilla de salida al mismo tiempo, y ella no sabía si había sido ella quien había hecho que sus dedos se rozaran o

si había sido él—. Quieres que sea la banca, ¿verdad? —le preguntó. Ella asintió con la cabeza. Y de repente sintió un retortijón en el estómago, pero en el buen sentido de la palabra. Él había recordado que ella odiaba ser la banca. Y se sintió halagada. Se le puso la cara roja como a una idiota.

Él dio dos vueltas al tablero mientras ella se quedaba atascada en las propiedades baratas: Baltic Avenue, luego Suerte, que la hizo retroceder tres espacios hasta Impuesto. De todas formas, el Monopoly nunca había sido su juego favorito.

—¿Dónde está mi hermano? —le preguntó la niña con indiferencia. Era raro que no estuviera pegado a Caelin. Era raro que la tratara como a un ser humano, que pasara tiempo con ella de esta manera, voluntariamente.

—Al teléfono. —Sacó un once y compró St. Charles Place, lo que le dio el monopolio de las propiedades rosas; edificó dos casas en Virginia.

—¿Con quién? —preguntó ella, desesperada por que siguiera hablando. Sacó un uno y un dos y acabó de nuevo en Suerte: otros quince dólares de impuesto para los pobres.

—¡Jolín! —dijo con su voz de niña buena. Era imposible que hubiera dicho «Mierda».

Entonces, él le sonrió como nunca le había sonreído nadie. Por primera vez, se sintió avergonzada de llevar puesto aquel camisón de franela tan infantil, cubierto de perritos dormidos, delante de él.

—Con su novia... ¿Con quién si no? —respondió él, cogiéndole el dinero de la mano.

—¿Te parece guapa? —le preguntó ella mientras lo veía sacar dos cuatros y comprar la Avenida de Nueva York de las calles naranjas.

—No sé, supongo que sí. ¿Por qué?

Ella se encogió de hombros. Solo había visto fotos de la novia universitaria de su hermano, pero era consciente de que la chica era muy guapa. No sabía por qué de repente le importaba si Kevin creía que era guapa o no. Quizá porque en el fondo sabía que ella misma no lo era. Porque era todo ángulos y rectas. Porque no parecía una chica que alguien como Kevin pudiera considerar guapa, y temía no serlo nunca.

Sacó un seis y un cuatro. Arca comunal: ve a la cárcel.

—¡Ay, jolín! ¿Ahora tengo que ir a la cárcel? —dijo ella, dándole la vuelta a la carta para que él la viera.

—¡Ay, jolín! —la imitó él con voz infantil.

—¡Oye! —Ella sonrió, pero solo cuando se dio cuenta de que estaba bromeando con ella. Y luego le dio una patada por debajo de la mesa.

—¡Ay! ¡Vale, vale! —Él puso casas en Illinois Avenue y Marvin Gardens mientras la niña esperaba a sacar dobles para salir de la cárcel.

Cuando le llegó el turno, agitó los dados con ambas manos y los soltó. Un seis aterrizó fuera del tablero al borde de la mesa y el otro cayó al suelo debajo de la silla de Kevin.

—Oooh, ¿qué ha salido? ¿Qué es? —preguntó ella tratando de verlo.

—Es un seis —anunció él desde debajo de la mesa. Colocó el dado en el centro del tablero, con el seis hacia arriba—. Eres libre. —Sonrió.

—¿De verdad era un seis? —le preguntó ella. Después de todo, no era ninguna tramposa.

—Lo juro por Dios —proclamó él, levantando la mano en señal de promesa.

Ella lo miró con desconfianza desde el otro lado de la mesa hasta que finalmente se decidió:

—No te creo.

—Vaya por Dios. ¿Cómo es que todavía no confías en mí? Eso me duele, Edy. De verdad. —Hablaba de una forma extraña, casi en serio, pero no del todo porque estaba sonriendo. La niña no lo entendía muy bien. Lo único que sabía es que la hacía sentir nerviosa y eufórica al mismo tiempo. Como si tal vez estuviera pasando algo más, pero no estaba segura de qué.

—De acuerdo, te creo, confío en ti —oigo que le dice la niña.

Quiero darle un bofetón a la niña. Quiero levantarme y pasar el brazo por encima de la mesa, tirando el perrito y el zapatito, las casitas de plástico y los billetes. Porque mientras la niña sonríe con dulzura, le miro a los ojos y veo lo que la niña no pudo ver entonces: que este es el momento. Llevaba tiempo pensándolo y estaba bastante seguro, se notaba, pero este era el momento en que supo no solo que iba a hacerlo, sino que ella le dejaría salirse con la suya.

—Bien. —Sonrió de nuevo—. Es tu turno.

Ella adelantó a su perro, sin pensar en nada excepto en la forma en que seguía mirándola él, como si fuera una chica y no solo una niña tonta. Fingió que tenía algo en el ojo para tener una excusa para quitarse las gafas.

—Bueno —empezó a decir, intentando sonar lo más despreocupada posible—, ¿y tú tienes novia? —Recuerdo cómo se le aceleró el corazón mientras esperaba, haciendo inventario mental de todas las chicas guapas con las que le había visto.

—Sí —respondió él, como si aquella fuera la pregunta más absurda de la historia.

—¿Ah, sí? —Se esforzó tanto por sonar despreocupada, pero hasta ella sabía que había sonado triste y patética. Volvió a tirar y trató desesperadamente de sumar los dos dados.

—Son ocho. Solo has movido siete —le dijo él con toda precisión. Ella movió a su perro hasta la casilla siguiente.

—¿Te molesta? —le preguntó él, leyéndole la mente de algún modo.

Ella levantó la vista para mirarlo. Estaba un poco borroso sin sus gafas.

—¿Si me molesta? No. ¿Por qué iba a molestarme?

—¿Y tú tienes novio?

Se le hizo un nudo en la garganta. Pensó que seguro que se estaba burlando de ella.

—¿Novio? Sí, claro —murmuró, cogiendo sus gafas. Pero de repente la niña notó la mano de él encima de la suya, durante un breve instante.

—Estás más guapa sin gafas, ¿lo sabías?

Ella, literalmente, se quedó sin aliento.

—Ah..., ¿sí? ¿De verdad? —Se colocó el largo flequillo encrespado detrás de las orejas. Pasó por la casilla de salida y recogió sus doscientos dólares. Su corazón pareció detenerse un momento demasiado largo.

—Sí, siempre lo he pensado. —Se inclinó ligeramente sobre la mesa, mirándola con intensidad—. Todavía tienes esa cicatriz —dijo, tocándose la frente en el lugar donde estaba su cicatriz, el lugar donde todavía está mi cicatriz.

Ella lo imitó, demasiado desconcertada por lo que ocurría como para articular palabra. Le entró miedo a desmayarse.

—¿Te acuerdas de aquel día? —susurró él, sonriendo a través de las palabras como si le importara, como si aquel día significara tanto para él como lo significaba para ella—. En urgencias —añadió—. ¿Tu accidente de bici?

—Ajá —balbuceó ella. Era como si supiera que nunca había dejado de pensar en ese día. Que seguramente era lo más romántico que le había pasado en la vida.

—Entonces, ¿quieres tener novio? —Entornó los ojos mirando a la niña—. Ahora ya te gustan los chicos, ¿verdad?

—Sí, me gustan, pero no… —Ella estaba confundida. Porque, ¿qué le decía en realidad? En cierto modo, parecía que le estaba preguntando si quería ser su novia, pero no. No, claro que no, se dijo en silencio. Se miró el pecho plano y pensó: «No puede ser». Además, él tenía novia, acababa de decírselo. Y encima era demasiado mayor, demasiado maduro para ella, razonó la niña. Pero seguía sin encontrarle sentido a aquella sonrisa.

El hermano de la niña salió de su habitación y miró el tablero desde la cabecera de la mesa.

—Kev, no hace falta que hagas de niñera. Puede divertirse sola. —Sonrió. La niña ni siquiera sabía que debía ofenderse. Se suponía que debía enfadarse con su hermano por decir esas cosas de ella. Pero no lo hizo. Su hermano desapareció por la puerta de la cocina y regresó al cabo de unos segundos con una bolsa de patatas fritas bajo el brazo y una cerveza en cada mano—. Vamos —le susurró su hermano a Kevin, asegurándose de que su padre no le viera robándole la cerveza.

Pero la niña quería seguir jugando a lo que fuera. Quería terminar. Porque esta, pensaba, podría ser la noche más importante de su vida.

—Edy. —Caelin le llamó la atención a la niña. Luego la señaló con un dedo que se puso sobre los labios, el signo universal del silencio—. ¿Entendido?

Ella asintió, pensando que eran tan guais, sintiéndose tan especial por formar parte de sus diabluras.

Kevin arrastró su silla hacia atrás y se levantó.

—Buena partida, Eeds.

Entonces, los chicos se fueron con su cerveza robada y sus patatas fritas. La niña intentó respirar con normalidad y volvió a colocarse las gafas sobre la nariz. Recogió el dinero de colores y las casitas de plástico, el perro y el zapato. Dobló el tablero dentro de la caja que se caía a pedazos y la volvió a colocar en el estante de juegos del armario del pasillo, donde debía estar. Pero algo seguía sin encajar.

Entró de puntillas en el salón, les dio las buenas noches a sus padres y se acostó a las once. Lo sabía porque, al cerrar la puerta de su habitación, oyó en el telediario: «Son las once, ¿sabe dónde están sus hijos?». Se arropó bien y apartó todos sus peluches contra la pared: los peluches eran para los niños y, Dios, qué harta estaba la niña de ser una niña, aquella niña estúpida, tan estúpida.

Mientras la niña cerraba los ojos, pensaba en él. Pensando que tal vez él también pensaba en ella. Pero él no pensaba en ella de esa manera. La estaba sosteniendo en la palma de su mano, envolviéndola entre sus dedos, poco a poco, retorciendo, moldeando y manipulando su cerebro. Intento susurrar al oído de la niña: «Edy, levántate. Cierra la puerta. Eso es lo único que tienes que hacer. Cierra la puerta, Edy, por favor». Grito, pero la niña no me oye. Es demasiado tarde.

Abro los ojos. Respiro con dificultad. Tengo la frente cubierta de sudor. Mis manos se agarran con fuerza a los bordes de los reposabrazos. Miro rápidamente a mi alrededor. Mara me toca y susurra:

—¿Qué haces? ¿Estás bien?

Estoy bien. Estoy a salvo. Ha sido un sueño. Un simple sueño. Y ahora estoy despierta.

Confirmo con la cabeza y digo:

—Sí. Estoy bien.

A segunda hora, Mara y yo estamos en la misma sala de estudio. Es la única manera de pasar tiempo con ella. Por supuesto, Cameron y Steve vienen con el paquete, una prestación de la que podría prescindir con gusto.

Mara, Cameron, Steve y yo nos sentamos a una mesa. Y, por desgracia, Amanda se sienta en la mesa de al lado y me mira mal cada vez que la miro. El primer día la saludé e intenté sonreírle, intenté decirle en silencio que no me importaba que sus mentiras me hubieran convertido en la zorra del instituto. No pasa nada. Me parece bien. De hecho, le debo una. Después de todo, ella me ha hecho ser alguien, alguien interesante e imprudente, alguien que no se preocupa tanto por nada. Pero sus ojos oscuros me atraviesan, inmutables.

Incluso entrena a sus compañeras de mesa para que también me miren fijamente. A una de ellas la conozco; es Sarcástica, la que añadió «guarra y asquerosa» a mi epíteto en la pared del baño. Trato de tranquilizarme, de no hacer caso, de que no me moleste. Muchas chicas del instituto me odian, piensan que soy una basura, temen por sus novios. No estoy ciega, tampoco sorda. Veo cómo me miran, como si fuera peligrosa, cómo hablan de mí, sus sonrisas detrás de las manos ahuecadas y los susurros. Estoy acostumbrada. Las otras chicas no me importan. Pero Amanda es diferente. Porque, ¿qué derecho tiene? Debería ser yo quien la odiara. Si me importara lo suficiente, claro. Que no me importa.

Mara se pone los dedos sobre sus labios y los besa, y luego coloca la mano delante de su boca, con la palma hacia arriba, y sopla. El beso atraviesa la sala. Cameron deja de afilar el lápiz, atrapa el beso con el puño y se lleva la mano a la boca.

—Entonces, ¿de verdad no habéis..., ya sabes..., todavía? —le susurro a Mara.

—Todavía no, pero será pronto, creo —dice con calma, mirando soñadoramente a Cameron, que sigue afilando los lápices de dibujo de Mara como si nada en el mundo pudiera hacerle más feliz. Ha estado tan ocupada con Cameron y soñando con su futuro que ni siquiera me ha preguntado por mi cumpleaños. Se supone que todos los años salimos a cenar, las dos solas. Es una tradición. He decidido que este año iremos al Cheesecake Factory, pero ella aún no lo sabe porque no he tenido oportunidad de decírselo, sobre todo porque no me ha preguntado.

—Mara, recuerda que mañana...

—Silencio. —El señor Mosner, el profesor de la sala de estudio, se lleva un dedo a los labios—. Señoritas, por favor... Esto se llama sala de estudio por una razón: es para estudiar, no para hablar.

—¿Qué decías? —me susurra Mara.

—Nada.

Esa noche espero mi llamada anual de felicitación a medianoche de Mara. Espero y espero y espero. A lo mejor se ha quedado dormida. O quizá nos estamos haciendo demasiado mayores para las llamadas de felicitación a medianoche.

A la mañana siguiente, cuando llego a mi taquilla, no hay adornos de cumpleaños. No pasa nada, a lo mejor también nos estamos haciendo mayores para los adornos de cumpleaños en las taquillas. Pero cuando la veo en matemáticas, y en el almuerzo, y en la sala de estudio, y cuatro veces entre clase y clase, en ningún momento me dice nada que indique que sabe que es mi cumpleaños. Y cuando me deja en casa después del instituto, no me pregunta dónde vamos a cenar, no me dice cuándo pasará a recogerme.

—¿Edy? Creía que ibas a salir con Mara —dice Vanessa cuando entra en casa y me encuentra tumbada en el sofá. Deja el bolso, las llaves y el correo que llevaba bajo el brazo y luego me mira, casi con demasiada inquietud—. Últimamente no hemos visto mucho a Mara por aquí. No os habréis peleado, ¿verdad? —pregunta en ese tono pseudoinformal y demasiado alto que me hace saber que se esfuerza por parecer una madre preocupada.

—No, es que tiene un novio con el que pasa todo el tiempo.

—Entonces, ¿vas a salir a cenar? Porque puedo preparar algo, no me importa.

—No, sí, está bien. Quiero decir, sí vamos a salir.

—Bueno, vale. ¿Y adónde vais? —pregunta mientras revisa los sobres y los separa en montones: basura y facturas.

—Al Cheesecake Factory —miento—. Tengo cupones. —Lo que es técnicamente cierto, aunque en realidad no vaya a usarlos.

—Bien. —Basura. Facturas. Basura. Basura. Facturas—. Parece que tienes una felicitación de los abuelos, y otra de tu tía Courtney de Phoenix. —Me da un sobre rojo y otro morado. Siempre dice lo mismo: la tía Courtney de Phoenix, el tío Henry de Michigan, la prima Kim de Pittsburgh… Como si tuviera más de una tía Courtney, un tío Henry y una prima Kim. Primero abro el morado. De mis abuelos. En el anverso, un osito de peluche le entrega un globo a otro osito; en el interior: «Espero que tu cumpleaños sea muy especial». La tarjeta debía de ser para una niña de cinco años, pero también contiene un cheque de diecisiete dólares, y en la línea del concepto, en la cursiva temblorosa de mi abuela, pone: «Feliz 17 cumpleaños,

Eden». El año pasado fue un cheque de dieciséis dólares, el año que viene será de dieciocho. La tía Courtney me envía un billete de veinte, que gustosamente me meto en el bolsillo.

Me levanto del sofá, me voy a mi habitación, me cambio de ropa y me preparo para la gran celebración de mi cumpleaños. No tengo ni idea de adónde se supone que voy a ir durante las próximas dos o tres horas.

—Diviértete —me dice Conner desde la cocina cuando salgo.

—Edy, espera, por si acaso estamos en la cama cuando vuelvas a casa, feliz cumpleaños otra vez. —Vanessa procede a darme un incómodo abrazo en el umbral de la puerta—. Te queremos —añade en el último momento.

Por lo menos lo intentan, tengo que reconocerlo.

Pero yo ya no puedo. Es demasiado duro.

Resulta que la biblioteca pública es el escondite perfecto, incluso mejor que la biblioteca del instituto. Puedes sentirte como una pringada patética y desesperada en soledad, sin que te juzguen.

Tengo el teléfono a mano. Justo delante de mí, esperando su llamada. Incluso puedo oír el tono en mi cabeza, anticipando el momento en que se dé cuenta de lo tonta que ha sido al olvidarse del cumpleaños de su mejor amiga.

Hojeo las páginas de una de mis libretas de clase: todas empiezan igual, con la fecha y nada más. Supongo que al principio del curso intenté tomar apuntes, pero ahora solo escribo «¿Funciona este boli?» en los márgenes. Con cada página que paso noto que me tiemblan más las manos. Las sacudo. Estiro los dedos al máximo delante de mí. Luego los cierro en un puño. Lo hago una y otra vez. Froto las palmas contra los muslos, intentando activar la circulación, o lo que sea el problema. Pero solo logro que vaya a peor. Empiezo a ponerme nerviosa, lo que hace que tiemblen con más fuerza. Cierro la libreta de golpe y apoyo las manos en la tapa. No paran.

Respiro con dificultad mientras recojo el teléfono y el resto de mis cosas y me dirijo a la recepción para usar un ordenador. Aunque sea una excusa muy poco convincente, me haría sentir mucho mejor en este momento. Compruebo mi bandeja de entrada: no hay nada de Mara, pero sí un mensaje de Caelin. El asunto dice: «Feliz cumpleaños». Hago doble clic:

Querida Edy:

Feliz cumpleaños.

Cae

Bueno, conciso. Pero al menos se ha acordado.

RE: Feliz cumpleaños

Querido Cae:

Gracias. ¿Vendrás a casa por Acción de Gracias la semana que viene?

Edy

Responde enseguida:

Sí, allí estaré. El próximo fin de semana podemos pasar un rato tú y yo solos, ¿qué te parece?

No respondo. Recojo mis cosas. Tengo que irme. Necesito ir a algún sitio. A cualquier sitio. Volver a casa, si es necesario.

Camino. Y camino. El aire frío de noviembre me lame la piel con su lengua helada. Camino y camino, sin saber adónde voy, hasta que me doy cuenta de que estoy allí, de pie en la acera, frente a una casa que solía conocer muy bien. Me acerco. Alargo el brazo y toco con el índice la bandera roja del buzón, dejo que mi mano recorra las letras adhesivas en relieve a lo largo del lateral de metal negro: «M-I-L-L-E-R».

Retiro la mano con rapidez. ¿Qué pensaría alguien si me viera? El televisor del salón proyecta un tenue resplandor azulado en las paredes. También hay una luz encendida en la habitación de sus padres. Su habitación, por supuesto, está a oscuras. Porque no está allí. Está en la universidad.

De repente, entre las sombras, veo su gata: su cuerpo rápido y suave sale de detrás de los escalones. Camina hacia mí sigilosamente, en línea recta por el camino de entrada, ligera de pies como un fantasma. Me quedo paralizada, porque me entran unas ganas tremendas de cogerla en brazos y llevármela a casa.

De hecho, me lo planteo.

—¡Contrólate, Edy! —susurro para mí.

Meto las manos en los bolsillos del abrigo y obligo a mis pies a que avancen por la acera. Me doy la vuelta. Me está siguiendo.

—¡Vete! —le grito—. ¡Vuelve a casa! —Le hago señas, pero sigue caminando hacia mí.

Prácticamente echo a correr, con el corazón latiéndome a toda velocidad.

—¡Ni te imaginas lo que hice anoche! —dice Mara mientras subo al lado del pasajero y me abrocho el cinturón. Ahora que la tengo delante, estoy más enfadada de lo que pensaba. Ella está que se sale de felicidad, así que sé que lo que hiciera anoche tuvo que ver con Cameron. Retrocede desde mi entrada y cambia de marcha—. Pues resulta que… lo hicimos. —Me mira, muy emocionada.

—Qué bien. —Ella se acostó con su novio y yo casi secuestro a un gato—. Muy bien —repito.

—¿Qué? Pensaba que te alegrarías por mí. ¿No estás emocionada?

—Enhorabuena. —Doy dos palmadas lentamente. Su sonrisa se desvanece mientras frena ante la señal de *stop*.

—¿Qué es lo que te pasa?

—Me pasa que anoche me dejaste tirada.

—¿De qué estás hablando?

—Piensa, Mara. ¿Qué día fue ayer?

—No sé, ¿jueves?

—Mira, déjalo, en realidad no importa.

—Está bien —dice ella. Pisa el acelerador y salimos a la carretera principal.

No decimos nada en todo el trayecto hasta el instituto. El ambiente del coche está cargado de toda clase de palabras amargas no pronunciadas y de todas las cosas que hemos estado callando durante demasiado tiempo. La presión es suficiente para romper el parabrisas. Cuando por fin llegamos al aparcamiento de estudiantes, me suelto el cinturón de seguridad y justo cuando estoy a punto de abrir la puerta, la válvula que evitará que explotemos aquí dentro…

—Espera, Edy —dice Mara. Me detengo—. No iba a decirte esto, pero…, bueno, ahora sí. —Respira hondo y suelta el aire—. Últimamente es muy difícil estar contigo. Es muy muy difícil estar cerca de ti. Parece que desde que empecé a salir con Cameron te has vuelto… —Hace una pausa, buscando una palabra diplomática.

—¿Qué, una perra? —Me río al decirlo, muy perra.

—Sí —asiente despacio.

—Bueno, desde que sales con Cameron, has sido una amiga de mierda. Y también ha sido muy difícil estar cerca de ti, ¡porque eres una egocéntrica que pasa de todo lo demás! Y nadie te obliga a estar conmigo, Mara, así que, si tienes cosas mejores que hacer, por favor, no dejes que me interponga en tu camino… —Me callo porque tengo que recuperar el aliento.

—Vaya. ¿De verdad estás tan celosa? —me acusa.

—¿Celosa? Eso es de risa.

—Es que no soportas verme feliz, ¿verdad? —pregunta, como si tuviera que responder a una pregunta tan hiriente—. Bueno, pues no voy a seguir siendo una desgraciada solo porque tú lo seas, y si fueras mi amiga de verdad, no querrías que lo fuera; ¡te alegrarías por mí!

—No soy una desgraciada. Y tampoco quiero que lo seas tú. ¡Dios, no puedo creer que me digas eso!

—Sí que lo eres, y siempre necesitas arrastrar a todo el mundo contigo. Pero no pienso aguantarlo más, me he hartado ya, ¿entiendes? Sigue adelante y sé infeliz si quieres, pero déjame fuera de esto a partir de ahora, ¿de acuerdo? Estoy enamorada de Cameron y por fin soy feliz, y tú actúas como si eso fuera algo malo, ¡como si pensaras que soy idiota o algo así!

—Ya, bueno, a lo mejor es que lo eres. ¡Puede que sea patético dejar que un tío controle tu vida totalmente! —grito, con la sangre hirviendo por cada célula de mi cuerpo.

—¡Y puede que tú seas la patética! Prefiero tener a alguien en mi vida que se preocupe por mí de verdad, a que... —Pero se detiene antes de decir lo que realmente quiere decir, lo que lleva mucho tiempo queriendo decirme.

—¡Venga, termina ya, Mara, que te queda poco!

—Afróntalo —dice con dureza—, lo único que tienes que hacer tú para olvidarte de un chico es darte una ducha, ¡eso es lo patético!

Salgo de allí antes de que mi cerebro lo procese, dando un portazo tan fuerte que siento que algo se me desgarra en el hombro.

No hablamos ni nos miramos durante el resto del día. Y el sábado no pasa nada. Me llama el domingo. Dejo que salte el buzón de voz, pero lo escucho inmediatamente:

Hola, soy yo. Mira, siento mucho haber olvidado tu cumpleaños. Es posible que haya sido una amiga de mierda. Siento lo que te dije. Quiero decir, siento la forma en que lo dije. Pero hablaba en serio, Edy. Y creo que deberíamos hablarlo. Así que llámame cuando oigas esto. Bueno, adiós.

El lunes voy andando al colegio y llego demasiado pronto. Aprovecho el tiempo para vaciar mi taquilla. Oigo unos pasos ligeros y sé que es Mara sin necesidad de mirar. Hago como si no la oyera, aunque somos las dos únicas personas en todo el pasillo.

—Hola —me dice, poniéndose a mi lado—. He pasado por tu casa. Tu madre me dijo que te habías ido pronto.

No respondo. Sigo rebuscando entre los papeles que se han apiñado al fondo de mi taquilla.

—¿Qué, ahora no me hablas? —pregunta con voz cortante.

Finalmente me vuelvo para mirarla.

—Pensaba que tendría noticias tuyas el fin de semana —continúa—. ¿No recibiste mi mensaje?

—Sí, lo recibí —contesto al cabo de un momento.

—Vale, ¿entonces no ibas a devolverme la llamada?

—Bueno, no fue exactamente la disculpa que esperaba, Mara.

—¿No crees que tú también me debes una disculpa?

Nos quedamos de pie una frente a otra, cruzadas de brazos, esperando a que la otra lo diga primero.

—Vale. Siento mucho lo que dije —confieso—. No creo que seas patética por estar con Cameron. Y quiero que seas feliz, lo prometo. Pero es que me hiciste daño.

—Lo sé, Edy. Me siento muy culpable por lo que te dije, de verdad, no quise decirlo así. Simplemente estoy preocupada por ti, eso es todo. Y soy la mayor idiota de todo el universo por olvidar tu cumpleaños. Todavía no puedo creer que lo haya hecho.

—No pasa nada, de verdad. Fui una exagerada.

—No. Fue una mierda por mi parte. Es imperdonable.

—No es imperdonable —le digo—. Se nos permite una pelea en siete años, ¿no? ¿Qué tal si yo te perdono si tú me perdonas?

—Trato hecho. —Sonríe.

—Entonces... —Sabía que se moría por contármelo—. ¿Cómo fue?

Respira hondo y suspira, apoyándose en las taquillas, mirando al techo con expresión soñadora.

—Increíble. Fue genial, Edy, de verdad. Nunca pensé que sentiría algo así por alguien. Espera, no puedo hablar de esto aquí. Vámonos antes de que alguien nos vea; iremos a desayunar y volveremos luego. Yo invito, ¿vale?

Cierro mi taquilla de golpe.

—Oye, me has convencido con lo de irnos —digo riendo. Corremos hacia la salida más cercana.

Caelin vuelve a casa por Acción de Gracias como estaba previsto. Intenta actuar como si las cosas estuvieran bien entre nosotros, pero ambos sabemos que no es así. El viernes, después de cenar, viene a mi habitación y llama a la puerta. Asoma la cabeza y dice:

—Bueno, Edy, ¿y lo de mañana? Tú y yo. ¿Sigue en pie?

—Supongo. —Me encojo de hombros.

—Genial. —Sonríe y se queda ahí mirándome, incómodo—. Bueno, voy a salir, así que… —Levanta la mano para despedirse y empieza a marcharse.

—Yo también me voy —le digo, como si fuera una competición.

Reaparece en la puerta.

—¿En serio?

—Sí, ¿y?

—Nada —responde, pero me lanza una mirada solemne—. Pero ya sabes, ten cuidado, por favor, ¿vale, Edy?

Pongo los ojos en blanco y sigo sacando ropa del armario.

Hay un zumbido, una vibración en el aire, mientras Mara, Cameron, Steve y yo vamos en coche a esa fiesta en la residencia de un amigo de un amigo de un compañero de piso de un amigo que conoce al primo de Steve. Que es casi como si nos hubieran invitado. Y eso mola bastante, porque todo el mundo ha estado atrapado en pequeños espacios confinados con sus familias durante más de dos días y están al borde de la combustión espontánea. O puede que solo sea yo. Echamos a suertes quién será nuestro conductor designado. Cameron fue el perdedor, por lo que debe mantenerse sobrio.

—No me importa, solo quiero estar con Mara —anuncia—. No tengo que emborracharme para pasarlo bien.

Steve me abre la maldita puerta del coche. No le hago ni caso.

—Pues muy bien, Cameron. Yo, sin embargo, sí tengo que emborracharme para pasármelo bien, así que ¿podemos entrar ya? —Empiezo a caminar hacia delante, hacia la música. Steve se ríe. «No era una broma», estoy a punto de decirle. De hecho, no podría hablar más en serio. No solo necesito estar borracha para pasármelo bien, sino que necesito estarlo incluso para ser consciente en este momento, sabiendo que todavía tengo todo el fin de semana por delante antes de que Caelin se vaya, y Kevin con él. Siento que necesito inyectarme heroína o algo así. Si supiera dónde conseguirla, lo haría.

Mara me alcanza.

—Vale. Entonces, ¿estás interesada o no?

—¿En él? —Señalo a Steve con la cabeza—. No, claro que no.

—Jolín, Edy, ¿por qué no? —pregunta, enlazando su brazo con el mío y juntando nuestros codos.

—Porque es muy… —Miro hacia atrás y él me saluda con el brazo—. Es muy…

—¿Qué, muy majo? ¿Es demasiado bueno para ti, demasiado listo, demasiado adorable, mono y dulce?

Le doy una patada a un trozo de pavimento suelto en el camino ante nosotras.

—Pero no esperes que me acueste con él, ¿vale?

—¡No lo espero! —grita ella, adelantándose unos pasos para darle una patada a la piedra antes de que pueda hacerlo yo, luego me tira del brazo hacia delante y hace que tropiece.

—¡Ya, pues él sí! —Doy un paso largo y una última patada a la piedra, lanzándola contra una hilera de setos que bordean la acera y poniendo fin a nuestra pequeña distracción.

—Él no... —Se calla, acercándose más a mí, y luego susurra—: No espera que te acuestes con él.

—Espera algo, eso está claro.

Vuelvo a mirarlos a Cameron y a él; se están riendo, dándose empujones detrás de nosotras.

—No tienes remedio, de verdad —se ríe—. Es un chico majo y agradable que está interesado en ti. ¿No puedes intentarlo al menos?

Cuatro vasos y medio de plástico rojo después, estoy de pie en un pasillo abarrotado, rebosante de alcohol y lleno de sonidos graves, mientras Steve me hace preguntas absurdas sobre mí misma.

—¿Ya has decidido a qué universidad irás el año que viene?

 —me grita por encima de todo el ruido.

No voy a ir a la universidad el año que viene, pero no merece la pena decirlo. Así que bebo otro sorbo y dejo que Steve siga hablando.

—¿Has pensado en ir a la de aquí? —me pregunta—. Sé que es pública y todo eso, pero está cerca de casa, y eso es bueno, ¿no?

—Ajá. —Bebo otro trago, que me quema al tragarlo. Caelin podría haber estudiado aquí, quedarse en casa. Pero era demasiado bueno para la universidad pública. Podría haber tenido educación gratis, con una beca completa y todo. Yo nunca tendré nada parecido, nunca sabré lo que se siente, pero eso no era suficiente para él. Tenía que irse. Dejarme aquí para que me pudriera. Dejarme sola con Vanessa y Conner. Imbécil.

—No me decido entre... —empieza a decir Steve. Pero no tengo ni idea de cómo sigue porque dos tíos están corriendo sin camiseta por los pasillos gritando a pleno pulmón, aunque él ni siquiera parece darse cuenta—. Así que... básicamente...

—Capto fragmentos—. Tienen un programa de artes liberales increíble, pero es muy caro, así que no sé. No es que mis notas sean tan maravillosas como para conseguir una beca.

Afirmo con la cabeza, como si estuviera escuchando.

—Entonces, ¿te gusta la fotografía? —grita.

—¿Eh?

—He dicho que si te gusta la fotografía —repite aún más alto. La primera vez sí que le había oído, pero no sabía a cuento de qué venía. Quizá formaba parte de lo que me había perdido antes. Recuerdo que hizo las fotos para el anuario de primero.

—Eh, sí. Claro.

—Deberías pasar por mi casa este fin de semana. Te enseñaré mi cuarto oscuro.

Me río. Eso es nuevo. Se lleva al menos un par de puntos por creatividad.

—¿Qué tiene de gracioso? —pregunta con una sonrisa confusa en los labios.

—Nada, es que… Tu cuarto oscuro… ¿qué se supone que significa?

—Mi cuarto oscuro. Convertí el armario de mi habitación en un cuarto oscuro. Ya sabes, para revelar fotos.

—Ah, un cuarto oscuro. —Literalmente.

—Claro.

—Claro.

—¿Y bien? —pregunta.

—¿Y bien? —repito—. ¿Qué?

—Si quieres.

—¿Si quiero qué?

—Venir.

—Ah.

—¿No?

—No, he dicho «ah» —respondo, más alto.

—Ah. Entonces, ¿es que sí?

—Hum…

—¿Qué?

—Vale.

—¿A qué hora? —pregunta.

—No sé, cuando quieras, supongo. Trabajo por la mañana, así que… No sé, ¿quizá por la tarde?

Y por eso la gente no tiene conversaciones en fiestas como estas. Apuro lo que queda en mi vaso. Estúpidas conversaciones.

—Oye, Steve… —Sonrío dulcemente, manipulando su tierno corazoncito—. ¿Te importaría traerme otra cerveza? La voy a necesitar.

—¡Sí! Sí, claro. Sí, ahora vuelvo. —Y desaparece alegremente con mi vaso rojo de plástico entre el mar de caras.

—Oye, parece que necesitas un trago —dice un tío que acaba de llegar y está apoyado en la pared a mi lado, con una botella de cerveza marrón en cada mano.

No es demasiado atractivo. Pero tampoco es demasiado nada. Y eso es justo lo que estoy buscando.

—Tal vez —respondo.

—No vives aquí, ¿verdad? —me pregunta mientras me da la botella.

—No. —La cojo. Sin embargo, está abierta. Espero estar lo bastante sobria para acordarme de no beber de ella. Aunque no tendría que drogarme para que me fuera con él; estoy lista para irme ahora mismo.

—Eso pensaba, recordaría haberte visto. —Sonríe mientras va mirando hacia abajo. Sin la menor duda, estoy lo bastante sobria para saber de qué va todo esto—. ¿Dónde vives? —grita, levantando la vista de mala gana.

—Fuera del campus. —Cosa que no es mentira.

—Eh, casi no puedo oírte. ¿Quieres ir al final del pasillo…? Hay una habitación…

Le doy un buen sorbo a la cerveza que acaba de ponerme en la mano.

Lo siguiente que sé es que le estoy siguiendo por el pasillo, agarrada a su mano con la mía flácida como un pescado muerto. Me lleva a una de esas salas comunes que se ven en la tele, con habitaciones separadas a los lados. Hay toda clase de gente por todas partes, riendo, gritando, besándose en sofás, sillas y mesitas. Entramos en una habitación que tiene un cartel en la puerta: «RESERVADO PARA RACHAEL – A TODOS LOS DEMÁS SE LOS LLEVARÁ LA GRÚA». Hay una lámpara de lava que proyecta espeluznantes sombras submarinas moradas y azules sobre todo. Rachael podría regresar en cualquier momento. Me quita la botella de la mano y deja las dos cervezas sobre la mesa del ordenador de Rachael. Se acerca y me pasa un par de dedos por el brazo:

—¿Qué estás estudiando?

—No tenemos que hablar —le digo, quitándome los zapatos.

—Muy bien. —Su aliento huele a cerveza.

No perdemos el tiempo con fingimientos. Me arranca un botón mientras me quita torpemente la camisa. A esta velocidad, Steve ni siquiera sabrá que me he ido. En solo cuatro pasos, estamos cayendo sobre la pequeña cama de Rachael. Se desabrocha el cinturón, se abre el botón y se baja la cremallera de los pantalones.

—Dios, estás buenísima —murmura en mi boca mientras intenta besarme, quitarme los pantalones y meterme las manos en el sujetador. Me llevo la mano al bolsillo trasero para sacar el condón que cogí por si acaso Steve no resultaba ser un chico majo y aburrido. Se quita la camiseta. Noto su cuerpo blando y fofo contra el mío. No importa. Eso no me importa. Solo me importa este momento, olvidar, dejarme atrás.

Justo cuando me baja los pantalones por el culo, se abre la puerta. Miro hacia el umbral. Dos cuerpos: Rachael, supongo, y el chico cuya mano está pegada a la suya.

—Pero tío, ¿qué cojones? —grita el que está encima de mí a las dos figuras oscuras.

—¡Esta es mi habitación, gilipollas! —Una Rachael muy pequeñita entra y acciona el interruptor de la luz; me tapo los ojos con una mano y el cuerpo con la otra.

—¿Qué coño? —oigo decir muy despacio a una voz extrañamente familiar.

Separo los dedos y me asomo. No. No, no, no.

—¡Eden, levántate! ¡Eh! ¡Levántate ahora mismo, puto gilipollas, que es mi hermana! —le grita al tío.

—¡Fuera de mi cama, esto es asqueroso! —nos grita Rachael, con sus vaqueros pitillo y su corte de pelo falsamente punk, a punto de llorar. En la calle, podría pasar por ser guay, o al menos interesante. Lástima que aquí sus pósteres de revistas para adolescentes con famosos macizos sin camiseta la delatan. Es todavía más farsante que yo. Me echo a reír. Me gustaría preguntarle si el pendiente que lleva en la nariz es magnético, pero en este momento no recuerdo cómo usar la

voz. El tío me mira desde arriba como si estuviera loca.

—¡Te voy a partir la puta cara —Caelin se abalanza sobre la cama— como no te apartes de mi hermana ahora mismo!

—Tío, cálmate de una puta vez —dice el fulano que tengo encima mientras intenta subirse la cremallera de los pantalones para poder quitarse de encima.

—¡Todo el mundo tiene que largarse de aquí ahora mismo! —grita Rachael, con las manos en las caderas y un aspecto nada amenazador, solo cómico.

Por fin, el tío se pone de pie y yo trato de abrocharme y subirme la cremallera de los vaqueros.

—Caelinnn, ¿qué estásss haciendooo...? —«Aquí», iba a decir. Me sorprende lo mucho que arrastro las palabras, lo lento que hablo, lo mareada que me siento de repente, y me apoyo en el escritorio.

—¿Qué estás haciendo tú? —me grita en la cara. Apenas puedo mantenerme en pie sin caerme, estoy más borracha de lo que pensaba—. Y tú —dice, empujando al chico contra la pared de Rachael, tirando una pila de libros al suelo—. ¡Tiene dieciséis años, pervertido! ¿Qué demonios crees que estás haciendo?

—¡Basta! —chilla Rachael—. Estás destrozando mi habitación.

—Tranquilo, tío, no lo sabía, ¿vale? No quiero problemas, de verdad. —Levanta las manos en plan: «No dispares, soy inocente». Parece realmente asustado de mi hermano.

—No tengo dieci... —intento intervenir, pero Caelin me mira a los ojos con una expresión de asco y odio que me deja helada. Me quedo de piedra. Porque mi hermano acaba de pillarme a punto de acostarme con un tío en una habitación en la que se suponía que debía acostarse él con la chica de la habitación, y ahora estoy aquí de pie con mi sujetador negro de encaje, y resulta evidente que incluso a él, mi propio hermano, le cuesta no mirarme los pechos.

—¡Por el amor de Dios, Edy! ¿Puedes ponerte algo de ropa? —Baja la mirada y se aparta del tío.

—Yo me piro —dice el otro, remetiéndose la camisa mientras sale a trompicones, de vuelta al escándalo de fuera.

—¿De verdad te ibas a acostar con ese tío, Eden? ¿Lo conoces al menos?

Termino de abrocharme la camisa, recojo el condón sin abrir de la cama y me lo vuelvo a meter en el bolsillo.

—¿Y tú la conoces a ella? —pregunto, señalando a Rachael, que está inspeccionando sus cosas para asegurarse de que no hemos robado ni estropeado nada.

—¿Sabéis qué? Quiero que os larguéis de aquí ahora mismo —dice Rachael, poniendo las dos botellas de cerveza en las manos de mi hermano.

—Siento mucho todo esto —dice Caelin, llevándola a un lado.

Rachael se cruza de brazos y pone los ojos en blanco.

—Vete ya —le ordena.

—Sí —susurra—, lo siento.

Salimos en fila de la habitación y entramos en la zona común sin mediar palabra, sin contacto visual.

—No me lo puedo creer —dice en voz baja mientras deja las botellas de cerveza sobre un montón de papeles en la mesa junto a la puerta. Cuando salimos al pasillo, grita—: ¿Qué coño haces aquí, Edy? —En parte grita por la música, pero sobre todo porque está enfadado, muy enfadado, más enfadado de lo que le he visto en mucho tiempo.

—Según parece, lo mismo que estabas haciendo tú, Caelin.

—No hagas eso. No lo hagas, joder. No te pongas listilla.

—¡No lo hago, joder! —le grito en la cara, sin saber aún si me apetece ser borde o graciosa. Noto que esbozo una sonrisa—. ¿O es que estás enfadado porque he jodido tus putos planes? Quiero decir, porque he jodido tus planes de joder. —Pero eso no es lo que quería decir—. Sabes lo que quiero decir. Te querías follar a esa chica. —Me río porque ahora mismo la palabra «follar» me parece la palabra más graciosa del mundo.

—Estás borracha, Edy. Estás muy borracha y ese tío estaba intentando aprovecharse de ti. Tienes suerte de que entrara cuando lo hice —dice muy serio, como si aprovecharse de una fuera lo peor que te pudiera pasar, como si no fuera algo que les pasa a las chicas a diario.

—¿Aprovecharse de mí? —Me río como una loca—. ¿De mí? —Me parto—. ¿Estás borracho, Caelin? —Quiero darle en el hombro, pero me caigo encima de él—. Es más bien al revés, si quieres saberlo. ¿No lo entiendes? No soy tu dulce, estúpida e inocente hermanita. No soy…

—Vale, vale, para. —Levanta la mano como si pudiera hacerme callar con nada más que un pequeño gesto. Mira a su alrededor como si estuviera avergonzado.

—No. ¿Qué te crees? ¿Crees que no bebo, fumo y follo…?

—¡Por el amor de Dios, Eden!

—Oh, perdón… Practicar el sexo, o hacer el amor… ¿Cómo lo llamas tú?

—Deja de hablar ya.

—¿Crees que no me he acostado con cientos de tíos, Caelin?

—¡Cállate!

—Vale, puede que cientos no. Pero unos cien sí, claro. —El número exacto habría sido dieciséis si no nos hubieran interrumpido, pero seguro que si incluyera a todos con los que he tonteado y no me he acostado, probablemente se acercaría. Y cien suena mucho más espantoso que quince. A veces es suficiente con tontear. Aunque últimamente no. Últimamente, nada parece suficiente.

—¡Cállate, Edy, lo digo en serio! —masculla entre dientes.

—Edy —oigo a mi espalda. Me doy la vuelta rápidamente, pierdo el equilibrio. Caelin me sujeta del brazo. Me lo quito de encima—. Te estábamos buscando. —Es Mara, con Cameron y Steve detrás—. ¿Qué pasa? —pregunta, mirando primero a Caelin y luego a mí.

—¿Que qué pasa, Mara? —exclama Caelin—. ¡Ninguno de vosotros debería estar aquí! —Luego mira fijamente a Cameron y a Steve—. ¿Y quién puñetas sois vosotros?

Decido hacer las presentaciones:

—Caelin, este es Cameron, el novio de Mara, y es tan chupiguay que no necesita emborracharse para pasarlo bien. Te gustará, es el conductor designado. Y este —le paso el brazo por el hombro a Steve— es Steve. Pero no tienes que preocuparte por Steve. No dejes que su aspecto te engañe: puede parecer un tipo normal, pero en el fondo es un pánfilo, ¿verdad, Steve?

Giro la cabeza para mirarle, pero mis pies me siguen y mi cuerpo se balancea contra el suyo. Me agarro con más fuerza a su hombro, intentando mantener el equilibrio, y él tira de mí para enderezarme.

—¿Lo ves? —Me río—. Lo que digo es que Steve es un buen chico, Caelin, un chico majo y decente, pero… —Hago una pausa para recuperar el aliento—. Pero me invitó a su cuarto oscuro y he venido aquí con él. Sí, Caelin. Vine aquí con él. —Noto que Steve se separa de mi brazo, pero no quito los ojos de la cara de Caelin; quiero memorizar cada detalle de su reacción.

—Edy, por favor, te lo ruego, ¡cállate de una puta vez! —grita. Lo grabo, me esfuerzo por grabarlo todo en mi cerebro: sus mejillas rosadas, la vena de su sien palpitante, su voz quebrada, sus manos temblorosas, la forma en que está perdiendo el control.

—Bueno, vale, ya está bien… —Mara empieza a defenderme.

—¡No, si no pasa nada! —grito más fuerte de lo que pretendía—. Es solo que a Caelin le está costando asimilar el hecho de que su hermana es un pedazo de puta. ¿Verdad, Cae? Es eso, ¿verdad? ¿O hay algo más que te preocupe?

Me mira, durante un momento, me mira de verdad, y parece muy enfadado, tan enfadado como para pegarme, quizá. Casi desearía que lo hiciera, porque me sentiría mejor que si pasara de mí como siempre, mejor que si me hiciera sentir que soy una mota de polvo intrascendente que empaña su vida inmaculada. Pero el momento pasa tan rápido como llegó: ya no me ve.

—Mira, está demasiado borracha —dice, dirigiéndose a los otros tres—. ¿Podéis llevarla a casa o no? —pregunta, fingiendo que no existo, un juego que se le da incluso mejor que el baloncesto.

—Sí, tío. Claro. Nosotros la llevamos, te lo prometo —responde Cameron asintiendo con la cabeza, serio y responsable.

Me dan ganas de gritar que se vayan a la mierda todos los que están a mi alcance, Caelin, Cameron, Steve, incluso Mara, la gente que nos está mirando, Rachael, ese tío que habría sido el número dieciséis, Kevin, si está por aquí, que seguro que sí.

Caelin se va. No me mira, no dice nada. Simplemente se aleja de mí. Todos me miran de reojo con una lástima incómoda, como si acabara de perder un partido muy importante. Fuera lo que fuese a lo que estábamos jugando, todos parecían pensar que yo era la perdedora. No lo era. ¡Él había perdido! Él era el perdedor. Todos eran unos perdedores. No yo.

—¿Estás bien? —me pregunta Mara, tocándome el hombro.

—Sí, claro. —Resoplo. Soy fuerte. Puedo soportarlo. ¿Y qué más da?

—Cariño, estás llorando —dice con cara de preocupación.

—¡No estoy llorando! —Qué ridiculez. Pero me froto los ojos con el dorso de las mangas y me dejan marcadas dos rayas sucias y negras del rímel.

—Ella no llora nunca —les dice a Cameron y a Steve.

—¡Os estoy oyendo y no estoy llorando! ¡Puede que me lloren los ojos por algún motivo, pero no porque esté llorando! —grito.

Nadie dice gran cosa en todo el camino de vuelta a casa.

Al día siguiente, Caelin no me dirige la palabra. Como es lógico, no hacemos nuestro plan especial de hermanos como él quería. Y ya se había ido cuando me desperté el domingo por la mañana.

Y luego, nadie me dice gran cosa el lunes en el instituto. Ni el martes. Ni el miércoles. No me importa que Cameron no hable conmigo. Sinceramente, no me importa si Steve no me habla. Y en cuanto a Mara, no es que se pueda decir que pasa de mí, pero tampoco parece especialmente feliz de que yo exista.

—Bueno, ¿por qué está tan raro todo el mundo? —le pregunto a Mara en el pasillo junto a su taquilla el jueves.

—¿A qué te refieres? —murmura, sin mirarme siquiera.

—Nadie me habla desde la fiesta.

—Yo te estoy hablando ahora mismo.

—Sí, apenas.

—A ver, ¿puedes culparlos? Te pasaste tres pueblos, Edy.

—Contigo no.

—No, pero te burlaste de Cameron. —Hace una pausa, esperando a que reaccione—. Y sabías que le gustabas a Steve, pero te portaste fatal con él.

—No es verdad. No me porté fatal. —Si es tan tonto como para fijarse en mí, es su problema.

—Edy, está claro que lo dejaste tirado para ir a enrollarte con otro tío. Pero supongo que solo es un pánfilo, ¿verdad? ¿A quién le importa? —dice poniendo los ojos en blanco.

—Bueno, si lo dices así, suena mal, pero no me refería a eso, no fue así como pasó. La verdad es que no.

Ella se cruza de brazos y niega con la cabeza.

—Estaba borracha, Mara. No quise decir nada con eso, lo sabes.

—Sí, exacto. —Toma aire bruscamente—. Y creo que tienes un problema de verdad, Edy.

—¿Qué, un problema con la bebida? No bebo tanto, tú bebes más que yo.

Cierra la taquilla de golpe, exasperada, como si hablar conmigo fuera una faena.

—No, no me refiero a eso. No es un problema con la bebida, pero tienes algún tipo de problema. No querías decir nada con eso, ¿verdad?

—Sí, eso he dicho —replico, impacientándome.

—Pero es que nunca quieres decir nada.

—¿Y qué? —Ojalá, ojalá dijera lo que quiere decir, en lugar de hacerme pasar por su aro psicológico.

—Pues que ya no te importa nada. Últimamente estás muy rara, Edy, muy ida. Me preocupas.

—¿Cómo que ida? ¿De qué estás hablando?

—Como... No sé... Siento que estás a punto de derrumbarte o algo así. —Sus dedos recorren una línea imaginaria en el aire y luego deja que su mano caiga en picado, como si estuviera representando una caída por un acantilado.

—Estás exagerando.

Mueve la cabeza con firmeza, de un lado a otro.

—No, esta vez estás fuera de control. De verdad. Te estás portando como una loca, incluso para ser tú.

—¿A qué viene esto? Bebo un poco de más y no soy supereducada con tu noviecito, ¿y ahora de repente estoy loca?

—Edy, para. Sabes de lo que estoy hablando. Es todo.

Noto que mi cara se deforma en una sonrisa, de esa manera tan condescendiente como sonríe Caelin, que me hace querer darle un puñetazo en la boca solo para destrozar esa estúpida curva de sus labios.

—Gracias por preocuparte —refunfuño—, pero puedo cuidar de mí misma perfectamente.

—Edy… —Las comisuras de sus labios se doblan de esa forma que significa que está intentando no llorar pero que va a hacerlo en cualquier momento—. No me gusta cuando te pones así.

—¿Así cómo? —le pregunto, no muy amablemente. Eso la lleva al límite.

—No estás pensando con claridad y te vas… te-vas-a-hacer-daño. —Tiene que decirlo muy deprisa para poder soltarlo todo antes de que se le salten las lágrimas—: Por favor. Escúchame. ¿Vale? —Entonces respira hondo y sus ojos se llenan hasta el borde, a punto de derramarse. Entonces cae una gota, luego un ejército de ellas, como lluvia sobre cristal. Llora. Y entonces, como soy una gran amiga, me largo de allí.

Es más de medianoche. La nieve cae con fuerza fuera, el viento aúlla. No puedo dormir. No puedo ponerme cómoda. Maldito saco de dormir. Giro la cabeza y mis ojos se centran en mi anuario de noveno, encajado entre el suelo y la pata de mi escritorio, nivelándolo. Tiro de él desde el endeble lomo: se suelta con facilidad. Y el escritorio se balancea hacia delante sin su apoyo.

Lo hojeo distraídamente hasta que llego a la sección de clubes y organizaciones.

Club de lectura La hora del almuerzo.

La señorita Sullivan posa detrás del mostrador, con las gafas puestas sobre la punta de la nariz y el dedo índice delante de los labios, poniendo cara de pedir silencio. Los seis estamos de pie a su alrededor, tres a cada lado, con cara angelical y tendiéndole seis manzanas rojas brillantes… Muy friki, muy muy friki. Fue idea mía. Steve había colocado el trípode con su cámara justo donde yo había marcado el suelo con cinta adhesiva. Y además fui muy exigente con el tema de las manzanas. Cortland, Empire, Gala, McIntosh y Red Delicious estaban permitidas, pero ni Ginger Gold ni Golden Delicious, y desde luego no aparecería ninguna Granny Smith en ninguna de las fotos del anuario que estaba orquestando. Incluso envié un correo electrónico a tal efecto para que nadie apareciera con la manzana equivocada y me fastidiara la foto. Supongo que ese fue el principio del fin de La hora del almuerzo. Pero si hubiera habido un concurso para escoger la mejor foto de grupo de ese año, el club de lectura La hora del almuerzo habría ganado por años luz. Comparo los tonos grises granulados de nuestras manzanas; coinciden perfectamente. Estoy segura de que una amarilla o una verde habrían desentonado.

Lo examino más de cerca: las caras tontas de todos, las mejillas regordetas de Steve, la sinceridad de Mara, la señorita Sullivan siguiéndonos el juego, y luego estoy yo. Soy yo con una coleta y mis viejas gafas. Y estoy sonriendo, no es una sonrisa de verdad porque hay una expresión apagada en mis ojos, oscura, muerta. Como si me faltara algo. No puedo decir qué. Pero ese algo que falta es algo importante, algo crucial, algo robado. Algo que ya no está. Quizá para siempre.

Paso a la sección de deportes. Baloncesto masculino. Siempre había estado ahí, en el fondo de mi mente, como alguien que me golpea el hombro sin parar. Hasta la noche que me descubrí delante de su casa y lo mandé a un rincón, donde debía estar. Pero ahora tengo que mirar. Ya no puedo dejarlo pasar. No cuando estoy tan cerca. Recorro las caras con el dedo. Y ahí está. Con su camiseta del número 12. Josh. Mi corazón late fuerte y rápido como solía hacerlo. Obligo a mis ojos a cerrarse. Obligo a mis dedos a pasar la página. Para no volver a mirar su cara, para no ver su nombre, para olvidarme de él el resto de mi vida.

En lugar de eso, voy a la sección de noveno curso para visitar al fantasma de la chica que fui. Y ahí está, entre Maureen Malinowski y Sean Michaels. Con gafas y todo. Una estúpida sonrisa inocente en su estúpida cara inocente. Esa foto fue tomada el primer día, el primer día de instituto, el día que pensé que su vida estaba a punto de empezar. ¿Cómo podía saber que sus estúpidos, patéticos y aburridos días estaban contados?

La envidio, a esa niña torpe, no del todo fea, no del todo guapa. Deseo regresar a ese momento. La miro fijamente a los ojos, como si guardara algún secreto especial, una forma de volver a ser tal como era. Pero sus ojos son solo píxeles. Ella solo viene en dos dimensiones. No sabe una mierda. Empiezo a sonreír, por la ironía, y luego me río un par de veces, moviendo la cabeza de un lado a otro. Luego me carcajeo, me carcajeo por lo absurdo que es todo y tengo que taparme la boca con las dos manos de lo mucho que me carcajeo. Y luego tengo que usar las dos manos para taparme los ojos, porque estoy llorando, llorando por la atrocidad de todo, por el arrepentimiento y el tiempo y las mentiras y por no poder hacer nada al respecto.

Solo que ahora no puedo recordar, maldita sea, dónde terminaban las mentiras y dónde empezaba yo. Todo está borroso. Todo parece haberse vuelto tan desordenado de repente, tan gris, tan indefinido y aterrador. Lo único que sé es que las cosas se torcieron terriblemente, este no era el plan. El plan era mejorar, sentirme mejor por cualquier medio. Pero no me siento mejor, todavía me siento vacía, vacía y rota.

Y sola. Más sola que nunca.

Siento que estos pensamientos prohibidos se cuelan a veces sin avisar. Pensamientos insidiosos que siempre empiezan en silencio, como susurros que ni siquiera estás segura de haber oído. Y luego se hacen más y más fuertes hasta que se convierten en todos los sonidos del mundo entero. Pensamientos que no se pueden borrar.

¿Le importaría a alguien?

¿Se daría cuenta alguien?

¿Y si un día ya no estuviera aquí?

¿Y si un día se detuviera todo?

¿Y si...? ¿Y si...? ¿Y si...?

—¿Edy? —llama Vanessa, empujando la puerta de mi habitación abierta—. Te he pedido diez veces, muy amablemente, que salieras a quitar nieve. —Empezó a nevar el miércoles por la noche. Y entonces, el jueves se suspendió el instituto, se suspendió el trabajo, se suspendió la vida, atrapándome en casa con Vanessa y Conner todo el fin de semana. Han prohibido conducir en todo el condado y los coches de todo el mundo están enterrados bajo medio metro de nieve, que cada hora que pasa es más y más profunda.

En realidad, solo quiero ignorarla, porque ya me ha interrumpido unas veinte veces, no diez, para molestarme con lo de quitar la nieve. ¿Para qué demonios sirven los días de nieve? ¿Qué tendría de malo sentarme en mi escritorio y fingir que hago los deberes mientras me ahogo en la pura maravilla de un día libre?

Me quito los auriculares de las orejas y la miro como si no la hubiera oído.

—¿Eh?

—¿En qué estás trabajando? —me pregunta, intentando sonreír.

—Los deberes. Literatura —miento.

—Bueno, ¿crees que podrías tomarte un descanso? Tu padre no debería estar tanto tiempo fuera.

—¿Entonces por qué no entra? —replico.

—Edy, te lo estoy pidiendo —me dice con firmeza.

—Sí, pero ni siquiera tiene sentido estar paleando durante la tormenta de nieve. ¿No tiene más sentido hacerlo cuando deja de nevar? Ninguno de nuestros vecinos está quitando la nieve ahora mismo. ¿Por qué siempre tenemos que hacer esto?

—No, ¿por qué siempre tienes que hacer esto? —Me señala con el dedo. Entonces la veo respirar hondo, como cuando intenta calmarse. Veo cómo da un paso atrás deliberadamente. Me pregunto si tiene miedo de abofetearme otra vez—. Lo que digo es —empieza de nuevo, más contenida—, ¿por qué no puedes hacer lo que te he pedido? ¿Por qué tienes que rebatir todo lo que digo, Eden? No lo entiendo.

—No he rebat…

—Ya estás otra vez —me acusa, agitando la mano. Empieza a tener esa expresión en sus ojos. La que le da a su víctima la sensación de que todo lo malo del mundo (guerra, hambruna, calentamiento global) es culpa suya—. Es exactamente de lo que estoy hablando.

—No estoy rebatiendo nada. No cuestiono nada. Solo señalo lo evidente. ¿Por qué tenemos que quitar la nieve todos los días, en vez de una sola vez?

Ella levanta los brazos y se marcha, murmurando para sí misma:

—No puedo más. No puedo. No puedo más.

—Está bien —respondo, arrojando mi libro contra el escritorio—. ¡Saldré, aunque sea lo más absurdo del mundo!

Cuando llego al final del camino de entrada, el frío se ha infiltrado en mi interior, pero de algún modo es estimulante. Miro hacia fuera, entorno los ojos para que mi visión se desdibuje más allá de las casas y los coches, las calles y los árboles idénticos, hasta que me convierto en el centro de este paisaje suburbano congelado en mitad de ninguna parte.

Vuelvo a enfocar la vista y me doy la vuelta para mirar la casa. A la velocidad a la que cae la nieve, parece que ni siquiera he empezado a quitarla, los coches siguen bloqueados y siento que se me van a caer las extremidades. Y, de alguna manera, esto satisface a Vanessa.

—Gracias —dice cuando entro con carámbanos colgando de mis pestañas.

—No parece que haya hecho nada.

—No se trata de eso, ¿no crees? —Sonríe, se lame el dedo índice y pasa la página de su revista.

—¿No? —pregunto, dejando mi abrigo en el gancho junto a la puerta.

—¿No qué? —dice distraídamente.

—¿El sentido de quitar la nieve? —le respondo.

—Oh. Bueno... —Pone el dedo sobre una palabra y levanta la vista de la página, mira fijamente al infinito durante un momento, entornando los ojos como si estuviera pensando en algo que decirme. Me quedo ahí, en suspense, esperando. Pero entonces sus ojos vuelven a enfocarse en el deslucido papel pintado y se pasa las manos por delante de la cara, como si estuviera espantando un insecto molesto. Sigue leyendo su revista, sin acabarla nunca.

Me voy a mi habitación, giro el pomo para cerrar la puerta, abro la ventana y enciendo un cigarrillo. Nunca había fumado en mi casa. Siempre temí que lo olieran y se decepcionaran una vez más. Sin embargo, nadie se daba cuenta de nada. Ella ni siquiera se molestaba en terminar una frase.

Después de cenar, Vanessa llama a mi puerta y me pregunta si quiero ayudar a decorar el árbol. No contesto. Cierro los ojos, me tapo los oídos y le pido que se vaya. No vuelve a preguntar.

•

Mientras estoy sentada en el suelo de mi habitación, fumando cigarrillos, escuchando el sonido de la televisión bajo mi puerta y el susurro de los adornos navideños al ser desempaquetados, siento un intenso deseo de llamar a Mara. De reconciliarme con ella y decirle lo que haga falta para poner las cosas en su sitio. Pero sé que la única forma de hacerlo es disculparme primero con Steve. Meneo la cabeza y marco su número de mala gana.

Solo suena una vez antes de que lo coja.

—Steve, hola. Soy Eden.

—Lo sé —es lo único que dice.

Hago una pausa y me planteo colgar.

—Mira, siento lo de la fiesta —le digo al cabo.

Silencio.

—Perdona si fui una borde —intento arreglarlo—. Estaba mal. Lo siento.

Finalmente suspira al teléfono.

—No pasa nada. Lo entiendo.

—Gracias, Steve. Bueno, ya hablaremos…

—¿Y qué hay? —me interrumpe antes de que pueda despedirme—. Quiero decir, ¿qué has estado haciendo, con toda esta nieve loca? —pregunta, incómodo.

Quiere tenerme al teléfono.

—Poca cosa —le contesto, dándome cuenta de repente de que quiero que me tenga al teléfono.

—Sí, yo tampoco.

Silencio.

—Bueno, ¿qué estás haciendo ahora? —le pregunto.

Toco el timbre de la casa de Steve. Aún no sé qué es lo que quiero de él realmente. Solo sé que no podía soportar estar en mi casa ni un minuto más.

—¡Hola! —Me abre la puerta con esa sonrisa cálida y tímida que siempre me hace sentir mal por no haber sido más amable con él. Le miro y, por un segundo, deseo ser el tipo de chica a la que podría gustarle, gustarle de verdad. A veces me pregunto lo difícil que sería fingir—. Pasa, pasa —me dice.

Me quito el abrigo y las botas en la entrada. La casa tiene la misma distribución que la de Josh, pero al revés. Sin embargo, la mayoría de las casas de nuestro barrio son exactamente iguales. Solo hay tres o cuatro versiones diferentes.

—¿Te puedes creer que tengamos el día libre por la nieve? —dice—. Parece que van a cerrar mañana también, me lo ha dicho mi padre. Acaba de llamar del trabajo. Dijo que las carreteras aún no están despejadas, así que... —Se queda callado—. De todos modos, me alegro de que hayas llamado. Podemos subir a mi habitación. Te enseñaré mis fotos. Quiero decir, si de verdad te interesa.

—Sí, claro —miento.

Le sigo por las escaleras hasta su habitación, igual que solía seguir a Josh por las escaleras hasta su habitación. Luego por el pasillo familiar, un suelo familiar bajo mis pies.

—Pues aquí es —dice, extendiendo los brazos en medio de

su habitación. Sin embargo, cuando miro a mi alrededor, solo veo la habitación de Josh.

Y entonces, Josh está ahí de nuevo, en mi mente, ocupando todo el espacio, consumiendo todos mis pensamientos, haciendo que mi corazón se vuelva loco. Casi no puedo respirar. Me encuentro, por una vez, no deseando ser yo la diferente, ser otra persona, sino que Steve fuera otro. Que Steve fuera Josh. Que Josh estuviera aquí en lugar de Steve, pero sintiendo lo que Steve siente por mí.

Pero esa no es la realidad. No es lo que está pasando. De hecho, no está pasando nada.

Y me doy cuenta, abruptamente, de que ese es el problema. Necesito que pase algo. Necesito hacer que pase algo. Cualquier cosa. Ahora mismo.

Cierro la puerta y me doy la vuelta para mirarle.

—¿Qué...? —pregunta Steve mientras camino hacia él, mirándome, alarmado, confundido—. ¿Qué haces?

—Ven aquí —le digo, tendiéndole la mano.

—¿Qué?

—No pasa nada, ven aquí. —Cautelosamente, sus manos se acercan a las mías, pero aún parece inseguro. Y entonces algo pasa por su cara: lo ha entendido. Se acerca para besarme, pero se detiene, como si necesitara permiso—. Está bien, lo prometo —susurro. Así que cierro los ojos, concentro toda mi mente y mi cuerpo en fingir que el chico al que beso es Josh y que yo soy una versión mejorada de mí misma, la chica que era, aquella a la que Josh sintió la necesidad de decirle «te quiero» una vez.

Lo beso, lo atraigo hacia mí. Él me devuelve el beso. Me entrego a él, pero no me siento diferente. Necesito que pase algo más. Más, maldita sea. Lo empujo hasta la cama y él me arrastra consigo. Pero no es suficiente. Empiezo a bajarle las manos por el pecho y el vientre, pero me las sujeta cuando mis dedos tocan su cinturón. Deja de besarme.

—Espera, espera. Edy —susurra, cogiéndome de las manos—. ¿Qué estamos haciendo? —me pregunta, mirándome a los ojos melodramáticamente.

—Está bien, te lo prometo. De verdad. Tengo muchas ganas. —Pero es mentira. Siento que estoy a punto de suplicar.

—Bueno, yo también —susurra—, pero vayamos despacio. Tenemos tiempo, ¿verdad? —Sonríe.

Asiento con la cabeza, pero apenas le entiendo. ¿Tiempo? ¿Tiempo para qué? Esto es urgente. No hay tiempo para nada. Tenemos que hacerlo ahora mismo. No lo entiende, ¡no entiende nada! Me besa y me toca el pelo y la cara como si fuera en serio; de hecho, no me toca en ninguna otra parte. Parece que esto dura una eternidad. Y a cada segundo que pasa, menos puedo interpretarlo, más real se vuelve, menos se parece a Josh. Siento una especie de náusea, una opresión en el estómago. Porque lo estoy utilizando, lo estoy utilizando de mala manera.

Entre beso y beso, me susurra todo tipo de cosas al oído, cosas dulces y románticas.

—Nunca he conocido a nadie como tú, Edy. No te importa lo que piense la gente, y eso me parece increíble, me parece genial.

Pero cuanto más habla, más pienso en cómo puedo salir de esto. «¿Cómo puedo salir?, ¿cómo puedo salir?», repito en mi mente, una y otra vez.

—Eres tan bonita e interesante… e inteligente…

—Steve, por favor. —Tengo que pararlo ahí—. No lo soy. —Las chicas inteligentes no se meten en lío tras lío tras lío.

—Sí —empieza de nuevo, pero lo detengo.

—No soy ninguna de esas cosas, ¿vale? —le digo, con más firmeza.

—Sí lo eres —insiste tirando de mí. Ya no parece nervioso, ni asustado—. Me gustas desde que estábamos en noveno, cuando hicimos el trabajo sobre Colón, y luego lo de la biblioteca, ¿te acuerdas?

—La hora del almuerzo —murmuro distraídamente, maniobrando para ponerme de espaldas a él. Al menos así no tengo que mirarle a los ojos mientras calculo mi estrategia de salida. Me rodea con los brazos por detrás y sus manos se entrecruzan sobre mi estómago. Se me eriza la piel.

—Sabes, ni siquiera leía los libros de clase, pero me leía todos esos estúpidos libros de cabo a rabo para tener algo de lo que hablar contigo. Y me sentía como un idiota porque nunca entendía nada, pero tú siempre lo hacías.

—Vaya —susurro, mirando a la ventana, no a través de ella, sino al cristal, a los pequeños ventisqueros atrapados en las esquinas de la ventana, a la condensación que gotea. Siento que podría llorar. Porque, en el fondo, sé que no soy quien él cree que soy. Ni de lejos. Y él tampoco es quien yo quiero que sea.

—Estoy muy contento de que esto esté sucediendo por fin —susurra—. Ahora quiero llegar a conocerte, Edy. De verdad. Quiero saberlo todo. Como… qué te interesa, qué te gusta hacer, qué tipo de música escuchas.

Me encojo de hombros.

—¿Película favorita? —pregunta.

No puedo hacer esto.

—Vale, ¿y esto? ¿En qué piensas cuando te quedas callada todo el rato?

Tengo que concentrar toda mi energía en no permitirme llorar.

—¿Edy? —Me abraza cada vez más fuerte.

—¿Qué? —contesto al fin.

Me aparta el pelo para besarme la nuca.

—Es que… No sé, dime cualquier cosa.

—No puedo. —Oigo mi voz y suena muy mal, como si no debiera sonar así. Siento que mi cuerpo se contrae un poco más, alejándome de él.

—¿Qué pasa? —pregunta—. ¿Ocurre algo?

¡Se acabó!

Me suelto de sus brazos y me doy la vuelta. Me siento muy recta, dispuesta a enfrentarme a él.

—Steve, ¿puedes callarte? ¡Dios!

Él también se sienta, tan confundido que me dan ganas de abofetearlo.

—¿Qué es lo que te pasa, Steve? ¿No podemos divertirnos? Tenías que estropearlo, ¿verdad?

Es casi como si se estremeciera, casi como si lo hubiera abofeteado realmente. Como si le hubiera herido. Solo con mis palabras. Es triste, es asqueroso, pero eso me hace sentir un poco mejor, un poco más fuerte.

—Querías que hablara, ¿no? ¿Ya estás contento?

—Yo… —empieza a decir. Pero no oigo la siguiente palabra que sale de su boca porque me pongo de pie. Abro la puerta de su habitación y bajo corriendo las escaleras. Me pongo las botas y el abrigo. No me abrocho nada. Solo necesito salir.

Afuera, bajo la fría noche, miro hacia arriba y les pido a todas
las estrellas del universo que me lleven a cualquier sitio, a cualquier sitio menos a este. Cierro los ojos con fuerza. Pero cuando los abro, estoy mirando el mismo cielo, en la misma ciudad en la que he estado atrapada desde siempre, en la misma mitad de ninguna parte, sintiéndome igual que antes. Solo que peor.

Enciendo un cigarrillo, pero solo le doy unas cuantas caladas antes de oír el chirrido de la puerta al abrirse, seguido de sus pasos arrastrando los pies por la nieve. Luego su voz, que rompe el delicado silencio del aire helado.

—Mira, Edy, no sé qué ha pasado ahí dentro.

Le doy la espalda. Me pone las manos en los hombros.

—Tengo que irme —le digo con la voz más firme que puedo. Me encojo de hombros para quitarme sus manos de encima.

Me suelta y se coloca delante de mí, con una expresión que nunca le había visto antes. Su habitual postura encorvada se endereza y pone las manos en las caderas. Parece más grande de lo normal, imponente.

—Sinceramente, no sé qué he hecho —dice, y sus palabras cortan el aire—. ¡Intento hacer las cosas bien y tú es como si me odiaras o algo así! —Sus ojos se agrandan mientras habla, se vuelven más fríos.

No digo nada. Se queda ahí de pie, esperando a que lo niegue, enfadándose más a cada segundo. Me lleno los pulmones de humo para acallar mi respuesta. Pero entonces levanta las manos bruscamente y las deja caer contra sus muslos. Es como si todo mi cuerpo se estremeciera. El cigarrillo me resbala de la mano y aterriza en el suelo.

—Solo digo que… —Hace una pausa y me mira de arriba abajo, evaluando mi cara, mi cuerpo. Trato de reponerme, de hacer como si no pasara nada—. ¿Creías que iba a pegarte o algo así? —dice lentamente.

Niego con la cabeza, pero mi mente ya no está segura. De nada. Ni de nadie.

—Dios mío, ¿qué clase de persona crees que soy, Edy? —dice, alzando la voz. Pero no sé qué clase de persona es… Joder, ni siquiera sé qué clase de persona soy yo.

Noto que empiezo a retroceder.

—Jamás te pegaría —dice al ver que no contesto—. No puedo creer que tenga que decírtelo. Nunca haría algo así.

—Vale. Sí, lo sé.

—Espera, solo intento explicarte… —Continúa acercándose, pero no puedo ni escucharlo. Afirmo con la cabeza a lo que sea que esté diciendo—. ¿Lo entiendes? —concluye.

Alarga la mano para tocarme la cara, el pelo, no sé… No puedo evitar apartarme de él.

—Jolín, Edy, no me tendrás miedo, ¿verdad?

—Sí. —Oigo la palabra salir de mi boca y se me hiela el corazón. Porque es la verdad. Se queda boquiabierto—. Quiero decir que no. —Intento arreglarlo, lo intento, pero es demasiado tarde. Estoy tiritando, me tiemblan los dedos. Dios mío—. Quería decir no. No te tengo miedo, es solo que… —Lo intento, pero no puedo respirar, es como si tuviera ladrillos en el pecho—. Es solo que… —y de repente— estoy tan… —y lloro— cansada, joder. —No hay manera de ocultarlo—. Solo estoy cansada, ¿vale? —balbuceo—. Muy cansada, joder. Y no tengo ganas de tener esta puta conversación, ¡eso es todo! —exclamo, casi gritando, casi histérica.

Él no dice nada. Me tapo los ojos. Estoy llorando con todo mi cuerpo y lo único que quiero es desaparecer. Siento su mano vacilar, cernirse sobre mi espalda, luego hacer círculos incómodos y después sus dedos en mi pelo. Si está diciendo algo, no lo oigo. Lo único que oigo es mi sangre corriendo y mi corazón latiendo en mis oídos. Un nudo en la garganta, como si hubiera una enorme bola de palabras ahí atascadas, muriéndose por salir. Me rodea con ambos brazos. Pero me siento sofocada. No quiero que me abracen. No quiero que me toquen. Nadie en toda mi vida.

Aprieto los dientes para no gritar. Gritar en general, gritarle que me quite las manos de encima, gritar pidiendo ayuda, gritar porque no le encuentro sentido a nada de lo que está pasando, ha pasado o pasará. Gritar porque todavía siento que estoy allí, siempre allí, en el fondo sigo siendo esa niña. Aprieto los puños con fuerza y me digo a mí misma: «Se acabaron las lágrimas, maldita niña estúpida». A la de tres, vamos. Uno, dos, empuja. Empujar mi cuerpo. Empujarlo a él. Empujar, simplemente empujar. Tres. Me alejo de sus brazos como una explosión. Se tambalea hacia atrás. Pero estoy libre.

Echo a andar.

Agarra la manga de mi abrigo.

—Edy, vamos.

Le aparto el brazo en cuanto siento su mano sobre mí.

—¡No me toques! —Me doy cuenta de que lo he gritado cuando mis palabras resuenan contra los árboles, la oscuridad y el frío. Él mira a su alrededor, asustado, pensando que tal vez lo oigan los vecinos.

—No te enfades —me dice, acercándose de nuevo a mí.

—No estoy enfadada, pero no me toques, ¿vale? —Mis palabras tiemblan en el aire, mi boca nunca había exigido algo así.

Extiende las palmas de las manos frente a su pecho.

—Vale, vale, no lo haré.

Nos quedamos mirándonos fijamente.

—¿Y qué pasa ahora? —pregunta.

—Tú entras. Yo me voy. —Trato de mostrarme estoica, de fingir que no he tenido una crisis nerviosa delante de él.

—Quiero decir, ¿qué pasa con nosotros? —Con nosotros. Dios mío. No puedo responder a esa pregunta, y creo que él también lo sabe porque cambia su cara, su tono, y en su lugar pregunta—: Oye, ¿estás bien?

—De verdad que tengo que irme, Steve —digo impaciente, con cuidado de no mirarle a los ojos.

—Vale. Entonces estamos bien. ¿Hablamos mañana?

—Claro.

—Vale. Te llamo mañana. —Intenta sonreír. Yo intento devolverle la sonrisa—. Espera. Quiero que sepas que nunca te haría daño, Edy. —Se inclina lentamente y me roza la mejilla con los labios.

—Vale —susurro, aterrorizada, más de lo que he estado en mucho tiempo, de nada ni de nadie.

—Vale —me dice—. Bueno, buenas noches.

—Buenas noches —repito, alejándome de él.

—¿Eden? —Mamá llama a mi puerta, intenta girar el pomo. Abro los ojos y rezo para que todo haya sido un sueño. Busco a tientas mi teléfono. Una cuarenta y tres de la tarde. Llevo quince horas durmiendo. Diez llamadas perdidas.

—¿Sí? —gimo, bajando por la lista: Mara, Mara, Mara, Steve, Cameron, Steve, Cameron, Steve, Steve, Steve. Mierda. Mierda. Mierda.

—¡Eden! —me llama de nuevo.

—¡He dicho que sí! —grito. No me obligues a levantarme, Vanessa. Por favor.

—¡No voy a gritar a través de la puerta! —grita a través de la puerta.

Me levanto a rastras, me sacudo el polvo o lo que sea, meto el saco de dormir debajo de la cama y tiro la almohada encima. Abro la puerta.

—Tienes visita —susurra Vanessa, con los labios apretados—, un chico de aspecto raro.

—¿Qué?

—Cameron no sé qué, ¿conoces a ese chico? —Inclina la cabeza para que pueda verlo de pie en el centro de nuestro salón, abriendo y cerrando la boca. Está jugueteando con su pendiente de la lengua, otra cosa estúpida y molesta de él que odio.

—Mierda —murmuro.

—Eden —me regaña. Me quedo mirando la línea recta de sus labios—. Bueno —dice, resignada—, tu padre ha salido y yo me iba a la tienda, pero ¿quieres que me quede? No me gusta su aspecto —murmura, echando una mirada por encima del hombro—. No es peligroso, ¿verdad? ¿Es tu amigo?

La idea de que le preocupe dejarme sola en casa con un chico peligroso es tan risible que podría vomitar.

—No pasa nada —mascullo, con la lengua y los labios secos como el papel. O quizá sí, pero no necesito testigos de lo que está a punto de ocurrir—. ¿Puedes decirle que saldré enseguida?

La esquivo y me encierro en el baño. Mi corazón empieza a latir de manera errática. No voy a llorar. «No vas a llorar», me susurro a mí misma. Me lavo la cara, me cepillo los dientes e intento pasarme un cepillo por el pelo, que está enredado. Oigo un murmullo de despedida y la puerta de entrada cerrándose. Me recojo el pelo en una coleta. Pero parece que me importa mi aspecto, parece que lo intento, así que me lo suelto y lo recojo con cuidado en un moño descuidado.

—¿No puedes coger el teléfono? —me dice mientras camino hacia el salón arrastrando los pies.

—Puedo... Quiero decir, soy capaz de hacerlo, si es lo que preguntas.

—Ah, vale. ¿Simplemente no quieres? —replica nervioso, intentando contenerse.

Cruzo los brazos, me encojo de hombros, tirando distraídamente de un hilo suelto de mi manga, una señal sutil de que apenas puedo molestarme en tener esta conversación.

—Eres increíble. No se merece esto. Lo sabes, ¿verdad?

Pongo los ojos en blanco.

—Sabes, le dije que una chica como tú lo dejaría hecho polvo. Porque las chicas como tú...

—¿Las chicas como yo? —Me río. ¿Dónde he oído ese discurso antes?

—No sé qué demonios vio en ti alguna vez, de verdad que no.

—Vamos, está bastante claro lo que vio. Lo que quería. Tuvo su oportunidad, ¿no? Y la desperdició, lamento decirlo.

—¡Y una mierda! —Escupe las palabras antes de que termine mi frase—. No finjas que te crees eso. A menos que realmente seas tan desalmada. ¿Lo eres? Quiero decir, ¿lo eres de verdad? —Tiene una vena en la frente que le palpita cada vez que levanta la voz.

Con expresión pétrea, murmuro:

—Supongo.

—¿Sí? —pregunta con las venas hinchadas y los puños apretados—. Porque eres muy dura, ¿no? Eres una tía dura.

Sonrío y suelto un suspiro. Qué capullo. No va a provocarme, ni de coña. Da un paso hacia mí. Me resisto al instinto que me dice que retroceda, que corra. Pero hago unos cálculos de física en mi cabeza (masa, volumen, densidad) y pienso que quizá pueda con él. Claro, es más alto, pero también escuálido. Debemos de pesar más o menos lo mismo. Sí, si se diera el caso, podría con él.

—Entonces, ¿por eso estabas llorando? ¿Porque eres muy dura? —pregunta, con una sonrisa fría. O quizá sí que podría conmigo.

Aspiro una bocanada de algo que no parece aire y luego no recuerdo cómo expulsarlo. Mis ojos no pueden sostenerle la mirada; miran hacia abajo, los malditos cobardes.

—Sí, me lo contó —continúa—. Me lo contó todo. Me dijo que intentó ser amable y que tú te portaste como una zorra… —Hace una pausa, dejando que la palabra corte el aire—. Bueno, estoy parafraseando porque sabes que Steve no te llamaría zorra, aunque lo eres, aunque fuera lo que estaba pensando. Sí, dijo que empezaste a llorar, a llorar como una pequeña…

Ah, he vuelto.

—¡Cállate de una puta vez, Cameron! No lo sabes, no sabes nada, así que no te metas. —Apenas puedo respirar lo suficiente para seguir hablando—. ¿Quieres que hablemos de hacerse el duro? Mírate al espejo. ¿Crees que intimidas a la gente con tu aspecto? ¿Crees que eres duro?

—No. Nunca he dicho que lo fuera. Espero no intimidar a la gente, pero esa es la diferencia que hay entre tú y yo, ¿no? Tú quieres hundir a la gente, quieres hacer daño, pero ¿sabes qué? —Se burla, acercándose a mí.

Juro por Dios que le golpearé en la cara si se acerca más.

—¿Qué? —La palabra sale estrangulada, no dura y feroz, como yo quería.

—Nadie te tiene miedo —dice en voz baja, reservado, comedido y, de repente, con un control absoluto de sus emociones.

Trago saliva. Me estoy volviendo loca. Porque sé que tiene razón. Sé que es verdad.

—Eres tan débil y tienes tanto miedo que es patético. —Sonríe, ladea la cabeza—. ¿Qué? —Hace una pausa, en un silencio rezumante de crueldad—. ¿Crees que la gente no se da cuenta?

—Lárgate. —Me tiembla la voz.

—¿Crees que eres un enigma? Eres completamente transparente, veo a través de ti.

—¡Vete! —le ordeno.

—Eres tóxica. Esparces tu mierda por todas partes. Es tan patético, que casi siento pena por ti, casi.

No tenía ni idea de que Cameron pudiera ser tan despiadado. En algún lugar, una pequeña parte de mí casi lo admira por ello, casi.

—Ni siquiera me conoces… ¿Cómo puedes…?

—Huy, sí que te conozco —me interrumpe—. Lo sé todo sobre ti.

Niego con la cabeza. No. No puedo hablar.

—Ya me voy. —Retrocede—. Para que puedas llorar. Sola.

—Que te jodan.

—Vale. —Levanta el brazo y se despide con la mano—. Por supuesto.

—¡Que te jodan! —le grito a la espalda—. ¡Que te jodan! —Agarro el posavasos de cerámica que hay en la mesita auxiliar, lo que tengo más cerca de la mano, y lo tiro a la puerta cuando se cierra.

De vuelta en mi habitación, cojo el saco de dormir de debajo de la cama, me meto y me pongo a dar vueltas. Luego me levanto otra vez. Hago una bola con el saco de dormir, abro la puerta del armario y lo guardo dentro. Se cae. Le doy patadas y más patadas. Me tiro al suelo y lo vuelvo a meter, una y otra vez, pero sigue cayéndose. Después, una avalancha de papeles, cajas, un montón de ropa vieja que ya no me sirve, un montón de peluches y un clarinete estúpido e inútil. Me tumbo sobre la pila de cosas e intento dejar de llorar con todas mis fuerzas.

Me quedo en mi habitación todo el día. Toda la noche. Me salto la cena.

Steve me manda un mensaje a las once: «No hagas esto, por favor».

Me llama y deja otro mensaje de voz a las 23:44. Y otra vez a medianoche.

Apago el teléfono.

Llego la primera, antes de la sirena. Llevo todo el día temiéndolo. La sala de estudio. Entonces entran los tres juntos como una pandilla, contra mí. Después, Amanda.

Mara se acerca a nuestra mesa:

—No te vas a sentar aquí, de ninguna manera.

—No pasa nada —dice Steve, dejando sus cosas.

—No, sí que pasa, Steve. ¡Estoy harta de sus mierdas! —le grita Mara. Y luego a mí—: Muévete.

—Vale. —Me levanto y observo la sala. Amanda empuja con el pie la silla vacía que tiene al lado, en mi dirección. Creo que incluso intenta sonreír, pero parece más bien un tic facial.

—Que todo el mundo se siente. Vamos, Edith, siéntate, por favor. —El señor Mosner me sonríe impaciente. Ni siquiera tengo la voluntad de corregirle. «Edith». Podría morirme.

Me siento junto a Amanda, fingiendo que es un mundo libre y que puedo sentarme donde me dé la gana. La miro de reojo. Luego miro a sus amigas: está Sarcástica, por supuesto, y el chico que siempre parece completamente colocado, y la chica que parece una versión blanqueada y opuesta de Amanda: rubia en vez de morena, pálida en vez de bronceada, de ojos azules en vez de marrones. Todos me miran como si fuera una extraterrestre.

No puedo apartar los ojos del reloj. Solo faltan veinticuatro minutos para que termine la hora y pueda alejarme de Steve y de todos los sentimientos heridos que está lanzando contra mí. Lejos de Cameron y sus palabras que todavía resuenan en mi cabeza. Y de Mara y esta amargura que se aloja entre nosotras cada vez más profundamente.

—¿Podemos hablar?

Me doy la vuelta. Es Steve.

—¿Qué, ahora mismo? —le pregunto.

—Sí —murmura, mirando incómodo a Amanda y a sus amigas, que se quedan observando. Empieza a ir hacia la puerta. Mira al señor Mosner por detrás y me hace un gesto con la mano para que le siga. No sé por qué lo hago.

—Así que ahora no me hablas, ¿eh? —me pregunta una vez que estamos en el pasillo.

Dios, realmente me odia. Puedo sentirlo en cada célula de mi cuerpo, cada núcleo, cada puto ribosoma.

—No es que no te hable, es que...

—¿Qué? —me interrumpe—. ¿Qué pasa?

—Es que no tengo nada que decir. —Me encojo de hombros.

—¿No tienes nada que decir? ¿Cómo es posible? ¿Cómo es posible que no tengas nada que decir? —Está a punto de gritar.

—Bueno, es obvio que tú si tienes algo que decir, así que ¿por qué no lo haces?

—De acuerdo. Significó algo para mí, todavía significa algo para mí. Ya está. No tengo miedo de admitirlo. —Y entonces se me queda mirando, esperando, deseando que le devuelva sus palabras.

—Vale, Steve. Seré sincera. Para mí no significó nada. —¿Verdad? ¿Mentira? Ya ni siquiera lo sé. Sé que estoy siendo fría y despiadada, pero no puedo contenerme. Él se lo buscó. Salió herido. Vuelve a por más. Lo consigue. No es mi problema.

—No me lo creo. Yo también estaba allí, ¿vale? Sé que sí.

—Mira, no es culpa tuya, es solo que...

—¿Qué es esto? —me interrumpe, todo nervioso e irritado, pasándose los dedos por el pelo, casi como si quisiera arrancárselo.

—¿Qué es qué?

—¡Esto! Esta farsa —dice, agitando la mano en mi dirección. Aprieta la mandíbula y sus fosas nasales se dilatan mientras empieza a respirar con más dificultad—. ¿Qué es esta farsa? ¿Qué estás haciendo?

—¡No sé de qué me estás hablando!

—Puede que te funcione con otros tíos, pero con nosotros es diferente, así que déjalo, ¿vale? —Se acerca un paso. Yo doy un paso atrás.

—¿Por qué? ¿Porque crees que eres diferente? No te engañes. No eres diferente. Eres exactamente igual. ¡Dios, todo esto es tan predecible que me dan ganas de morirme! —Mis palabras recorren el pasillo vacío, rodeándonos, manteniéndonos inmóviles en su órbita.

Le miro, poniéndose blanco, dolido, y siento que una sonrisa empieza a formarse en mis labios.

—Puedo soportar las rarezas —dice en voz baja, con los músculos de la cara crispándose. Luego, en voz más baja aún—: Puedo soportar lo malo. —Y entonces sus ojos… se llenan de lágrimas. Dios, le tiembla la voz—. Pero tú no eres más que… una puta.

Si las palabras son armas, si pueden herir físicamente, entonces acaba de dispararme una bala de cañón de cien kilos en el centro del cuerpo. El tipo de artillería construida para derribar un acorazado y, desde luego, equipada para hundir a una niña estúpida y mezquina.

Conmocionada e incrédula, pronuncio la palabra:

—¿Qué?

Se supone que Steve no debe decirme cosas así.

Se acerca. Espero que grite, lo que hace que sea mucho peor cuando solo musita en voz baja:

—Eres una puta de mierda. Y una zorra. Y no puedo creer que alguna vez pensara que eras otra cosa. —Habla entre los dientes, y es incapaz de contener las lágrimas, como si le doliera tener que decirlo, incluso más de lo que pretendía herirme a mí.

—No... —Le toco el brazo. No sé qué hacer. Pero él aparta todo su cuerpo de mí—. Steve, no... —Cabréate, no te sientas herido por mí, no te vayas triste y destruido. ¿No sabes que no valgo la pena? Quiero agarrarlo y aferrarme a él y decirle que lo siento. Quiero hacer eso incluso más de lo que quiero huir. Porque Cameron tenía razón, no se merece esto.

—Steve, Steve... Por favor, no...

—Vete a la mierda —me suelta, secándose los ojos con las mangas. Se da la vuelta y empieza a caminar por el pasillo, pasa por delante de la clase, se hace más pequeño en la penumbra, dobla la esquina y desaparece.

Yo camino en dirección contraria. Me escabullo por la escalera al otro extremo del pasillo. Entro en el sucio y abandonado cuarto de baño del sótano, donde no hay ventanas pero se puede fumar porque ningún profesor que se respete entraría aquí ni muerto. Me encierro. Huele a cloaca. Perfecto para una ratoncita, una pequeña rata, como yo. En el cubículo, me hundo en el suelo, apoyo la espalda sobre las frías baldosas y enciendo un cigarrillo. Mi respiración hace eco. Arrojo las cenizas al retrete manchado que hay junto a mi cara. Cierro los ojos y espero. Y espero.

Vuelvo a pensar en Josh. Nada en particular. Solo pequeñas cosas, como su manera de sonreírme o el sonido de su voz, cómo podía hacerle reír a veces, cómo podía hacerme sentir tan bien a veces, tan libre, tan yo misma. Pienso en lo complicadas que creía que eran las cosas con él. Pero eran tan fáciles comparadas con esto, comparadas con todo lo demás.

Me lo imagino viniendo aquí. Encontrándome aquí abajo, en la mazmorra del baño del sótano, como un caballero, como un hombre de hojalata con una armadura oxidada, sosteniendo un ramo de dientes de león, listo para matar a mis dragones más oscuros y trastornados. Irrumpiría por la puerta y diría algo perfecto como: «Cariño, ¿qué te pasa? No llores. Vámonos de aquí. Tú y yo. Te llevaré a cualquier parte. Podemos huir. Podemos empezar de nuevo, podemos ser…».

Pero algo interrumpe la fantasía, y de pronto vuelvo a sentir mi cuerpo, la gravedad tirando de mí hacia abajo, anclándome al frío suelo de cemento. Algo me pellizca el muslo, devolviéndome a la realidad, pellizcándome más fuerte. Abro los ojos y veo que el cigarrillo se me ha quemado hasta el filtro, desprendiéndose y quemándome los pantalones como si fuera ácido, más allá de la piel.

—¡Mierda! —grito en un susurro, golpeándome la pierna para intentar apagar mi propia estupidez.

Entonces suena la sirena, resonando a través de las paredes y el techo, vibrando por todo el edificio… a través de mí. Espero a que pase el ruido lejano de los gritos, los pies corriendo y las taquillas cerrándose.

Vuelvo a la sala y veo a Amanda recogiendo mi mochila del suelo. La coge con tanta delicadeza que me inquieta. Todos se han ido menos ella y Sarcástica. Me quedo en la puerta, escuchando.

—Entonces, ¿ahora vas a ser su amiga? Eso sí que es jodido —dice Sarcástica en voz baja.

—Amigas no. No sé, supongo que intento no odiarla. —Por la forma en que lo dice, de algún modo sé que están hablando de mí porque siento que el corazón se me desboca en el pecho. Me quedo paralizada, entre el impulso de luchar y el de emprender la huida—. Intento ser zen, ¿vale? —continúa—. ¿No es eso lo que predicas siempre?

—¿Incluso después de que…? —le pregunta Sarcástica en voz baja—. Hay un límite para lo de ser zen y todo eso.

Amanda se encoge de hombros.

—No quiero hablar de ello.

—¿Después de qué? —pregunto, dando un paso adelante. La decisión ha sido tomada por mí. Lucharé.

Amanda se vuelve para mirarme, sobresaltada.

—¡Ah! Nada —responde rápidamente.

—No, dime. ¿Qué demonios te he hecho? Quiero saberlo. Me encantaría saberlo —me oigo decir, con una risita en la garganta, sintiéndome al borde de algo, como si ahora mismo pudiera decir cualquier cosa, hacer cualquier cosa, sin importarme un bledo las consecuencias.

—Olvídalo —me dice Amanda, negando con la cabeza.

Pero entonces interviene Sarcástica:

—Lo tuyo con Kevin.

—¿Qué...? —La palabra se me atasca en la garganta. Kevin y yo no pertenecemos a la misma frase, al mismo pensamiento, a la misma puta galaxia.

—¡Cállate! —le espeta Amanda a su amiga—. Iba a recoger tus cosas —me dice.

—¿De qué estás hablando? —le exijo a Sarcástica que me responda.

—Estoy hablando de que tú y su hermano...

—¡Cállate, joder! —la interrumpe Amanda—. ¡He dicho que no me importa!

—Lo hicisteis —termina Sarcástica, mirándome de arriba abajo como si realmente fuera una puta guarra y asquerosa.

Apenas puedo aferrarme a un pensamiento el tiempo suficiente para que las palabras salgan de mi boca.

—¿Qué? Yo nunca... ¿Por qué dices eso?

—Por favor —dice Sarcástica con una carcajada—, pero si lo sabe todo el mundo.

Vuelvo a centrarme en Amanda, intentando hablar en lugar de vomitar.

—¿Le cuentas eso a la gente? ¿Por qué te inventas algo así?

—No me lo estoy inventando... ¡Me lo dijo él! —Vuelve a

tener esa mirada de odio en sus ojos—. Así que no tienes que hacer como si…

—Nunca. Jamás. Nunca. ¡Maldito mentiroso! Le odio. ¡Nunca haría eso! Le odio más que a nadie en el mundo entero. Me da asco. De hecho, ¡tú me das asco! ¡Me das asco porque me recuerdas a él! —La señalo agitando los brazos como una loca, y ellas empiezan a alejarse de mí, porque me doy cuenta de que me estoy acercando cada vez más.

—Dijo que vosotros… —Amanda empieza a hablar, pero no puedo dejarla decir ni una palabra más.

—Ojalá estuviera muerto, ¿vale? Ojalá. Que se joda. Que se muera. Nada me haría más feliz que si le sucediera algo realmente horrible. ¿Lo entiendes? —Ahora estoy a centímetros de su cara. No puedo dejar de moverme hacia ella—. Quiero decir, ¿lo entiendes, joder? —Siento que algo salvaje y eléctrico fluye a través de mí, como si mis manos pudieran estrangularla, como si estuvieran controladas por alguna parte de mi cerebro inmune a la lógica, la misma parte de mi cerebro que me permite decir estas cosas, estas cosas jodidas que van a delatarme. Podría… Mis manos… Dios. Cualquier cosa. Hacer daño.

Lo siguiente que sé es que está en el suelo.

Y su amiga está gritando:

—¡Puta psicópata! ¿Qué coño haces?

Y yo grito:

—Te mataré si vuelves a decir eso. —Amanda me mira, con lágrimas rodando por sus mejillas. Parece la Mandy de siete años, pero aun así no puedo obligarme a parar—. No vuelvas a decir eso, joder, ¿lo entiendes? Ni a mí ni a nadie. O lo juro por Dios, juro por Dios que te mataré.

Lloro todo el camino a casa desde el instituto. Voy sollozando por las calles. Sin importarme quién me vea, ni qué aspecto debo de tener, ni lo que piensen. Llego a casa y me encierro en mi habitación.

Me quedo despierta, mirando al techo.

He hecho llorar a Mara. He hecho llorar a Steve. He hecho llorar a Amanda.

Todos los que alguna vez sintieron algo por mí ahora me odian; después de horas de pensar en eso, me he puesto físicamente enferma.

No voy a clase al día siguiente. No puedo enfrentarme a nadie. Estoy enferma, enferma, enferma, le digo a Vanessa. Ella me palpa la frente y me dice que estoy ardiendo. Duermo y duermo. Y nadie me molesta en absoluto. Todo el día y toda la noche, solo estoy yo en mi saco de dormir, entrando y saliendo de la conciencia.

—Cálmate, cielo, todo va a ir bien, te lo prometo —oigo decir a Vanessa en un sueño. En él, estoy llorando y ella intenta consolarme, y yo me esfuerzo por dejar que lo haga. Abro los ojos. Una luz tenue brilla a través de la cortina. Mi despertador marca las cinco y diez de la madrugada.

—Todo se va a arreglar, hijo, ya lo verás —dice Conner, con una voz tan tierna que me pregunto si realmente estoy despierta.

—No, papá, tú no estabas allí. No lo creo. —Es Caelin, y es él quien llora, no yo. Y estoy despierta, estoy segura.

—Quizá deberías llamar a los Armstrong, Conner —dice Vanessa, con la voz apagada tras la puerta cerrada de mi habitación. Los Armstrong (Kevin), eso he oído. Me incorporo rápidamente y escucho con más atención.

—¡No! No los llames. Todavía no… Hasta que sepamos si… —Caelin hace una pausa y lo oigo lloriquear otra vez. Pero Caelin no debería estar aquí. Sus vacaciones de Navidad no empiezan hasta dentro de una semana. No, hay algo que no va bien.

Abro la puerta, doy pequeños pasos hasta el salón. Nadie me oye entrar. Mi hermano está sentado en medio del sofá, con la cabeza entre las manos; Vanessa, en albornoz y zapatillas, está sentada a su lado, con el brazo sobre su espalda; Conner está de pie, revoloteando, con una mano apoyada tímidamente en su hombro. Están en silencio. El cuerpo de Caelin se balancea.

—¿Qué pasa? —pregunto.

Todos me miran. Pero no dicen nada. Caelin vuelve a dejar caer la cabeza sobre su regazo. La barbilla de Vanessa tiembla.

—Es Kevin, cariño —me dice finalmente Conner.

—¿Qué... qué ha hecho?

—¿Cómo? —me dice Caelin con furia—. ¡No ha hecho nada!

—Chist —le arrulla Vanessa.

—Bueno, vale, ¿qué ha pasado? —lo intento de otra manera.

—Todo va a salir bien, así que calmaos todos —dice Conner alzando la voz.

—Edy, Kevin está... metido en un pequeño lío, pero pronto se arreglará.

—¿Qué clase de lío? —Me rasco el brazo, la ansiedad burbujea bajo mi piel.

—¡Una chica de nuestra residencia dice que la violó! —grita Caelin. Y luego, ante mi falta de reacción, añade—: No lo hizo, obviamente, pero no sé qué va a pasar. Ha venido la policía y...

No puedo oír nada más porque alguien está gritando dentro de mi cabeza, dándome con un mazo en el cerebro. Gritando: «Dios, no, no, no». Siento que me voy a caer, que voy a dejar de respirar. Esa vieja bala se abre camino hasta lo más profundo. Creo que esta vez se dirige a mi corazón. No, al estómago. Corro hacia el baño. Llego justo a tiempo para levantar la tapa y vomitar.

Me siento en el frío suelo de baldosas. Me duele la cabeza, como si hubiera una guerra dentro de mi cerebro, con bombas, cañones, armas pesadas y víctimas mortales. Lo hizo. Por supuesto que lo hizo. De eso no hay duda. Pero ¿soy responsable yo también? Le hice caso, mantuve la boca cerrada, y luego fue y lo hizo de nuevo, a otra persona. Excepto que esta chica, quienquiera que sea, era valiente, inteligente. No como yo. Soy la misma llorona cobarde que era entonces. Soy una ratoncita. Soy una maldita ratoncita.

Al otro lado de la puerta distingo más resuellos y quejidos en voz baja, sin palabras. Se oyen los gorgoteos de la cafetera. Salgo, con la esperanza de que no parezca que me han dado una paliza.

—¿Estás bien, Minnie? —me pregunta Conner, apretándome el hombro con demasiada fuerza. Minnie, hacía tiempo que no oía eso. Qué asquerosamente apropiado.

—La verdad es que no —admito.

—No te preocupes por las clases de hoy. —Sonríe—. Nos vamos a tomar un día de salud mental. ¿Te parece bien?

Apruebo con la cabeza e intento devolverle la sonrisa.

Nos quedamos sentados en casa durante horas, todos parecemos devastados. Caelin está hecho un desastre. Conner intenta actuar como si todo fuera bien. Vanessa oscila entre el movimiento maníaco y quedarse demasiado quieta. Tengo ganas de golpearme la cabeza contra la pared.

No me imagino comiendo, pero ayudo a Vanessa a hacer la comida de todos modos. Dice que ayudará a que todos nos sintamos mejor. Lo dudo mucho. Cuando nos sentamos alrededor de la mesa de la cocina, jugueteando con nuestros sándwiches de queso a la plancha y removiendo nuestros cuencos de sopa de tomate grumosa, la historia resulta inconexa y sesgada.

Caelin nos dice:

—Es su novia. Ni siquiera tiene lógica. ¿Por qué iba a violar a alguien con quien ya se estaba acostando?

Para mí sí tenía lógica, evidentemente. Necesitaba hacerla sentir inútil, necesitaba controlarla, necesitaba hacerle daño, necesitaba dejarla impotente.

—Ella rompió con Kevin por un motivo u otro, realmente no lo sé, pero no fue nada del otro mundo. Y luego Kevin le pidió que viniera una noche, porque estaba triste por la ruptura, solo para hablar, y ella dice que fue entonces cuando la «violó». —Comillas en el aire, y me dan ganas de arremeter contra él y romperle los dedos—. Kevin reconoció que se había acostado con ella, pero que fue sexo «consentido». —Vuelve a hacer las comillas.

No me molesto en decirle que, si está intentando dejarla a ella de mentirosa, no debería enfatizar la palabra «consentido».

—Ni siquiera lo denunció hasta un par de días después —añade, como si fuera un dato importante, como si significara algo—. Si ocurrió de verdad, ¿por qué no lo denunció enseguida?

Comparado con el tiempo que he esperado yo, dos días parecen algo casi instantáneo, dos malditos días no son nada.

—Y, además —continúa—, yo estaba allí. Estaba en la habitación de al lado. Si hubiera pasado algo, lo habría sabido. Si pasaba algo malo, podría haber gritado, o haberme llamado. Quiero decir, también éramos amigos. ¡Y no oí nada!

Ay. Se me para el corazón. Si él supiera las cosas que era capaz de no oír desde la habitación de al lado.

—Nada en absoluto —repite—. Y eso es exactamente lo que le dije a la policía del campus cuando me interrogaron la semana pasada. Pero entonces, de repente, volvieron anoche, esta vez la policía de verdad, y se lo llevaron. Por eso estoy aquí: no sabía qué hacer. No me puedo creer que puedan salirse con la suya. No pueden detener a alguien sin motivo, ¿no? Es que no entiendo por qué mintió así. Parecía tan… normal.

—A lo mejor no está mintiendo —suelto por fin, incapaz de contenerme más tiempo.

—¿Cómo puedes decir eso? Claro que miente. —Caelin parece a punto de saltar sobre la mesa.

—Bueno, no detienen a nadie sin motivo, y tú mismo acabas de decir que no podías creerte que mintiera —le recuerdo.

—No, he dicho que no sé por qué mintió, no que no creyera que lo hiciera. Y no sé, Eden, quizá decidió inventarse alguna historia de mierda porque se sentía mal por romper con un chico y luego acostarse con él de todos modos… Por ser una zorra.

—Caelin, no hablamos así en la mesa —le regaña Vanessa con suavidad.

Pero él la ignora. Por el contrario, me mira y murmura en voz baja:

—Tú lo entiendes, ¿verdad?

Se me abre la boca. De asombro o para hablar, no lo sé. Ni siquiera puedo pensar en palabras (no puedo respirar, no puedo sentir), pero mi voz las encuentra de todos modos y explotan desde mi lengua, unas palabras perfectas:

—Vete a la mierda.

—¡Vete a la mierda tú también! —me iguala Caelin, en un reflejo impecable.

Conner golpea la mesa con el puño, haciendo que las cucharas retumben en sus cuencos. Haciendo vibrar mi corazón.

—¡Ya está bien! ¿Qué puñetas os pasa? ¡Cerrad la boca ahora mismo, maldita sea! —Nos señala con el dedo a los dos, alternativamente.

Caelin aparta la silla de la mesa y se dirige a la cocina.

Hago lo mismo y me voy a mi habitación dando un portazo.

Me siento en el suelo y apoyo la espalda en un lado de la cama. Dejo caer la cabeza contra el borde del colchón. Cierro los ojos. No puedo contenerlo más. No puedo resistirlo. Siento que algo se rompe como un dique dentro de mi cabeza.

Lo que pasó: me desperté con él subido encima de mí, clavando sus rodillas en mis brazos. Pensé que era una broma, sin gracia, pero una broma al fin y al cabo. Abrí la boca. Intenté hablar, pero solo conseguí decir «qu...», el principio de «qué». «¿Qué, qué, qué pasa, qué haces?».

Pero enseguida me tapó la boca con la mano para que mis padres no me oyeran. Tampoco me habrían oído, porque mi despertador marcaba las 2:48 desde la mesilla de noche que había junto a la cama. Los dos sabíamos que estaban profundamente dormidos al otro lado de la casa.

No era ninguna broma.

Porque ahora su boca está en tu boca, y su mano alrededor de tu garganta, y te está susurrando: «Cállate-cállate-cállate-cállate». Y tú lo haces. Te callas. Eres estúpida, estúpida.

Son las 2:49. Ha tirado al suelo mis braguitas con el día de la semana. Y, de alguna manera, todavía no entiendes lo que está pasando. Entonces me sube el camisón de un tirón (mi camisón favorito, con los estúpidos perritos dormidos) y noto que se rasga la costura por donde ya se estaba soltando un hilo. Me lo sube por el cuello, dejando al descubierto todo mi cuerpo, todo mi cuerpo desnudo y torpe. Y me mete un trozo de tela en la boca, ahogándome. Yo tenía arcadas, pero él siguió metiéndomelo en la boca, empujando, empujando, empujando, hasta que no pudo más. No estaba entendiendo por qué, hasta que intenté gritar. Estaba gritando a todo pulmón, lo sabía, pero no oía nada, solo un ruido sordo bajo el agua.

Conseguí liberar los brazos, pero no sabía qué hacer primero. Se agitaron sin rumbo, golpeando sin dirección. Estúpidas extremidades. Un golpe rápido contra el muro de su cuerpo y volví a caer. Pues vaya con esa adrenalina que otorgaba una fuerza sobrehumana de la que siempre había oído hablar: la que permitía a las abuelas levantar coches para rescatar a niños, pero que a mí no me permitía soltarme de sus manos. Maldita urgencia inútil.

—Basta —me advirtió mientras me sujetaba los brazos contra la cama, sus rodillas se clavaban en mis muslos, apretando las rótulas con fuerza hasta que me asfixió con todo su cuerpo, hasta que mis huesos se convirtieron en polvo. Recuerdo que pensaste que te dolía. Pero eso no fue nada. Su cuerpo temblaba, le temblaban los brazos de tanto sujetarme, las piernas de intentar meterse entre mis muslos, intentando colocarse para hacer lo que incluso entonces, en ese momento, aún no creía que fuera capaz de hacer—. Maldita sea —me gruñó al oído (el oído de la niña, su oído)—. Quédate quieta o… Hazlo, joder, o te juro por Dios que… —masculló.

No me importaron los finales de esas frases porque esto no puede estar pasando, esto no puede estar pasando, esto no puede estar pasando. Esto no es real. Esto es otra cosa. Esta no soy yo. Es otra persona. Intenté mantener las piernas juntas. Lo intenté de verdad (estaba temblando del esfuerzo), pero a las 2:51 ya las tenía separadas.

El marco de la cama cruje como un columpio oxidado que se balancea de un lado a otro. Gime como una casa encantada. Y algo parecido al cristal se rompe. Se rompe dentro de ti, y las diminutas astillas de esa cosa horrible se desprenden y viajan por tus venas, dirigiéndose directamente a tu corazón. Próxima parada: el cerebro. Intenté pensar en algo, cualquier cosa excepto en que duele, duele, duele mucho.

Sin embargo, el dolor se convirtió rápidamente en algo secundario al hecho de que pensé que podría morir de verdad. No podía respirar. Ningún sonido podía salir de mi boca y ningún aire podía entrar. Y el peso de su cuerpo me aplastaba hasta tal punto que pensé que mis costillas se partirían por la mitad y me perforarían un pulmón.

Utilizó una mano, solo una, para sujetarme los brazos por encima de la cabeza, apretándome los huesos de las muñecas. Los sonidos eran involuntarios: gorgoteos y esputos, estertores de muerte, ruidos que hace el cuerpo cuando se está muriendo. ¿Sabía que me estaba matando? Quería decirle que estaba a punto de morir.

Supongo que dejé de luchar en algún momento. La cosa estaba sucediendo. Ya no importaba. Hazte la muerta. Él enterraba la cara en la almohada y cada vez que se movía, con tanta brusquedad, sus gruñidos y gemidos huecos y apagados reverberaban a través del relleno de algodón y poliéster, serpenteando por un sinuoso camino que conducía directamente a mis oídos, fundiéndose con los sonidos de mis entrañas rompiéndose, las voces de mi cabeza gritando, gritando, gritando.

A las 2:53 todo había terminado. Me soltó los brazos. «Se acabó, se acabó», me dije. Cuando me arrancó el camisón de la boca, empecé a toser y a jadear. Había estado a punto de morir asfixiada, pero él ni siquiera podía permitirme una simple reacción corporal. Puso su mano sobre mi boca. Estaba sin aliento, su boca casi tocaba la mía, sus palabras sonaron húmedas: «Cállate. Cállate, cállate. Escúchame. Escucha». Me sujetó la cara, de modo que tuve que mirarle a los ojos. Sus ojos eran los ojos de siempre, pero ahora me quemaban, se clavaban en mí. «Silencio», susurró mientras me apartaba de la cara mechones de pelo empapados en lágrimas, metiéndomelos detrás de las orejas con suavidad, una y otra vez, con sus manos sobre mí como si fuera lo más normal, como si así tuviera que ser.

—Mírame —susurró—. Nadie te creerá nunca. Ya lo sabes. Nadie. Nunca.

Se apartó de mí y una ráfaga de aire helado se coló entre nosotros mientras se incorporaba. No me importaba lo que acababa de pasar, ni lo que pasaría después, solo me importaba que se acabara, que se fuera. Me callaría, me quedaría quieta si era necesario. Cerré los ojos y esperé. Y esperé. Pero él no se iba, estaba arrodillado entre mis piernas, mirándome, mirando mi cuerpo.

Antes me había sentido muy fea en general. Pero nunca tan fea como ahora. Tan insignificante, repulsiva y odiada como me hizo sentir entonces, con sus ojos clavados en mí. Intenté cubrirme con las manos, pero él las apartó y me puso los brazos contra los costados, sus manos sobre mí. No había terminado, todavía no. Esto aún formaba parte de ello. Me agarro a las sábanas para hacer que mi cuerpo se quede quieto, como él quería.

Ni siquiera me estaba sujetando. Físicamente no. Pero me sujetaba de otra manera, más fuerte que los músculos, los brazos y las piernas. Ya ni siquiera podía sentir mi cuerpo, ni siquiera el dolor, pero podía sentir sus ojos sobre mí, mostrándome toda mi fealdad, todas las cosas que más odiaba de mí, todos los motivos por los que no importaba.

—Vas a cerrar la boca —me susurró. No estaba segura de si era una pregunta o una orden. De todos modos, solo hay una respuesta correcta, lo sé—. Te he hecho una puta pregunta. —Gotas de saliva caen sobre mi cara con cada palabra.

Lo miro fijamente… ¿Se me permite hablar? ¿No se suponía que tenía que callarme?

Me agarra de la barbilla y del pelo y me mueve la cara arriba y abajo.

—¿Sí? —masculla, asintiendo lentamente. Niego con la cabeza—. Dilo.

Pero la voz no me sale bien; solo consigo pronunciar la ese.

—Dilo —me exige.

—S… Sí, sí —me oigo gemir.

—A nadie, ¿entiendes? No se lo digas a nadie —dice con la boca cerca de mi cara—. O juro por Dios, juro por Dios que te mato, joder.

Oigo mi voz, no más fuerte que mi respiración:

—Por favor, por favor, por favor. —Y ni siquiera sé qué le estoy suplicando: que acabe de una vez y me mate o que me perdone la vida.

Me roza la boca con los labios por última vez, me mira como si fuera suya y esboza su sonrisa. Se levanta. Luego vuelve a ponerse los calzoncillos.

—Duérmete —susurra, antes de cerrar la puerta de mi habitación tras de sí.

Me tapo la boca con las dos manos, cierro los ojos lo más fuerte que puedo e intento que mi cerebro deje de creer todo lo que piensa, siente y sabe que es verdad.

Abro los ojos. Respiro con dificultad. Luego casi no puedo respirar. Mi corazón se acelera. Luego se detiene por completo. Estoy en mi habitación. No entonces, sino ahora. Y estoy bien. Estoy bien. Estoy bien, repito en silencio.

Me pongo de pie.

Cojo el teléfono.

Doy vueltas por mi habitación.

Necesito a alguien. Necesito a alguien, joder. Necesito a alguien ya. Pero no tengo a nadie a quien llamar, a nadie. No tengo a nadie en el mundo a quien pueda importarle lo que me está pasando.

Pero entonces tengo una idea. Una idea muy estúpida y masoquista, pero ahora está ahí, en mi cabeza, y es una de esas ideas que, una vez que están ahí, no hay nada que se pueda hacer para que desaparezcan. Mis dedos pulsan los números aunque mi cerebro me lo prohíbe, igual que hace dos años, igual que si no hubiera pasado nada de tiempo. Marco la secuencia de números arraigada en mis huesos y músculos.

Practico su nombre: «Josh. Josh», susurro.

Me odio. Está sonando.

—¿Diga?

Abro la boca. ¿Pero qué palabras podrían deshacer estas cosas alguna vez, qué palabras podrían decir lo suficiente de la verdad?

Cuelgo.

¿Qué es lo que me pasa?

Vuelvo a marcar.

—Eh, ¿hola?

Cuelgo.

Solo una vez más…

—¿Holaaa?

Vuelvo a colgar. Maldita sea.

Respiro.

Como una especie de yonqui sin autocontrol, no puedo contenerme. Marco.

—¿Quién es? —pregunta.

Dios mío. Su voz. Solo el sonido de su voz hace que me palpite el corazón.

—¿Hola? —aspira—. ¿Hola? —exhala.

Abro la boca. Pero entonces oigo la voz de Vanessa:

—¿Edy? Edy, ¿puedes venir aquí, por favor?

Cuelgo al instante.

En la sala de estar me reciben dos personas de aspecto increíblemente intimidante: un hombre (un policía de uniforme) y una mujer que lleva un elegante traje de chaqueta y hace las presentaciones.

—Hola, él es el agente Mitchell y yo soy la inspectora Dodgson. Estamos aquí para hacer unas preguntas sobre Kevin Armstrong. Señores McCrorey, tenemos entendido que su familia está muy unida a la del señor Armstrong, ¿es correcto?

Conner toquetea el mando a distancia intentando apagar el televisor. Y Vanessa hace algo que nunca le había visto hacer antes: coge la mano de Conner. Caelin se pone de pie de repente, con un aspecto demasiado agresivo teniendo en cuenta que ambos llevan pistolas visibles.

—¡Ya le he dicho a la policía todo lo que sé, que es nada, porque no pasó nada! —prácticamente grita Caelin.

—Estamos al tanto de la declaración que hizo a la policía del campus la semana pasada, pero hoy estamos aquí por otro asunto, un asunto relacionado pero distinto —dice la mujer, la inspectora Dodgson. Me agarro el pecho con la mano. Porque de inmediato sé que hay alguien más, otra chica, alguien además de la exnovia. Respiro hondo y contengo la respiración; planto los pies en el suelo y me preparo para algo terrible.

—¿De qué va todo esto? —dice Conner tembloroso, pasando el brazo por el hombro de Vanessa.

—Miren, él no le hizo nada, ¡lo sé! —insiste Caelin.

El agente Mitchell, que le saca una cabeza a Caelin, que mide un metro ochenta de estatura, da un paso hacia él; ni siquiera le hace falta hablar para intimidar. La inspectora Dodgson prosigue:

—Nos gustaría preguntarle a cada uno de ustedes, por separado, acerca de Kevin y Amanda Armstrong.

Se me revuelve el estómago y el corazón me da un vuelco.

Amanda.

Pues claro que es ella. Tiene que serlo. Intento hacerme invisible. Intento quedarme quieta y fundirme con la pared. Intento reunir suficiente poder psíquico para desintegrarme, para desmaterializarme ante sus ojos.

—¿Qué? —susurra Caelin, aunque está bastante claro que habría querido gritarlo.

—¿Mandy? —dice Vanessa, más para sí misma que para la inspectora.

—¿Por qué quiere preguntarnos por ella? —pregunta Conner, y todos empezamos a temer la respuesta.

—Pero ¿por qué...? ¿Qué...? ¿Por qué...? —Vanessa parece incapaz de formular una frase.

—Estamos investigando una denuncia por agresión, señora —dice el agente Mitchell.

La inspectora Dodgson me mira de un modo que me hace sentir desnuda. Pero no puede saberlo, porque nadie lo sabe.

—¿Qué... quiere decir... con una agresión? —balbucea Vanessa, sin poder comprender lo que nos están diciendo.

Caelin vuelve a sentarse en el sofá y se queda mirando un punto imaginario de la moqueta, sin hablar, sin pestañear.

—Queremos hablar con cada uno de ustedes —dice el agente Mitchell—. Señor McCrorey, ¿me acompaña a la otra habitación? —Empieza a caminar hacia el comedor, Conner le sigue, parece desorientado, agarrándose al mando a distancia como un salvavidas.

La mujer me mira fijamente.

—Eden, ¿verdad?

Me falta el aire, pero intento responder:

—Sí.

—¿Podemos hablar en privado? Caelin, señora McCrorey, el agente Mitchell vendrá a hablar con ustedes en breve.

Me dirijo a mi habitación, sus pasos me siguen.

—¿Puedo sentarme? —pregunta, señalando mi cama.

Afirmo con la cabeza de repente. Se me acelera el corazón. Me tiemblan las manos. Se me eriza la piel. Se sienta y la cama cruje como si estuviera revelando sus secretos por todas partes.

—Me gustaría hacerte unas preguntas, si te parece bien.

—De acuerdo, pero en realidad no sé nada. —Estás demasiado nerviosa, Edy. Cálmate.

—¿En serio? —pregunta ella—. Porque no pareciste sorprenderte cuando el agente Mitchell le habló a tu familia de las acusaciones contra el señor Armstrong. —Pero eso no es una pregunta. No sé cómo se supone que debo responder, así que me quedo mirándola—. Me interesa saber por qué.

—¿Por qué qué? —Eso es, hazte la tonta.

—Eden, si tienes algún conocimiento o información sobre los Armstrong, este sería el momento de decírnoslo.

—Pero no lo sé. Lo juro. No tenía ni idea de que le estaba haciendo eso.

—¿Haciendo qué, Eden? —pregunta ella, fingiendo estar desconcertada.

—No lo sé. Lo que sea que estaba haciendo, lo que sea que hizo, no lo sé. —Ay Dios, soy transparente para ella.

—De acuerdo. Entonces ¿volvemos a mi pregunta inicial?

—¿Por qué no me sorprendió, quiere decir?

—Entonces, ¿no te sorprendió?

—No, sí lo hizo. Me sorprendió... Quiero decir, estoy sorprendida —tartamudeo.

—No —dice despacio—, tu madre, tu padre y tu hermano estaban sorprendidos, conmocionados, pero tú no. ¿Puedes decirme qué se te pasó por la cabeza?

—Nada, no lo sé, no pensaba en nada.

—¿Tenías que estar pensando en algo? —Y me mira con esos ojos, esos ojos serios, serenos, que no toleran las mentiras de nadie. Me traspasa con la mirada, como si pudiera verlo todo. Todo lo que soy, todo lo que no soy. Cuento los segundos que lleva mirándome el alma: uno, dos, tres, cuatro,

cin...

—Deja que te haga otra pregunta entonces. En tu opinión, ¿crees que estas acusaciones contra el señor Armstrong son probables?

—No lo sé. ¿Cómo iba a saberlo? Quiero decir, no lo sabría.

—Tengo que decir que pareces muy nerviosa, Eden. ¿Estás ocultando algo porque crees que estás protegiendo al señor Armstrong?

—¿Protegiéndolo? No. Y no estoy ocultando nada, de verdad.

—Eden, voy a ser sincera contigo —dice, cruzando las manos con elegancia sobre su regazo—. Fui yo quien habló con Amanda, y ella mencionó tu nombre específicamente. Me dijo que debía hablar contigo. —Me señala suavemente con el dedo a través de sus manos entrelazadas—. ¿Sabes por qué?

Niego con la cabeza demasiado fuerte de un lado a otro, una y otra vez.

—Bueno, ella parecía creer que podrías tener algún tipo de

información sobre el señor Armstrong. Sobre Kevin —añade, como si supiera la rabia que despierta en mí el mero sonido de su nombre.

Veo que mira cómo me tiemblan las manos. Cruzo los brazos para esconderlas.

—Amanda me contó un incidente que ocurrió en el instituto a principios de esta semana. Dijo que te pusiste muy… alterada mientras discutíais…

—¡No! He dicho que no. No sé por qué me mencionó. No sé nada. —Quiero gritarlo, ser firme y fuerte, pero solo me sale un quejido desgarrador.

Me mira con cara de póquer. No puedo interpretar su gesto. Se levanta y cruza mi habitación. Creo que ya se va, pero cierra la puerta dejando solo un resquicio.

—Eden —dice con suavidad—, voy a preguntarte una cosa y necesito que seas muy sincera en tu respuesta. —Baja la voz y se queda ahí como una montaña que nunca podré mover—. Eden, ¿Kevin ha abusado de ti alguna vez, o te ha agredido de alguna forma, sexual o de otro tipo?

Siempre me había prometido a mí misma que si alguien me preguntara, si alguien me hiciera la pregunta correcta, diría la verdad. Podría acabar con una sílaba. Abro la boca. Quiero decirlo. Sí. Sí. Intento emitir el sonido. Sí. ¡Dilo! Pero tengo la boca tan seca que no puedo.

Tomo aire y me atraganto. Me atraganto con la palabra. De hecho, me ahogo. Me levanto de la silla como si eso fuera a ayudarme. Empiezo a pasear por la habitación, sin poder respirar. Toso tan fuerte que la mujer tiene que salir corriendo para traerme un vaso de agua. Sigo tosiendo cuando vuelve. Le doy un sorbo al agua, pero me atraganto aún más y la vomito por toda la alfombra. Me duele la garganta.

—¿Puedes respirar, Eden? —me pregunta en voz alta.

Digo que sí con la cabeza, aunque en realidad no puedo. No puedo respirar. Es como si tuviera algo atascado en la garganta.

Toso y toso, pero no consigo nada. Me sujeto el cuello. Hay algo ahí, puedo sentirlo. Puedo saborearlo. Algo alojado en mi garganta, algo familiar, algo seco como el algodón, algo como… el dobladillo de ese estúpido y maldito camisón que se fue directamente a la basura a la mañana siguiente.

Entonces irrumpen Vanessa y Conner.

—¡Dios mío! —chilla Vanessa.

—¡Que alguien haga algo! —grita Conner, a nadie en particular.

La habitación se encoge. Yo me encojo. Y ahora vuelvo a estar allí. Me veo a mí misma desde arriba, tumbada en mi cama, y él vuelve a estar encima de ella. Veo cómo le mete el camisón en la boca y cómo nadie hace una mierda. Ella intenta pegarle, una, dos veces, pero él le vuelve a bajar los brazos y… y él…

—¡Edy, bébete el agua! —grita Vanessa.

—De acuerdo, que todo el mundo se calme —dice la inspectora—. Vamos a darle un poco de espacio. Está bien. Estás bien, cariño, no pasa nada.

Pero no estoy bien. Ella no está bien.

Le está haciendo daño, una vez y otra y otra y otra, pero ¡nadie se molesta en mirar siquiera! Intento señalar, quiero gritar: mira detrás de ti, maldita sea, fíjate en algo por una vez, está justo ahí, lo que necesitas saber, justo ahí, pasando… todavía…

—EDEN EDY EDEN EDY EDY —me gritan todos a la vez. Intento responder. Pero nada. Sus voces se desvanecen en el fondo. Ruido blanco. Un único sonido atraviesa el velo: «Nadie te creerá nunca nadie te creerá nunca nadie te creerá nunca nadie te creerá nunca».

Que se acabe. Acaba ya. Pensaba que se había acabado. Se suponía que se había acabado.

Voces y palabras borrosas emergen a la superficie:

—Mejor… Bien… Edy… Eden… Está bien, mire.

Abro los ojos. Estoy mirando al techo. Estoy en el suelo. Vanessa está a un lado, la inspectora al otro. Me siento como Dorothy, despertando de un extraño sueño, pero para entrar en una realidad aún más extraña. Caelin y Conner están detrás de ellas, inclinados sobre mí.

—¿Qué ha pasado? —pregunto, con la voz entrecortada.

—¡Te has desmayado! —chilla Vanessa, con los ojos empañados en lágrimas que amenazan con desbordarse.

—Ay, Dios —gimo, intentando incorporarme.

—Espera, tranquila. Despacio. —La inspectora Dodgson me pone una mano en la espalda.

—Lo siento. No me había pasado nunca. Jolín, qué tonta me siento. —Intento reírme de mí misma. Pero suena muy falso.

—Bueno —dice la inspectora, poniéndose de pie—, aún tengo que hacerte más preguntas, Eden, pero de momento, ¿por qué no descansas un poco? Si se te ocurre algo, no dudes en llamarme. Aquí te dejo mi tarjeta. —Saca una tarjeta de visita de un compartimento invisible de su chaqueta y la deja en la esquina de mi escritorio, dándole dos golpecitos con el índice.

Me siento delante de mi mesa y me quedo mirando la tarjeta durante un buen rato. Después de que Vanessa me diera un litro de zumo de naranja y un sinfín de galletas saladas, me dejaron volver a mi cuarto sin supervisión. Paso el dedo por encima de las letras en relieve: Inspectora Dorian Dodgson. Saco mi teléfono.

Me desplazo hacia abajo por la pantalla y encuentro el número en mis llamadas salientes.

—¿Diga? ¿Hola?

Cuelgo. Vuelvo a llamar.

—Hola... ¿Quién es?

Cuelgo. Vuelvo a marcar.

—¿Hola? —contesta, nervioso.

Cuelgo. Rellamada.

—Eden, ¿eres tú?

El corazón me da un vuelco.

—Eden, si eres tú... ¿Hola?

Cuelgo. Joder. Entonces, el teléfono empieza a vibrar en mi mano. Es él. Sigue sonando. Lo silencio. Mierda, pero así saltará el buzón de voz. Tengo que cogerlo. Lo cojo. No digo nada. Escucho. Él respira.

—¿Eden?

»¡Eden!

»¿Quieres decir algo?

»Te oigo respirar...

»Vale, escucha. —Su voz suena aguda, como aquel día en el baño, cuando me dejó.

Escucho. Escucho con atención.

—No sé qué quieres, por qué me llamas así. Habla de una vez. O no esperes que te lo vuelva a coger.

Hace una pausa, en silencio. Luego cuelga.

Me tiemblan las manos mientras tecleo los números. Contengo la respiración. Suena. Una, dos, tres veces. Debería colgar. Debería colgar. Esto es una locura.

—¿Qué? —responde bruscamente.

No puedo hablar.

—Venga, Eden...

No.

—¿Necesitas algún tipo de ayuda?

Sí, sí.

—¿Pasa algo, hay algún problema?

Dios, sí.

—No te... ¡Vas a tener que decir algo!

Ojalá pudiera.

—Eden... Eden, vamos. Oye, ¿me estás acosando o algo?

¿Acosándolo?

—Hay leyes para eso, ¿sabes? —añade—. Esto tiene que parar. Lo digo en serio.

—No —gimoteo finalmente.

—¿Qué?

—No. No te estoy acosando.

—¿Entonces qué estás haciendo? Porque esto... da un miedo que te cagas, ¿vale?

—Lo siento.

Silencio.

Más silencio.

—¿Estás bien? —pregunta al cabo.

—No. —Cierto.

—¿Qué...?

—¡Me importaba! —le suelto.

—¿Qué?

—Me importabas. Siempre me has importado.

—Vale —murmura, como encogiéndose de hombros verbalmente. No sé qué significa.

—¿Vale?

—Es que no sé qué decir, Eden. Hace años que no hablo contigo. Esto es muy raro.

—¿Lo sabías?

—¿Si sabía qué? —pregunta.

—Que me importabas.

Duda, tal vez intentando decidir si debería colgar. Suspira y me doy cuenta de que está poniendo los ojos en blanco; lo veo claramente en mi cabeza.

—A veces, supongo.

—Te mentí. Muchas veces. Dios, ni siquiera sé si te acuerdas. ¿Te acuerdas? ¿Te acuerdas de mí?

—Sí, claro que me recuerdo de ti, Eden. Me acuerdo de todo.

—Ojalá no lo hicieras.

—No suenas nada bien, Eden. ¿Quieres que llame a alguien?

—¿Recuerdas cuál te dije que era mi segundo nombre?

—Eden, ¿por qué has estado llamándome? —exige saber, ignorando mi pregunta.

—Marie, ¿te acuerdas?

—Sí, Marie, me acuerdo.

—Eso también era mentira.

—¿Qué?

—Es Anne.

—¿Estás borracha?

—¿Por qué, parezco borracha?

—Pues sí, la verdad.

—Pues no lo estoy, pero oye, seguramente es buena idea. Es que..., no sé, ¡estoy hecha mierda! —Me río. Es gracioso.

Esto. Esta conversación. Es ridícula—. Muy hecha mierda. —Me río otra vez—. Lo siento. Puedes colgar si quieres.

—No, no quiero colgar. Pero estoy muy preocupado. Me parece que no estás bien.

—Es que no estoy bien. La verdad es que no. No estoy bien. Me equivoqué... Todo lo que he hecho en mi vida ha estado mal.

—Eden, no entiendo lo que quieres, ¿de qué va esto?

—Me encantaba cómo decías mi nombre, ya sabes, antes de que me odiaras.

—Nunca te odié. —Suspira.

—Sí me odiabas. Hice que me odiaras. Pero no pasa nada, todo el mundo me odia. Yo también me odiaría. Quiero decir, lo hago. Me odio. Soy una persona horrible, horrible.

—Eden, por favor... Oye, ¿qué necesitas de mí? ¿Cómo puedo ayudarte?

—¡No puedes! —aúllo. Y luego me tapo la boca porque no puedo permitir que me oiga llorar—. Voy a dejarte en paz. Lo siento. —Jadeo—. No debería haber llamado. Es que... —Boqueo, tomando aire para poder terminar—. A veces te echo muchísimo de menos, y quería que supieras que me importabas. De verdad. Y que no hubo nadie más. Nunca. Espero que me creas.

—Espera, Eden, no cuelgues... —Pero lo hago, cuelgo.

Apago el teléfono porque no quiero saber si llama, y más aún, no quiero saberlo si no me llama. Solo quiero dormir. Solo quiero dormirme durante mucho tiempo, para siempre, tal vez.

Pero me despierto, a las 5:45 de la mañana, como todas las mañanas. Y como cualquier otra mañana, me ducho. Me lavo los dientes. Me maquillo, me peino, me visto, lo de siempre. Lleno la mochila, finjo que me estoy preparando para ir al instituto. Mientras tanto, intento convencerme de que anoche no pasó nada. Bueno, que no pasó nada de lo de ayer. No lloré ni me rebajé por teléfono con Josh. No me desmayé mientras me interrogaba la inspectora Dorian Dodgson. De hecho, ni siquiera conozco a Dorian Dodgson. Tampoco conozco a ninguna Amanda. ¿Kevin Armstrong? Nunca he oído hablar de él. Y lo de la violación... Lo único que sé sobre eso es que es algo terrible, algo que les pasa a otras personas. A mí no.

Entro de puntillas en el salón. Caelin está durmiendo en el sofá.

—Me voy —susurro, demasiado bajo para que nadie me oiga. Y entonces lo hago. Me voy. Solo son las seis y media. Intento pensar en algún sitio al que ir: el instituto está descartado, y la biblioteca no abrirá hasta dentro de dos horas. Las calles están vacías y silenciosas. Una capa de nieve fresca absorbe todo el sonido del mundo.

Enciendo el teléfono. Quince llamadas perdidas, nueve mensajes de voz nuevos.

23:10: «Eden, soy Josh. Por favor, llámame, ¿vale?».

23:27: «Eden, no sé qué está pasando, pero llama, por favor, solo para decirme que estás bien».

00:01: «Eden...».

00:22: «Joder, estoy muy preocupado...».

00:34: «...» (respiración).

00:45: «Eden, solo quiero que sepas que no te odio. Nunca te he odiado. Joder, ¿puedes llamar? Por favor».

1:37: «Estoy empezando a asustarme por si haces alguna estupidez y no quiero... Por favor, no lo hagas. Llámame y hablaremos. Por favor».

1:56: «Mira, no sé qué es lo que ha pasado, pero todo irá bien. De verdad que sí. Por favor, llámame, me estoy volviendo loco».

2:31: «Eden... Si no me llamas... A la mierda, voy para allá».

Fin de los mensajes.

¿Voy para allá? ¿Aquí? No, no, no, no. Marco. Ni siquiera llega a dar tono antes de que responda.

—¿Hola, Eden?

—Sí, soy yo.

—¡Por el amor de Dios, te llamé veinte veces!

—Lo sé, lo siento, acabo de escuchar tus mensajes. Por favor, no vengas. No vale la pena. No es una emergencia ni nada. Siento mucho haberte preocupado.

—¿Preocupado? Sí que me has preocupado, joder. ¡Llevo siete horas pensando que estabas muerta!

Esa palabra, «muerta», corta. Como un cuchillo. Lo atraviesa todo.

—No… —Pero casi no puedo hablar—. No quería… Eso no es lo que quería. No quería que te preocuparas, es solo que… Dios, no sé.

—¿Qué? ¿Por qué me llamabas?

Tengo que dejar de caminar mientras intento pensar en la respuesta. Bueno, quizá en la respuesta no, pero sí en una respuesta.

—Es que me sentía… sola. Me siento sola, nada más. Lo siento, perdóname. Sé que fue una estupidez. Ni siquiera sé por qué lo hice. No debería haberte molestado.

Silencio.

—Me siento como una imbécil —le digo.

Le oigo chasquear la lengua y suspirar compasivo.

—Anda, calla. No digas eso.

—No, sí que lo digo. Me da mucha vergüenza.

—Ya te veo.

—¿Qué?

Pero cuelga. Voy a llamarlo otra vez, pero el claxon de un coche rompe el silencio gélido que cubre todo el barrio. Me doy la vuelta para mirar. Un viejo Ford destartalado frena detrás de mí. Se detiene. Me agacho y miro dentro por la ventanilla del pasajero. Es él de verdad. Se inclina para abrir la puerta.

Nos miramos fijamente desde lados opuestos de una mesa del IHOP de la autopista. Me siento como si estuviera viendo a un fantasma. Tiene el mismo aspecto, pero diferente: ha crecido, se parece más a sí mismo, como se supone que debe ser. Da un sorbo a su café; se lo toma solo, muy maduro.

Junto al bote de sirope hay una taza con lápices de colores rotos. No puedo dejar de mirarlos.

—Bueno... —dice, y tengo que apartar los lápices de colores de mi campo de visión para poder centrarme en él.

—No puedo creer que esté sentada ahora aquí contigo —respondo al fin, después de mirarle durante demasiado tiempo.

—Lo sé. Yo tampoco me lo creo. —Pero lo dice de una manera muy distinta a como lo dije yo.

—¿Has tenido que conducir toda la noche?

—No, solo la mitad de la noche, la otra mitad te estuve llamando.

—Lo siento mucho. No quería que sonara tan grave. Supongo que estaba agobiada.

No dice nada. Su cara es un cruce entre cabreo, fastidio y confusión.

Y como no puedo soportar esa mirada, mi boca sigue soltando estupideces. Cosas como «Hum, estás muy guapo» y «Pues por fin nos hemos visto, ¿eh?».

Pero él no responde, se limita a quedarse sentado, con cara de sufrimiento.

Por suerte, la camarera viene a rescatarme con dos platos llenos de tortitas.

—Avisadme si queréis algo más —nos dice—. Disfrutad, chicos.

Los dos cogemos el sirope de mantequilla y nueces al mismo tiempo. Nuestras manos se tocan.

—Eden, tengo que decirte una cosa ahora mismo, ¿vale?

—Vale. —Parece algo importante. Dejo el tenedor en el

borde de mi plato, asegurándome de que parezca que estoy prestando atención.

—Estoy saliendo con alguien. Tengo novia, y va en serio, así que...

—Ah. —Vuelvo a coger el tenedor, apuñalo la tortita, intento borrar la expresión devastada de mi cara y sonar lo más indiferente posible—. Sí, claro, por supuesto. —Corto un triángulo de tortita con cuidado y me lo meto en la boca. Me cuesta tragarlo.

—Solo quiero que sepas que no he venido aquí para... Lo que quiero decir es que solo estoy aquí como amigo.

—Sí, claro, lo entiendo. —Tranquila. Come. Sé normal. Y, por el amor de Dios, no digas nada más—. ¿Sabe ella que estás aquí? —murmuro sobre mi taza. Hace eco.

Él asiente con la cabeza, dando un sorbo a su café.

—¿Qué le has dicho, que tenías que ir a hablar con una loca mentirosa y acosadora? —Sonrío. Mi fachada se resquebraja.

—No. —Sonríe incómodo, solo un poco—. Eso no. Le dije que eras mi exnovia, y sé que tú no pensabas eso, pero es lo que le dije, para simplificar. Y le dije que creía que te pasaba algo y que quería verte y asegurarme de que estabas bien.

—Vaya —susurro. No sé qué es más difícil de creer: el hecho de que le dijera la verdad o que, después de decírsela, ella le dejara venir igualmente. Si fuera mío, mío de verdad, no le dejaría acercarse a alguien como yo—. ¿Y a ella le pareció bien? —pregunto con incredulidad.

—Sí. —Se encoge de hombros, y por fin empieza a comer. Luego me mira un momento y dice—: ¿Y bien?

—¿Y bien qué?

—¿Qué es lo que te pasa?

Mientras intento averiguar cómo empezar a responder esa pregunta, vuelve la camarera:

—¿Cómo va todo, chicos? ¿Necesitáis algo más?

—Esto está muy bueno, ¿eh? —digo cuando se va, señalando las tortitas con el tenedor—. ¿O es que tengo mucha hambre?

—Eden, ¿me lo vas a contar? —pregunta impaciente.

—¿El qué?

—No lo sé. —Agita la mano en mi dirección—. Dímelo tú. Me llamaste para decirme algo. Nadie llama tantas veces a menos que tenga algo que decir.

Afirmo con la cabeza. Tengo algo que decir, muchas cosas que decir. Demasiadas.

—Creo que sobre todo quería decirte cuánto lo siento —confieso—. Sé que no cambia lo que pasó. Sé que no cambia nada, pero quería que lo supieras de todos modos.

Le da un mordisco a la tortita. Se toma su tiempo para masticar. Y para tragar. Y justo cuando parece que va a decir algo, da otro mordisco. Finalmente me mira, como si estuviera decidiéndose entre decir algo malo o decir algo bonito.

—Eden —empieza, tomando aire—, mira, sabía que las cosas no eran exactamente como parecían. Supongo que entendía que tenías problemas, o algo. No, eso es mentira —se corrige enseguida—. En realidad, no lo entendía. Para nada. En aquel entonces no, pero ahora sí. —Me dedica una sonrisa triste antes de volver a mirar su comida. Pensé mucho en ti, sabes, me preocupé mucho por ti —dice con la boca llena, sin mirarme.

—¿Por qué? —susurro, temiendo que, si hablo demasiado alto, me despierte de este sueño.

—Porque siempre fuiste así, nunca parecías estar bien.

—Supongo que no estaba bien. —Hago nudos con el envoltorio de mi pajita, una y otra vez—. ¿Y ahora? —Me río—. Ahora estoy tan mal que ni siquiera sé cómo he llegado aquí. Pensarás que estoy mal de la cabeza. Puede que lo esté.

—No dejas de decir eso, ¿por qué? ¿Ha pasado algo de verdad? —pregunta. Veo que me mira mientras me retuerzo, y sé que ya no hay manera de salir de esto, a menos que se lo cuente. La verdad. Al fin y al cabo, se merece la verdad.

Llevo tres años esperando a que alguien, cualquiera, diga esas palabras mágicas. Y ya dejé pasar la oportunidad una vez, cuando importaba realmente. No puedo volver a hacerlo. Siento un hormigueo por todo el cuerpo. Me da pánico volver a desmayarme.

Y oigo mi voz, más aguda que de costumbre:

—Sí. Ha pasado algo muy malo.

Él espera, me observa y parece más preocupado a cada segundo que pasa.

—¿Qué? —pregunta al fin. Deja el tenedor y se inclina hacia mí.

Miro el plato, el charco de sirope y las migajas de tortita húmeda. Me tiemblan las manos, las pongo sobre el regazo. Abro la boca.

—Es que me...

—¿Sí? —me incita.

Lo intento de nuevo. Pero no sale nada.

—Eden, ¿qué?

Miro a mi alrededor. Vuelvo a mirar los lápices de colores. Luego a él, esperando a que diga una palabra que no puedo pronunciar.

—¿Qué? —repite.

Me inclino sobre la mesa y cojo el bote de lápices de colores. Saco uno rojo. Arranco una esquina de mi mantel individual. Mi mano quiere apartarse cuando presiono la cera contra el papel. Empiezo a escribirlo bien, pero algo tan feo no tiene por qué parecer bonito. Las letras me salen temblorosas, irregulares. Termino deprisa y corriendo. Miro la frase «ME VIOLARON» un instante, antes de doblar el papel por la mitad y deslizarlo a través de la mesa, más allá de mi plato y junto a su taza de café. Con cuidado de que no toque las gotas de sirope que han caído por el lateral de la botella, lo llevo hacia él, junto con cada pizca de fe y esperanza que me queda. Me quita el papelito de debajo de los dedos y lo único que puedo hacer es quedarme sentada, con la mirada clavada en el regazo y las manos trémulas en el borde del asiento.

Él tiene la palabra. Ya ha salido a la luz. Tiene mi secreto. La verdad. Ahora no puedo retractarme. No puedo mentir. Cierro los ojos, espero que lo diga, que diga la palabra, que diga algo. Pero no lo hace. Abro los ojos a la fuerza y le miro, me mira. No puedo interpretar su expresión.

—¿Se lo has contado a alguien?... ¿Has ido al médico?... ¿Estás bien?... —Sus ojos me miran de arriba abajo, de un modo clínico, buscando lesiones que no son visibles.

—No, nunca se lo dije a nadie, y tampoco fui al médico. Y no, creo que no estoy bien... —Me falla la voz—. La verdad es que no. —Pero no, no puedo llorar, aquí no.

—Yo te llevo, Eden. Vamos. Podemos irnos ahora mismo. —Coge las llaves y arrastra la silla como si estuviera a punto de levantarse.

—No, no. —Me inclino sobre la mesa y le agarro del brazo—. No acaba de pasar —susurro—. Fue hace mucho tiempo.

—¿Qué? —Vuelve a acercar su silla—. ¿Cuándo?

—Hace casi tres años.

—¿Qué quieres decir, Eden? —Sé que está haciendo cuentas—. Eso fue antes de que... ¿Cómo es que no lo sabía, Eden? ¿Por qué no me lo dijiste nunca?

Niego con la cabeza. Siempre me pareció que había muy buenas razones para no hacerlo, buenísimas, en realidad, pero ahora, aquí, sentada frente a él, no se me ocurre ni una sola.

Miro a mi alrededor. El mundo sigue girando. Estoy viva. La tierra no se ha abierto bajo mis pies y me ha tragado entera. No me he quemado espontáneamente. No sé qué pensaba que iba a suceder si lo contaba, si dejaba que existieran esas palabras, pero no esperaba que no pasara nada. Todo está como estaba. Ningún meteorito gigante ha chocado con el planeta para aniquilar a la raza humana por completo. Los platos siguen sonando en la cocina, la radio sigue emitiendo la emisora de música antigua, la gente que nos rodea sigue conversando. Mi corazón sigue latiendo, y mis pulmones (aspiro y espiro) siguen respirando. Y Josh sigue sentado frente a mí.

—Eden, ¿quién…? —empieza a decir.

—¿Todo bien? —pregunta nuestra camarera, apareciendo de repente en nuestra mesa.

—Bien, bien. Hum, ¿nos trae la cuenta, por favor? —le pide él.

—Claro. ¿Queréis llevaros eso? —dice, mirándonos a ambos.

—No, gracias. He terminado —responde Josh, apartando su plato casi sin tocar. La camarera parece confundida por su expresión de asco, y luego se vuelve hacia mí, rogándome con la mirada que no le demos la lata con la comida.

—No, yo también he terminado, gracias. —Intento sonreírle; no somos esa clase de clientes, le digo en silencio. Parece aliviada.

—De acuerdo, gracias. —Rebusca en el bolsillo del delantal durante unos segundos antes de dejar el tique sobre la mesa—. Que tengáis un buen día.

—¿Quieres irte? —me pregunta él.

Digo que sí con la cabeza.

—Hum, sí, pero es que… No llevo dinero encima, lo siento.

—Por favor —hace un gesto que agita el aire entre nosotros—, no pasa nada. —Le tiemblan las manos cuando saca dos billetes de veinte de la cartera y los deja sobre la mesa. Ni siquiera sé si es consciente de lo que hace: la camarera va a quedarse con dieciocho dólares de propina. Está conmocionado. Mientras nos abrimos paso entre las mesas, su mano se cierne sobre mi hombro, sin llegar a tocarme, como si tuviera miedo de hacerlo.

Se acerca a la puerta del pasajero para dejarme entrar primero. La abre, pero se queda parado, mirando a la nada.

—¿Estás bien? —le pregunto.

—Lo siento mucho, Eden. Debería haberme…

—No podías haber hecho nada, te lo prometo. —Pero eso podría ser otra mentira. Está ahí de pie, cerca de mí, y parece que no sabe qué hacer. Yo tampoco sé cuál es el protocolo, pero doy un paso adelante y lo rodeo con los brazos. Él me devuelve el abrazo. Nos quedamos así mucho rato, sin decir nada, y siento que podríamos estar así para siempre y que nunca sería suficiente.

—Vamos —dice, soltándome por fin. Me abre la puerta y también la cierra después de que entre. Lo veo correr por delante del coche y pienso que ser su novia debe de ser muy bonito. Su novia de verdad. Seguro que son perfectos el uno para el otro. Seguro que es inteligente, divertida y guapa de una forma sana y natural. Y seguro que él la quiere y le hace regalos por su cumpleaños, y habrá conocido a sus padres, y ellos lo querrán también porque, bueno, cómo no iban a quererle, y seguramente se casarán cuando se gradúen, y estoy segura de que no se andan con jueguecitos ni se mienten el uno al otro. Probablemente sea la antítesis de mí misma.

Arranca el coche y enciende la calefacción. Tarda mucho en dar calor.

—Eden, ¿es verdad que nunca se lo has contado a nadie? —me pregunta.

Asiento con la cabeza.

—¿Quién fue? Quiero decir, ¿sabes quién fue?

—Sí, sé quién fue.

—¿Quién?

Siento que las lágrimas me suben desde la boca del estómago.

—No puedo decírtelo —respondo automáticamente.

—¿Por qué?

Tiro de un hilo suelto de mi bufanda.

—¿Por qué, Eden? —repite.

—Porque no puedo.

—Lo conozco, ¿verdad? ¿Es por eso?

Mi cerebro lucha contra mi cuerpo. Le digo que se quede quieto, que no revele nada, pero maldita sea, no me hace caso. Afirmo con la cabeza. Y las lágrimas caen más rápido de lo que puedo secarlas. No puedo hacerlo.

—Puedes hacerlo —dice, como si me leyera la mente—, de verdad, puedes contármelo.

—No me creerás —replico con un sollozo.

—Sí te creeré —musita—. Te lo prometo.

—Sé que he mentido antes, pero no mentiría sobre esto, y sé que todo el mundo piensa que soy una zorra y es posible que lo sea, pero ocurrió antes de todo eso. Nunca me habían besado; tú fuiste el primer chico que me besó de verdad, aunque probablemente no lo sabías. Ni siquiera le había dado la mano a un chico; ¡ni siquiera le había dado mi número de teléfono! Solo era una niña... —Tengo que callarme, apenas puedo respirar de lo que estoy llorando. Le miro, pero todo está borroso a través de mis lágrimas.

—Lo sé. Lo sé. Toma. —Me da una servilleta del McDonald's que estaba escondida en algún lugar del coche.

—Yo no era así. Antes era muy buena. Era una persona agradable, dulce y buena. Y ahora, simplemente... siento odio. Lo odio. Lo odio tanto, Josh. Te lo juro.

—Eden —me hace girar la cabeza hacia él, apartándome el pelo de la cara—, mírame. Respira, ¿vale? —me dice poniéndome las manos en los hombros.

—Lo odio tanto que a veces no siento nada más. Solo odio —tomo aire—, odio, eso es todo, nada más. Toda mi vida es odio. Y no puedo sacarlo de mí. No importa lo que haga, siempre está ahí, no puedo...

—¿Quién es? Solo di el nombre, por favor, Eden. Dímelo. —Me agarra los brazos con tanta fuerza que me hace daño, y toda esta presión se acumula dentro de mi pecho, dentro de mi cabeza—. ¿Cómo se lla...?

—¡Kevin Armstrong! —Lo grito. Por fin—. ¡Fue Kevin! Fue Kevin.

Sus manos se relajan.

—¿Armstrong? —Me suelta. Su cerebro está elucubrando algo, no sé el qué—. Armstrong —dice de nuevo. No sé si el desdén de su voz se debe a que piensa que estoy mintiendo o a que me cree. Abro la boca para preguntar, pero aprieta el volante con los puños. Con fuerza. Murmura algo indescifrable y luego—: Maldito hijo de puta... Ese cabrón... —Mueve la cabeza de un lado a otro y agarra el volante con las dos manos con tanta fuerza que creo que va a arrancarlo.

—Me crees, ¿verdad? —pregunto, desesperada por tener a alguien de mi lado.

Levanta la cabeza y dice:

—Voy a matarlo, Eden, te juro por Dios que voy a matarlo.

—Me crees, ¿verdad? —vuelvo a preguntar.

—Claro que te creo, Eden, pero es que... —Respira lentamente, tratando de calmarse—. Tú... podrías habérmelo dicho..., deberías habérmelo dicho. Cuando estábamos juntos. ¿Por qué nunca me lo dijiste? ¿Por qué nunca me dijiste nada? También te habría creído entonces.

Dios, casi desearía que no me hubiera dicho eso. Ojalá me hubiera dicho que no me habría creído, porque así podría sentirme justificada por no habérselo dicho. Me miro las manos y niego con la cabeza.

—Había tantas cosas que nunca tuvieron sentido. Sobre ti, sobre lo que pasó entre nosotros. Dios, ahora parece tan evidente, debería haberlo sabido. Eden, estuve con ese tío casi todos los días. Quiero decir, estábamos en el mismo equipo. Kevin Armstrong, y yo...

Alarga la mano y me la coge. Apoyo la cabeza en el reposacabezas y cierro los ojos. Respiro. Respiro.

—Estoy muy cansada —susurro.

—¿Quieres que te lleve a casa?

—No puedo volver allí ahora mismo —le digo, con la voz muy baja.

—¿Al instituto?

Abro los ojos.

—Estás de broma, ¿no?

Me dedica una sonrisa igual de cansada.

—Creo que los dos necesitamos descansar un poco. Podemos ir a mi casa. Mis padres ya están en el trabajo. Solo para dormir, lo prometo —añade—. Luego ya pensaremos qué hacer, ¿vale?

—Veo que han pintado tu habitación —digo, en los límites de mi propia realidad. Me siento al borde de su cama y me desato las botas.

—Ah, sí, me había olvidado de eso. Puedes quedarte con la cama. Yo dormiré en el sofá —dice incómodo desde la puerta.

—Ah. —No debería estar decepcionada. No debería sor-

prenderme—. Sí, claro. —Pero lo hago.

—¿No te...? Quiero decir... ¿Está bien?

—No sé, había pensado que podrías quedarte conmigo, pero si no estás cómodo... Bueno, también puedo irme yo al sofá, si quieres.

—No, me quedo —dice, entrando en su habitación con cautela.

Nos tumbamos el uno al lado del otro, nerviosos. Ninguno de los dos quiere señalar la evidente extrañeza de la situación. Uno al lado del otro, miramos el techo. La grieta en forma de rayo sigue ahí, justo como la recordaba. Giro la cabeza para mirarle y mi cuerpo se mueve solo, mis músculos hace tiempo que memorizaron esta rutina. Se tensa cuando le pongo la mano en el pecho.

—Perdona, ¿puedo? —pregunto, dándome cuenta de que, aunque en mi mente sigamos siendo los mismos, en realidad ya no tengo permiso para hacer eso, para tocarle. En absoluto.

—Sí —susurra. Veo cómo se le mueve la garganta y traga

con fuerza. Está nervioso. Seguramente le preocupa que intente algo. A mí también me preocupa un poco.

Apoyo la cabeza en su antiguo lugar.

Y me quedo dormida sin más.

Cuando me despierto, estoy mirando hacia el otro lado. Josh (Joshua Miller) me está abrazando por la espalda. Aprieto la cara contra la almohada y aspiro: huele a limpio, como él, como siempre olían sus sábanas, su ropa y su piel. Con su cuerpo amoldado así al mío, tengo la sensación de que sus brazos son lo único que mantiene unidos estos pedazos rotos. Y no quiero que me suelte nunca.

Noto que presiona su cara contra mi pelo y me besa.

Cierro los ojos. Quiero detener este momento en el tiempo, quedarme así y no tener que hacer, pensar, sentir ni ser nada más. Sus manos parecen moverse con decisión. No debería girar la cabeza, no debería girar el cuerpo para mirarle, pero lo hago. Y su boca encuentra la mía. El calor de su cuerpo es algo que nunca pude recordar bien, es algo que hay que sentir en el presente.

—Te echo de menos —susurra, rozando mis labios con los suyos.

—Yo también te echo de menos —respondo.

—Eden, esta vez podría funcionar —dice en voz baja, apartando la cara para que podamos mirarnos, y me pasa el pelo por detrás de la oreja—. Sé que sí. Podríamos hacer que funcione.

Empiezo a asentir. Empiezo a sonreír. Pero ha dicho «esta vez». Yo no quiero que sea esta vez; solo quiero que sea entonces. Solo quiero volver. Quiero empezar de nuevo y no convertirme en lo que me convertí. «Esta vez», esas dos palabras son como un puñetazo en el estómago.

—Tu novia… —le recuerdo. Y a mí misma también.

—Lo sé, lo sé —susurra, cerrando los ojos como si le doliera pensar en tener que hacerle daño—. Pero te quiero, te sigo queriendo —susurra, acercándose para besarme de nuevo.

Siento que mis manos lo empujan.

—No puedo. Tú tampoco puedes. Te odiarías si lo hicieras, y no quiero ser la razón por la que te odies. No quiero hacer daño a nadie. No puedo seguir haciendo daño a la gente.

—Lo sé, pero… —Me sujeta con más fuerza. Siento que podría derrumbarme si me suelta, si hago que me suelte—. Lo único que quería era que me dejaras conocerte… y ahora lo estás haciendo…

Sus manos, sus brazos pueden mantener los pedazos en su lugar temporalmente, tal vez incluso durante mucho tiempo, pero nunca podrá unirlos de verdad. Esa no es su labor. Él no es el héroe, ni el enemigo, ni un dios. Solo es un chico. Y yo soy solo una chica, una chica que necesita recoger sus propios pedazos y recomponerlos por sí misma.

Me incorporo. Fuera de sus brazos, sigo aquí. No me he desmoronado. Dejo que mi espalda se apoye en el cabecero. Me miro las manos, esas cosas firmes y capaces, capaces de hacer cosas. Intento entender por qué de repente todo parece diferente. Más ligero. Porque siento que, por una vez en mi vida, puedo tener algún tipo de control sobre lo que va a ocurrir. Que van a suceder cosas, en lugar de este bucle de pesadilla perpetua en el que mi vida parece circular.

Él también se incorpora y se sienta a mi lado, esperando a que diga algo. Esperando a que le explique qué demonios está pasando. Le miro y es como si fuera la primera vez que le veo de verdad.

Parece desconcertado.

—¿Qué pasa?

—De alguna manera, siempre había pensado que serías tú quien me salvaría, ya sabes, todo el tiempo, incluso hace tantos años. Creo que por eso te llamé. Tal vez quería que sucediera esto. Quería que vinieras y, ya sabes, me rescataras o algo así.

—Pues déjame que lo haga —dice, como si fuera fácil, como si fuera posible.

—Pero no puedes. Nadie puede.

—Eso no es verdad, Eden.

Me coge la mano y, curiosamente, también siento que es la primera vez que me toca. Es una sensación nueva, hormigueante, casi eléctrica. Es como si alguien me tocara por primera vez. Lo que, en cierto modo, es cierto. Nunca había sido esta persona.

—No, quiero decir que no puedo seguir pensando en mí como alguien que necesita que la rescaten.

Abre la boca, pero hace una pausa antes de hablar:

—Vale, lo entiendo. Lo entiendo, pero déjame... No sé, déjame ayudarte.

—Lo estás haciendo.

—Pero puedo hacer más. Estaré contigo si me dejas, de verdad. Tenemos algo, Eden. Lo tenemos. No puedes negarlo.

—¿Recuerdas aquel día que viniste a hablar conmigo? —le pregunto.

Me mira sin comprender.

—¿Recuerdas que estaba sentada en la hierba junto a las pistas de tenis y tú acababas de salir del entrenamiento y estabas esperando a que viniera tu madre a recogerte?

—Pues... —Se queda mirando fijamente al techo, intentando recordar ese momento tan fresco en mi memoria—. Supongo —dice, inseguro.

—Me hablaste de los dientes de león.

Se lo piensa un segundo.

—Sí, claro.

—Antes de irte, me diste el intermedio, así lo llamaste. ¿Te acuerdas?

—Ay, señor, sí —dice riendo—. Qué tontería, ¿no?

—No, no fue ninguna tontería. Me lo quedé. Todavía lo tengo.

Y ahora me mira como si también fuera la primera vez que me ve de verdad.

—Me pareció muy tierno —continúo—. Pero, por supuesto, no me atreví a decírtelo. Me encantó… —Mi boca se cierra por costumbre, no estoy acostumbrada a que salgan palabras dulces de ella, pero vuelvo a abrirla para la parte importante—. Quiero decir… que te quería.

Él asiente, solo una vez.

—Tiempo pasado —afirma con naturalidad, sin mirarme.

Nos quedamos sentados en silencio como dos desconocidos.

—Eden, esto no va a pasar, ¿verdad? Me refiero a lo nuestro.

—Es lo que quería, de verdad, pero… —Niego levemente con la cabeza—. Aunque creo que tienes razón. Tenemos algo. Solo que no estoy segura de qué.

Hay un breve momento de silencio por lo que hemos perdido. Y en un momento, desaparece. Por fin. Nuestro pasado llega oficialmente a su fin.

—Eden, creo que siempre sentiré algo por ti, lo sabes, ¿verdad? No sé si alguna vez dejaré de sentirlo, pero… —Se detiene—. Pero seré tu amigo. Quiero decir, quiero ser tu amigo. ¿Te parece bien?

—Sí. Estaría bien —digo riendo—. Estaría muy muy bien. Sería perfecto. Creo que quiero eso más que nada en el mundo.

—Vale. Amigos. —Sonríe y me golpea el hombro con el suyo.

—Amigos. —Sonrío. Tengo un amigo.

Me devuelve la sonrisa, pero solo brevemente.

—Eden, sé que no quieres oír esto, pero como amigo tuyo, como alguien que se preocupa por ti, creo que tienes que contárselo a alguien. Me refiero a alguien aparte de mí, alguien que pueda hacer algo. Como la policía.

Y, de repente, la realidad se desata dentro de mí como una

tormenta: es como si alguien me quitara los órganos internos y los convirtiera en globos con forma de animales. Supongo que se me nota en la cara, porque me dice:

—Sé que será duro, pero es importante. —Me aprieta la mano y me dice lo único que necesito oír—: Te creerán, no te preocupes.

Seguramente hay un millón de cosas que debería decirle. Estoy segura de que él también quiere decirme algunas cosas. Pero nos quedamos sentados, uno al lado del otro en su cama, en silencio. Estamos así durante mucho tiempo, simplemente estando juntos, sin necesidad de dar voz a todas esas palabras no dichas, sabiendo y aceptando lo que significamos el uno para el otro. De todos modos, no hay palabras que puedan expresar estas cosas.

Me besa la mejilla en el porche. Hasta su gata sale a despedirme. Se ofrece a llevarme a la comisaría, luego a llevarme en coche a casa, luego a acompañarme a casa andando, pero necesito ir yo sola a pie. Y tengo que hablar con otra persona antes de ir a la policía.

Salgo del porche y me doy la vuelta. Está de pie, con las manos en los bolsillos.

—Josh, ¿estás bien? Quiero decir, ¿cómo va todo? —Esa debería haber sido mi primera pregunta, no la última.

Sonríe.

—Sí. Estoy bien, básicamente.

—Bien. Me alegro. ¿La universidad va bien?

—Va bien, sí.

—¿Y cómo está tu padre? Ya sabes, con su problema.

Fuerza una sonrisa, mira hacia algún lugar por encima de mi cabeza, tratando de encontrar las palabras.

—Pues… ya sabes… —Me mira a los ojos, y lo entiendo—. Es lo que hay.

Asiento, me quedo ahí un segundo, respiro mientras intento memorizarlo en mi cabeza y finalmente echo a andar.

—Oye —me llama cuando estoy a mitad de camino. Me detengo y me doy la vuelta—. Vas a llamarme, ¿verdad?

—Sí. —Nunca había respondido a una pregunta con tanta sinceridad.

—Y esta vez vas a hablar, ¿verdad?

Sonríe.

Sonrío.

—Sí.

Asiente, saca la mano del bolsillo y se despide.

—¿Por qué no estás en clase? —murmura Caelin, que sigue tumbado en el sofá donde le dejé horas antes. No está dormido, solo tiene la mirada perdida. No puede apartar los ojos del infinito ni siquiera para mirarme.

—Cae, necesito hablar contigo.

—Edy, por favor. Ahora no puedo, ¿vale?

En realidad, me siento mal por él. Me siento mal por las cosas que ha descubierto sobre su mejor amigo, por las cosas que estoy a punto de decirle. Me siento mal porque las cosas se van a poner mucho peor.

—¿Puedo traerte algo? —le pregunto.

Niega con la cabeza y cierra los ojos.

Voy a la cocina y le sirvo un vaso del agua fría y buena de la nevera.

—Toma. —Me siento en el suelo junto al sofá con el vaso. Se incorpora despacio y bebe un sorbo.

—Gracias.

—Es importante —me atrevo a decir, sintiendo por primera vez que esto es importante, que importa. Que yo importo.

Tarda unos segundos más en entenderme. Deja el vaso sobre la mesa.

—Está bien —dice por fin, frotándose los ojos, con cara de desinterés total.

—Caelin, tengo que decirte algo y es importante que me escuches y que no me interrumpas.

—Vale, vale, te escucho.

Tomo aire. Puedo hacerlo.

—A ver, esto es difícil, muy difícil. Ni siquiera sé por dónde empezar.

—¿Por el principio? —me dice con sarcasmo, sin saber que me está ayudando a pesar suyo.

—Vale. Empezaré por el principio. Fue una noche —empiezo. Me callo. Empiezo otra vez—: Estaba en primero... Y nunca se lo conté a nadie, pero esa noche... Vale, esa noche... Todo el mundo estaba dormido y... Kevin entró en mi habitación...

—Por el amor de Dios, Edy, ¿puedes elegir una frase y terminarla...?

—Por favor. —Levanto la mano; eso le hace callar de una vez—. Entró en mi habitación en mitad de la noche y... —No puedo mirarle cuando lo digo. Cierro los ojos y me los tapo con las manos porque es la única manera de que me salga—. Y se metió en mi cama. —Tomo aire—. Y me violó. Fue así, Caelin. Y nunca se lo dije a nadie porque me dijo que me mataría si lo hacía. Y le creí. Por eso sé que lo que dicen es verdad, porque me lo hizo a mí también. Y lo siento, porque sé que no quieres oír esto, pero si no me crees, Cae —jadeo para recuperar el aliento—, entonces ya no eres mi hermano. —Respiro. Y espero. Y respiro. Y espero.

Silencio.

Destapo lentamente los ojos. Espero que me esté mirando, pero no lo hace; tiene las manos tapándose los oídos y los ojos cerrados. Se desploma hacia delante, hacia mí, con el cuerpo replegado sobre sí mismo. No se mueve, ni siquiera le oigo respirar. No sé qué decir, así que no digo nada. Le dejo estar. Dejo que lo procese. Espero que me crea, que se ponga de mi parte. Espero.

—No... —empieza, pero se detiene. Le miro—. No entiendo lo que dices, Edy —murmura entre las manos. Luego se levanta y me mira—. No entiendo cómo pudo haber pasado eso. —Pronuncia cada palabra, cada sílaba, por separado, con precisión, con cuidado. Me mira a la cara, intentando entender, pero yo tampoco lo entiendo.

Luego se pone de pie rápidamente. Y camina de un lado a otro, como si pensara en demasiadas cosas a la vez.

—No —le oigo murmurar mientras se pierde de vista, dobla la esquina y entra en su habitación. Estoy a punto de llamarle, pero justo cuando abro la boca oigo lo que parece un camión de basura chocando con un lateral de la casa, y a Caelin gritando «JODER» una y otra vez, de forma gutural como un animal.

Mis pies no pueden resistirse a llevarme hasta su puerta. Miro lo que ha hecho, lo que está haciendo. Todo lo que estaba encima de su cómoda, todas las reliquias de sus días de gloria en el instituto, trofeos de baloncesto, medallas, certificados, fotos y esas maquetas de coches con las que Kevin y él se pasaron horas infinitas trabajando juntos, son ahora un montón de recuerdos rotos y destrozados en el suelo, como un vómito. Y está dando patadas a la puerta de su armario, una y otra vez, con los pies descalzos.

Siempre ha sido de guardárselo todo mucho. Lo he visto enfadado, claro, lo he visto ponerse desagradable a veces, pero nunca así. Se da la vuelta, se acerca de nuevo a la cómoda y coge los extremos con fuerza. Me tapo la boca con la mano para no gritarle que pare, porque sé lo que está a punto de hacer: tirar la cómoda al suelo. Esa cómoda tiene que pesar más que nosotros dos juntos; es vieja, antigua, perteneció a nuestros bisabuelos. Seguramente también sea cara. Me imagino que rompe el suelo y se estrella contra el sótano. Pero me quedo ahí de pie, preparándome, y veo cómo se tambalea hacia delante, las tablas del suelo crujen bajo su peso.

Y entonces todo se detiene. La cómoda vuelve a apoyarse sobre cuatro patas y él deja de gritar. Se queda ahí de pie, con la respiración agitada, frente a mí, y me mira como si me viera, como si por fin lo entendiera. Se pellizca el puente de la nariz mientras los ojos se le llenan de lágrimas, y luego se mete los nudillos en cada globo ocular, intentando evitarlo.

—No lo entiendo —vuelve a decir, pero esta vez no lo dice con mesura, sino de forma desordenada y temblorosa. Porque sí lo entiende.

Veo que su cuerpo se derrumba en el suelo y yo también empiezo a entender algo. Que no se trata solo de mí. Esto nos afecta a todos.

Me tiemblan las manos mientras sostengo su tarjeta de visita. Mientras suena el teléfono, leo su nombre una y otra vez.

Caelin me lleva al centro, a la comisaría. Me muerdo las uñas hasta que me sangran. Él no deja de dar enormes bocanadas de aire que no parece soltar. Pero ninguno de los dos habla hasta que estamos subiendo los enormes y aterradores escalones del edificio.

—Caelin, no hace falta que entres conmigo —le digo, queriendo ahorrárselo. Creo que no podría soportar que escuchara los detalles.

—No, no te voy a dejar aquí sola, Edy.

Tenemos que vaciarnos los bolsillos y pasar por un detector de metales; unos policías con chalecos antibalas agitan una especie de varitas sobre nuestros brazos y piernas. Y luego seguimos las señales que nos llevan por un camino sinuoso hasta la cuarta planta. Atravieso lentamente las puertas dobles y busco en la enorme sala llena de escritorios y ordenadores y sillas y teléfonos que suenan y gente que se apresura con portapapeles y miradas serias, en busca de la inspectora Dorian Dodgson.

—Eden, me alegro mucho de que hayas podido venir tan rápido —dice apareciendo a nuestro lado—. Caelin. Me alegro de volver a verte. ¿Buscamos un lugar más tranquilo para hablar?

—¿Inspectora? —empiezo yo.

—Dorian, por favor —me corrige ella.

—De acuerdo, Dorian. Caelin no necesita quedarse, ¿verdad?

—En absoluto.

—Edy, yo me quedo —insiste Caelin.

—A veces —le dice Dorian, captando mi miedo—, durante este tipo de conversaciones, cuantas menos personas estén presentes, mejor. Entiéndelo.

Él asiente, y creo que en parte también se siente aliviado.

—Lo entiendo —responde—. Llámame cuando hayas terminado, Edy, y vendré a recogerte. Voy a ir a ese bar que está calle arriba, el del toldo blanco y verde, así que no estaré lejos.

Extiende una mano para estrechar la de Dorian e inclina la cabeza, muy caballeroso.

—Gracias por traerla, Caelin —le dice—. Y cuídate.

Me conduce a una habitación que tiene una ventana, una planta, un sofá y una mesa de café, nada que ver con esas salas de interrogatorio que se ven en la tele.

—Puede que te cueste recordar algunas cosas —me advierte mientras me pone una Coca-Cola *light* en la mesa—, pero intenta describir exactamente lo que pasó, lo mejor que puedas.

Ojalá fuera difícil de recordar.

—Entró en mi habitación. Eran las 2:48, miré el reloj, y a las 2:53 ya había terminado —le digo, pero esa no es toda la verdad.

Cinco minutos. Trescientos segundos, eso es todo. Puede parecer poco tiempo o mucho, según lo que ocurra. Si pulsas el botón del despertador y te despiertas cinco minutos después, no es nada de tiempo. Pero si estás hablando en clase, con todos los ojos puestos en ti, o te están haciendo un empaste, cinco minutos pueden parecer mucho tiempo. Y si estás siendo humillada y torturada por alguien en quien confiabas, alguien con quien creciste, alguien a quien querías incluso…, cinco minutos son eternos. Cinco minutos es el resto de tu puta y triste vida.

Pero no hay manera de explicar su boca casi tocando la mía. No hay manera de describir lo sola que me sentí, como si no hubiera nadie en el mundo que pudiera ayudarme o detenerlo. Nunca. No hay manera de decir cuánto le creí cuando dijo que me mataría. Tomo aire y miro a Dorian a los ojos, e intento encontrar las palabras para explicar lo que las palabras nunca podrían explicar.

Le cuento, lo mejor que puedo, cada espantoso detalle.

Ella dice cosas como: «Ajá, ajá, ajá… ¿Cómo te sujetaba los brazos? ¿Puedes enseñármelo? ¿Y te penetró?». Dios, esa palabra, «penetró», ¿cómo podía decirla? «¿Con cuánta fuerza, dirías que excesiva? ¿Fue antes o después? ¿Pudiste gritar para pedir ayuda en ese momento? ¿Puedes describir, otra vez, exactamente cómo te introdujo el camisón en la boca? ¿Perdiste el conocimiento en algún momento? ¿Temiste por tu vida en algún momento? ¿Y te dijo que te mataría si le contabas a alguien lo que había pasado?».

Pasan horas. Tengo que decirlo todo un millón de veces hasta el final, y entonces me da mi propio portapapeles, un bloc de papel y un bolígrafo, y tengo que escribirlo todo mientras ella se sienta a mirar. La mano me duele después de las dos primeras páginas. Me detengo y la sacudo, extendiendo los dedos.

—Supongo que es bastante horrible que nunca se lo haya contado a nadie, ¿verdad? —le pregunto.

—¿Qué quieres decir?

—Bueno, ¿y si lo hubiera contado, y entonces él no hubiera…? Quiero decir, ¿tal vez podría haber evitado que sucediera todo esto?

—Cuando alguien te amenaza de muerte, no son palabras vacías —afirma con naturalidad.

—Pero ¿y si…?

—No. Se acabaron los supuestos —me dice con firmeza—. Has hecho bien en venir, Eden.

—¿Cómo puede estar tan segura? —le pregunto, pensando en cómo tiene que cambiar todo ahora.

Ella sonríe con gravedad y dice:

—Mi trabajo consiste en saber la diferencia entre lo que está bien y lo que está mal. Esto está bien.

Intento devolverle la sonrisa.

—Vamos a atrapar a ese cabrón —dice—. Estoy segura. Y no podrá hacer daño a nadie nunca más, ¿vale?

—¿Sabe lo que le pasó? —Me aclaro la garganta—. Me refiero a cuando era niño, con su tío.

—Sí —responde. Pero su expresión no cambia. Sigue mirándome sin inmutarse—. Fue algo terrible, sí, pero eso no le da derecho a hacer lo que hizo. No es una excusa.

Mi corazón se desborda, lleno de todas las emociones que he conocido, todas a la vez. Porque tiene razón. No es una excusa. No le da derecho a hacer lo que hizo. Ni a mí tampoco.

Bajo la cabeza.

—No te voy a mentir, Eden —me dice—. Las cosas se pondrán más difíciles antes de mejorar, pero todo va a salir bien, te lo prometo.

«Todo va a salir bien» siempre suena a algo genérico e inútil que dice la gente cuando no hay nada más que decir ante una situación, pero esas palabras saliendo de su boca parecen lo más profundo que ha dicho nadie en la historia de la humanidad.

Fuera está atardeciendo. Ya es casi de noche. Apenas puedo distinguir el toldo blanco y verde. Empiezo a bajar las escaleras, pero me siento en uno de los escalones. Respiro hondo, y el aire frío me llena los pulmones de una forma nueva.

Saco el teléfono y marco un número que había memorizado hace años. Da tono.

—¿Diga? —responde la señora Armstrong, que parece agotada.

—Hola, señora Armstrong. Soy Edy. ¿Está Amanda?

—Cariño, no sé si tendrá ganas de hablar ahora. Espera un segundo. —Oigo que tapa el receptor con la mano, sus palabras amortiguadas. Algo está pasando. Interferencias y movimiento. Parece que pasa mucho tiempo.

—Hola —dice por fin Amanda en voz baja—. Lo siento, he tenido que ir a mi habitación. —Y de repente vuelve a sonar como ella misma, la niña que conocía.

—Hola —respondo, pero no sé qué más decirle.

—Tenía que contarlo —dice, sin perder el tiempo con cháchara—. Tenía que hacerlo.

—Amanda, lo siento.

—Yo también lo siento… por todo… Siento cosas que ni siquiera sabes que debería sentir, Edy —confiesa.

—¿Cómo lo supiste? —le pregunto.

—Me di cuenta. El otro día en el instituto. No sé… Simplemente lo supe.

—¿De verdad te dijo que nos acostamos juntos, como dijiste?

Después de una pausa, contesta:

—Sabes, siempre te admiré mucho cuando éramos pequeñas. No sé si lo sabías. Él sí que lo sabía. Y trató de hacerme creer que estaba bien. Que era normal. Que si lo hacías tú, si tú querías, era porque no tenía nada de malo. —Le falla la voz e intenta no llorar—. Lo peor es que yo le creí, me creí cada palabra que dijo sobre ti. Hasta el otro día.

—No sabía nada de eso, Amanda, te lo prometo.

—Te odiaba tanto. Tanto como debería haberle odiado a él. No sé por qué. Vaya mierda todo, ¿verdad? —Se ríe, a pesar de las lágrimas.

—Sí. Vaya mierda —estoy de acuerdo—. Pero creo que ahora va a mejorar.

—Tiene que mejorar —dice ella.

—Mejorará.

Mientras recorro las dos manzanas calle arriba, el aire parece distinto, mis pasos contra el suelo parecen distintos, el mundo, todo parece distinto.

Atravieso la pesada puerta de madera del bar y me asaltan los olores a cerveza y a humo. Enseguida veo a Caelin, al final de la barra, con aspecto patético y derrumbado, la mano envolviendo un vaso de chupito.

—¡Eh, eh, eh, tú, chica! —me grita el camarero—. El carné.

—No, solo he venido a por mi hermano, que está ahí —le explico señalando a Caelin.

El camarero camina detrás de la barra y golpea dos veces con los nudillos el mostrador de madera brillante frente a Caelin. Él levanta la cabeza lentamente.

—Es hora de irse, colega —le dice, haciendo un gesto con la cabeza en mi dirección. Caelin se vuelve hacia mí, tambaleándose un poco al levantarse, moviéndose despacio mientras busca su cartera.

—Edy, te dije que iba a recogerte —me dice mientras me acompaña a la puerta.

—No estaba tan lejos. Y me apetecía andar.

—Pero no me gusta que hayas entrado ahí —murmura.

Caminamos en silencio hasta el aparcamiento.

—Creo que debería conducir yo, ¿vale? —le digo, viéndole balancearse de un lado a otro.

—Toma —responde, dándome las llaves del coche.

Después de ajustar el asiento y el retrovisor, decido encender un cigarrillo... Se acabaron los secretos. Me mira como si estuviera a punto de regañarme, a su hermanita pequeña, pero luego mira hacia delante y dice:

—¿Me das uno?

Sonrío mientras le doy el mío y enciendo otro.

Él intenta sonreírme.

Volvemos a casa, acabándonos los cigarrillos en silencio.

Aparco el coche en la calle.

—Edy, espera —me dice cuando empiezo a salir.

—¿Sí?

Hace uno de sus gestos, medio encogiéndose de hombros y agachando la cabeza, y abre la boca, incómodo, tomándose unos segundos más para que le salgan las palabras.

—No sé. Lo siento, Edy. Lo siento mucho, Edy. —Me mira a los ojos—. Soy tu hermano. Y te quiero. Eso es todo. No sé qué más decir.

Creo que eso es lo único lo que siempre he querido oír de él.

—¿Te quedarás conmigo cuando se lo diga a mamá y a papá?

—Sí.

Me coge de la mano mientras subimos por el camino de entrada. Parece como si estuviera a un millón de kilómetros, como si hubiera tardado un millón de años en llegar. Pero me da la oportunidad de pensar. Y pienso: quizá le cuente esto a algunas personas. Quizá a Mara. Quizá me disculpe con algunas personas. Quizá con Steve. Quizá algún día intentaré tener una relación de verdad, sin juegos ni mentiras. Quizá incluso vaya a la universidad, y quizá descubra que soy buena en algo. Quizá él reciba lo que se merece. Quizá no. Quizá no sea capaz de perdonarlo nunca. Y quizá no haya nada de malo en eso. Todos esos quizás dando vueltas en mi cabeza me hacen pensar que «quizá» podría ser otra manera de decir esperanza.

Aunque este libro es una obra de ficción, sé que en la vida real hay millones de adolescentes que han pasado por la misma experiencia que Eden. Por desgracia, las suyas no son historias nuevas, pero son historias que deben ser contadas desesperadamente. Una y otra vez.

Si necesitas hablar con alguien, hay gente que te escuchará. Hay gente que te ayudará.

Agradecimientos

Debo destacar la tenacidad, la pasión y el extraordinario trabajo de Jessica Regel, que ayudó a dar forma a este libro de una manera que superó todo lo que jamás podría haber imaginado o esperado de una editora; ¡gracias, Jess, por creer en este libro y luchar tanto para que viera la luz!

Mi más sincero agradecimiento también a mi editora, Rūta Rimas, por ser una compañera increíble en este viaje, por creer en una nueva autora y, sobre todo, por tu trabajo sensible, reflexivo y perspicaz en este libro; gracias por ser una de esas raras personas que simplemente lo entienden.

Y mi más sincero agradecimiento a todo el maravilloso, dedicado y talentoso equipo de Margaret K. McElderry Books, Simon & Schuster y Foundry Literary + Media, quienes han contribuido a hacer realidad lo que una vez fue un sueño.

Estoy infinitamente en deuda con mi familia, con mis amigos que me inspiran y me apoyan, y con Holly, mi mejor amiga y el alma valiente que tuvo la amabilidad de ser la primera lectora de este libro.

Por último, estoy agradecida a los muchos mentores y guías que he tenido en la vida, por lo bueno y por lo malo, por esos vaivenes que nunca acaban.

Este libro utiliza el tipo Aldus, que toma su nombre
del vanguardista impresor del Renacimiento
italiano, Aldus Manutius. Hermann Zapf
diseñó el tipo Aldus para la imprenta
Stempel en 1954, como una réplica
más ligera y elegante del
popular tipo
Palatino

Tal como era
se acabó de imprimir
un día de verano de 2023,
en los talleres gráficos de Liberdúplex, s. l. u.
Crta. BV-2249, km 7,4. Pol. Ind. Torrentfondo
Sant Llorenç d'Hortons (Barcelona)